異世界独り立ちプロジェクト！3

～モノ作りスキルであなたの思い出、修復します～

登場人物紹介
デリラ
食堂『銀の匙亭』を切り盛りする女性。大らかで面倒見の良い性格。
セレン
デリラの愛娘。優しく努力家だが、病弱で泣き虫な一面もある。
シルバ
スバルをサポートする精霊。普段は黒猫の姿をしているが、スバルの身に危険が生じた時は人型に変身する。
有栖川《アリスガワ》 昴《スバル》
ブラック企業を辞めて心機一転、転職活動を始めるが超適当なカミサマのせいで異世界へ。元の世界に戻る方法を見つけるため、まずは異世界の町・メタラムで自立を目指す。

キキーモラ
町の伝承に出てくる妖精。スバルに興味を持ち、動向を見守っている。
ハーティ
町長の娘でアウラムとレニウムとは幼馴染み。スバルに対抗心を抱く。
ニオブ
町で診療所を開くセレンの主治医。仕事熱心で身嗜みには無頓着。
アウラム
物腰柔らかく気品漂うレニウムの兄。冒険者の弟を気にかけている。
レニウム
新参の冒険者。明るく人懐っこいタイプで『銀の匙亭』の常連客。

CONTENTS

プロローグ

「シチューお待ちどおさまです、以上でご注文はお揃いですか？　ごゆっくりどうぞー！」

町の賑《にぎ》わう食堂、その名も『銀の匙《さじ》亭』で看板娘を務める私、有栖川《ありすがわ》昴《すばる》は今日も元気に働いております‼

職場環境にも恵まれ、元気に働いてます。……なんと、異世界で。

そう、声を大にしてもう一度言おう。

異世界で‼

なにを隠そう、私は異世界人なのだ。

……いや、これだけ言うとホント、ないわぁー。どこの夢見る乙女だよって感じだね⁉

言っておくけど、私は別に特殊な人生なんて歩んできてはいない。

ごく平凡な一般家庭に生まれて、時計職人であるおじいちゃんの影響でハンドメイドを始めたくらいで、後はもうあらゆる意味で本当に平々凡々だ。

いつか自分のお店が開けたらいいなあって夢を持っていたけど、まあ現実は厳しいわけで……。

夢のためにも貯金をしようと思って就職したら、就業時間ナニソレ美味しいの？　パワハラセクハラ当たり前なブラック企業だったっていうね？

なんとなく洗脳じゃないけど……こう、辞めるって声に出せない状態になってそのままずるずる社畜してたら、驚いたことに会社の方が夜逃げしたんですよコレが！

まあ、そのおかげで負のスパイラルから抜け出せたんだけど。

そしてつい最近、疲弊した心も体も治ったことだしそろそろ再就職をしようって決意した。

私、ポジティブが取り柄なんで。なんとかなるなる！　この精神大事。

美容院に行って、スーツも新調して、面接の電話や履歴書だって万全だった。

ただちょっと緊張していたんだよね。そう、緊張してたんだよ。

その緊張をほぐそうと、フリーゲームをダウンロードして始めてみたらあら不思議！

『誰でも良かったんだ。誰かが異世界に行ってくれたらね。あとは好きにしたらいい。勿論、こちらの世界で不便がないよう色々サービスしておくし、あくまで――』

……と、まあ、なんにも納得できないまま姿も見せない自称カミサマの、その理不尽なセリフと最低限の説明だけで異世界に放り出されたっていうね。納得はしていない！

しかもなんとスタート地点は森の中。思わず「なんでだよ！」と突っ込んだ私は悪くない。

普通、サービスばっちりスタートでしょ。

変な獣が出てくる森の中ってそれただのハードモードだから！

そんなわけで異世界に着いて早々人生迷子になりかけた私は、命からがら森から脱出したところで、近くの町にある『銀の匙亭』を営むデリラさんとセレンちゃん母娘《おやこ》と出会い、お世話になっている……とまあ、そういう感じ‼

「ご主人様、休憩入るにゃん？　お疲れ様にゃん」

「……シルバはいいよねえ、日がな一日ゴロゴロしてるだけだもんね……」

「失礼にゃん。看板猫として、ボクはちゃんとこうして愛嬌を振りまいてるにゃんよ？」

置いてあったお昼のサンドイッチの皿を持つと、待ってましたとばかりに頭の上に乗ってくるこの黒猫はシルバ。私の異世界生活を円滑にするためのサポート役だ。

超適当な召喚理由を述べたカミサマが言っていた『サービス特典』ってやつらしい。

艶やかな黒い毛並み、赤いルビーみたいな色のくりっとした目、片耳の先っぽだけ銀色なのがなんともおしゃれな美猫。その正体は猫じゃなくて、精霊らしいんだけど……正直よくわからない。

私の好みドンピシャの美猫なんだけど、どうにも時々毒舌だし、なんかこう、曲者《くせもの》っぽいっていうか。いや可愛いから許すけど……。くっ、猫好きな自分が悲しい。

だって私の飼い猫ってわかるように咄嗟《とっさ》に作った首輪を、ドヤ顔でセレンちゃんに見せびらかしてるとことか絆《ほだ》されるなって方が無理……可愛い……‼

まだ他にも『特典』とやらがある。この世界の言語については自動翻訳らしく、日本語じゃない言葉だってのはわかるけどきちんと日本語に聞こえるっていう……なにを言っているかわからない？　私だってわからない！

あと、オマケみたいな特殊スキルももらった。

「こっちの世界に来てすっかり馴染《なじ》んだにゃんね、スキルは使い慣れたにゃん？」

「慣れるわけないでしょ、あんなランダムで低発生のスキル！　なんでこう、もっと実用的なのにしてくれなかったワケ⁉」

「ボクに言われてもにゃぁ〜」

「しかもあのダッサい名前！」

「それについてもボクに言われてもにゃぁ～」

強制的に異世界に連れてこられた私専用のスキル。

名前を【桃色はっぴー☆天国《パラダイス》】。

初めて見た時に、ナニコレ頭悪そうって思った私は悪くない。絶対に悪くない！

まあ名前がとんでもなくダサイだけでなく、使い勝手もかなり微妙なスキルなんだ……。

「もっと実用的なのなかったの？　こう……超スゴイ攻撃魔法とかさあ」

「ご主人様は町中で平和に暮らしたいタイプなんだから、そんなの宝の持ち腐れにゃんね」

「ぐっ、否定できない……確かにこのメタラムはいい町だよ」

「ならこのまま異世界生活をエンジョイしちゃえばいいにゃん。イージーイージー！」

「簡単に言ってくれないで⁉」

軽い調子で言ってくるシルバにむっとしながら、二階にある私の部屋から外の景色を眺めつつサンドイッチを頬張った。

ヨーロッパみたいな町並みだけどやっぱりどこか違うこの町並みも、最近じゃ見慣れたものだ。

「私は！　まだ！　穏便に戻る方法を諦めてないんだからね！」

私が町の外を見ながらそう言うと、シルバはただ、面白そうに目を細めただけだった。

あっ、今こいつ笑いやがった……やれるもんならやってみろってか？

戻る方法が人生の終わりを迎えると現実に戻る、いわゆる『死に戻り』だなんて字面的にも私にはかなりハードルが高いんですけど。

聞いた時はもう、ひっくり返るかと思ったわ……。

でも、諦めるわけにはいかない。穏便に帰る方法が、この世界のどこかにあるはずだ。

「……戻る方法を探しながら、お世話になった人たちに恩返しもしたいな」

「ご主人様は義理堅いにゃんねえ」

「こういうのは大事だもの」

お世話になったんなら、そのお礼をする。

そういうことを蔑《ないがし》ろにするのは人の道に外れることだっておじいちゃんが口を酸っぱくして言っていたからね。

……ぶっちゃけ、この異世界生活は案外、悪くない。

人間らしい暮らしって言ったら大袈裟かもしれないけど……私のことを誰も知らないこの場所は、変に同情されることも心配されることもなく、のびのび生きられる。

でも同時に、納得していないからこそ帰りたいというのも正直な気持ちなのだ。

ものすごくやり残したことがあるとか、そんな情熱的な理由があるわけじゃない。

穏便に帰る方法が見つかったとして、お世話になった人にはきちんとお礼をしてからじゃないとスッキリ帰れないしね！

義理と人情、人との繋がりや関係は大事にしなきゃ‼

「それじゃあ、まずは独り立ちしなきゃいけないにゃんねえ」

「うっ……」

「セレンちゃんにお世話焼かれてるようじゃあ、大人として立つ瀬がないにゃん」

「ううっ……」

「まあそこはボクがきっちりサポートしていくから、あとはご主人様のやる気次第にゃん！」

尻尾《しっぽ》をゆらゆら、嬉《うれ》しそうに言うシルバに私はちょっぴり申し訳ない気分になる。

異世界生活初日から数日の間はなかなかこの現実が受け入れられなくて、シルバの説明も右から左でそれを振り切るみたいにデリラさんに頼み込んで働かせてもらってようやく落ち着いて将来のことを考えられたからさ。待っててくれたんだよなって思うと……ね。

だからってこの異世界召喚について納得はしていないし、するつもりもないけど。

「やる気ねえ……そうだよね。いっちょ、異世界生活張り切ってやってみよう！」

「お、ご主人様が張り切ってるにゃん、えいえいおー」

「ちょっと、その気の抜ける応援なによ⁉」

私の抗議をよそに、くぁ、とあくびするこの猫、本当にサポートする気あるのか。

……でも、シルバは私がこちらの状況に戸惑った時にこう言った。

この世界に、元居た世界のような縛りはない。いつか戻る私は、自由なんだって。

あっちにいた時にやれなかったことや、してみたかったこと、知らないこと、色々なことが体験できるかもしれない。……もしかしたら、諦めかけていた、アクセサリー作りだって。

ここでならお店を持つことだって夢じゃない？

それならもう腹を括《くく》るしかない。

異世界上等！　私は前向きに帰る方法を探しつつ、この世界を楽しんでやろうじゃないの！

第一章　そうだ、独り立ちをしよう

とはいえ、私が腹を括ったところでここは異世界。

私が知る常識とは、ところどころ違って当たり前の世界……。これがなかなか難しい！

覚悟を決めた日からさらに数日経ったけれど、それでなにか大きな進展があったわけじゃない。

今の所はお勉強の日々なのだ。

この世界では誰もが自由に魔法を使うことができるが、私はまだ使えない。

魔法のない世界出身の私からしたら未知なもののわけですよ。鍛冶屋さんの炎が自前だとかって、普通思わないじゃない……。

（シルバによるとこの世界の人は誰もが魔力を持っているので、それをどうしたいのかイメージして体外に放出するのが魔法ってこと。だから、人それぞれやり方が違うのも納得できる）

異世界人である私も『この世界の住人としての体』がある以上、魔法は使えるはずだとシルバは断言した上で必要に応じて教えると約束してくれた。

だから、これから空き時間を見つけて練習していくつもり。

なんでもすんごい魔法を使おうと思うなら、『世界の力』ってやつを借りなきゃいけないからそれに見合った知識が必要になるらしく、優秀な魔術師になりたい人は王都にある学校に通うんだとか。

まあその辺りは私関係ないかな！

今、私に必要なのはこの世界で暮らすのに必要な常識と、生活に困らないための魔法と、それから生活費を稼ぐ方法なんだから。

（いつまでもデリラさんのお世話になっているわけにはいかないもんね！）

まあ魔法が使えなくてもこの世界には『魔道具』っていう魔法の代替品みたいなアイテムがあるから、困らないっていえば困らないんだけどね。ただ、それなりにお金がかかるのが難点。

普通に暮らしている分には人力的なものが中心で、専門職とかになると魔法が欠かせないものなんだとか。デリラさん曰く、お金持ちの家だと全部魔道具で構成されている便利なキッチンなんてものも存在するらしい。

（システムキッチンみたいなものなのかな……いや多分違うな）

魔法で一瞬にして片付くんならそれが便利だろうけど、結局そんな上手い話はないんだよね。

そんなことを思うのは、きっと近所の樵《きこり》さんから薪を買って運ぶ最中だからだと思う。

セレンちゃんと一緒なので、大人の私が弱音を吐くわけにはいかないから脳内でこうしてくだらないことを考えているんだけども。

「セレンちゃん、重かったら私ももう少しくらい持てるよ？」

「大丈夫だよ、ありがとうスバルおねえちゃん。働き者には良いことがあるんだから！」

「……えっと、なんだっけ。妖精のキキーモラ、だっけ。怠け者は悪戯《いたずら》されちゃうんだよね」

「そうよ！　だから、ちゃぁんと働かなくちゃ！」

お伽噺《とぎばなし》のキキーモラ、それはセレンちゃんのお気に入りらしい。

異世界転移の説明が上手くできそうにないので記憶喪失ってことにした私に対してセレンちゃんが色々話を聞かせてくれた時、一番熱量をもって語ってくれたんだよね。

（……ぬいぐるみも見せてもらったけど、なんか不思議な生き物だった……）

一応ほら、大人ですから！　可愛いねって言っておいたよ‼

そんな可愛らしいセレンちゃんが、今までこの薪運びを一人でやっていたっていうから驚きだ。

今年で十歳だっていうのにしっかり者で頭が下がる思いなんだけど、セレンちゃんは病弱で時々咳《せ》き込んでるし、今もあまり顔色が良くない。

私が転がり込んでから、セレンちゃんが熱を出して寝込むことが何回かあった。

最初は私っていう他人が転がり込んだせいだって慌てたんだけど、デリラさん曰く日常的なものだから気にするなって……一緒に暮らしている間に、この子がどんなに良い子か知ったから私としては気が気でないよ！

「……じゃあ、辛《つら》くなったらいつでも言ってね。おねえちゃん、まだまだ元気だから！」

「うん。ありがとう、おねえちゃん」

可愛いなあ、妹がいたらこんなだったのかなあ。おねえちゃんはメロメロです！

私はひとりっ子だったから、彼女のことが可愛くてたまらないんだよね。

「かっこつけてるけど、セレンちゃんの方がまだまだ上手《うわて》にゃん」

「うるさいよ、シルバ」

ほっこりしている私の頭の上から、小さく声が聞こえて私も思わず声を潜めて応じる。

こいつのせいで、すっかりご近所じゃ私のイメージが『黒猫を頭に乗っけている、デリラさんとこで世話になってるお嬢ちゃん』である。

シルバなりに配慮しているのか、重さは大して感じないんだけどさ。そこは精霊マジック？

「だって朝もご主人様を起こしに来てくれるし」

「うっ」

「薪の受け渡しだってテキパキしてるし」

「ううっ」

「もう少し大きくなったら店番にも出て、ご主人様の立場なくなっちゃうにゃんよ？」

「う、うう、うるさいな⁉」

思いっきり図星だけに思わずシルバを掴んで目の前にぶら下げる。

でもシルバはにやにやしてるんだから腹が立つ‼

そりゃね、こっちでの生活に慣れても体力の面でへとへとになっちゃってぐっすりな私は確かにセレンちゃんに起こしてもらってますけどね⁉　朝から可愛い子に起こされて役得とか思ってませんから！　慣れたらそういうのも減っていくんだから‼

薪の受け渡しだって、つい樵さんたちに声をかけるタイミングを逃してまごついている間にセレンちゃんが『おはようございますー』ってしてくれるとか、私は出遅れてるけどね！

……大人としての立場が危うい。

ここらで挽回しないと、いつまでもシルバに言われっぱなしなんて悔しすぎる！

「おねえちゃんどうかしたの？」

「あ、ううん。なんでもないよ！」

猫をぶら下げて睨《にら》みつける私を心配そうに見上げるセレンちゃんに、慌てて手を振ってなんでもないアピールをしてみせる。

にゃおん、なんてかわい子ぶった鳴き声を上げるシルバが憎らしい。

いや実際に可愛いからそれが余計に憎らし……いや本当、可愛いな。許せるな。

……後でおなかをモフモフの刑だ、それで許そう！

「シルバが尻尾を顔の前にやるもんだから、くすぐったくってさ」

「悪戯しちゃったのかな？　めっ、だよ。シルバちゃん！」

私の苦しい言い訳に、セレンちゃんが心配そうな表情から笑顔になった。

やっぱり笑顔でいてくれた方が、いいよね。心配かけちゃいけない。

「今日もお昼時は忙しいのかなあ、あたしも手伝えたらいいのに」

「セレンちゃんは普段からたくさんお手伝いしてるんだし、昼間は私が働くから大丈夫だよ」

「おねえちゃんが来てくれて、お母さんすごく助かってるって言ってたよ！」

「えっ、そう？　そうだったら嬉しいなあ」

「本当よ？　接客が丁寧だって評判なんだから！」

ウェイトレスは学生時代、ファミレスで接客していたから経験あるもんね。

それがまさか異世界で活かされるとは思ってもみなかったけど……とはいえ、いつまでもデリラさんの厚意に甘えたままってわけにはいかない。

「あたしもいつか、お母さんみたいに料理上手になって銀の匙亭を切り盛りするんだ！」

「……セレンちゃんならできるよ」

微笑《ほほえ》ましくてほっこりしたけど、その頃には私も自立できてないと困るね‼

シルバの言葉じゃないけれど、セレンちゃんが成長したら絶対、評判の看板娘になるだろうし。

私は料理も正直得意じゃないからお役御免になる未来しか見えない。

いや、あの二人が私を追い出すなんてしないってわかってるけど！

言い訳をしておくとだ、私は料理ができないわけじゃない。

そこんとこは大事なのでしっかり理解してほしい。

単純に『かまど』で『魔法』を使って料理をするっていうことに慣れていないだけで。

私だって社会人で一人暮らし経験者だけどさ。現代社会の電子機器っていう便利なものが身近なんだからしょうがないじゃない。っていうか、かまどでご飯を炊ける人の方が少数派なんだって。

（だから私が悪いわけじゃないと思うんだ……！）

ちなみに得意料理はカレーです。子どもでも作れるって？　うるさいな、誰が作っても失敗しない料理って最高じゃないの。色々アレンジだってできちゃう優れモノなんだからな！

（……そうやって考えるとレトルト食品とかって便利だったたな）

あともう一品欲しいって時に、特に優れていると思うんだよね。

むしろ忙しくて作る気力もない時とかさ、それこそお手軽便利な救世主っていうか……。

「ご主人様から今、とっても残念な感じをキャッチしたにゃん」

「察しが良すぎてドン引くわ」

「それはこっちのセリフだにゃん」

この口の悪さよ……！　お前は私のサポート役なんじゃないのか！

とはいえ、シルバが言っていることが割と間違ってないから、私も反論しづらい。

セレンちゃんと会話しつつ、そんな風にこっそりシルバともやりとりしていたらあっという間に銀の髭亭に着いたんだけど、セレンちゃんの顔色がもっと悪くなっている気がした。

（……私に気を遣って、無理してるのかな）

後はもう運んだ薪を並び替えるだけだし、ここは私が頑張るべきでしょ！

「セレンちゃん、ここは私がやっとくから中に入ってデリラさんのこと手伝ってきて？　そろそろ朝ご飯目当てのお客さんが来るだろうからね」

「えっ、あたしもやるよ？」

「いいからいいから。セレンちゃんも未来の看板娘として行ってらっしゃい！」

「……ありがと、おねえちゃん」

セレンちゃんは、私の下手な気遣いに申し訳なさそうにぺこっと頭を下げて戻っていった。

多分、自分でもあまり体調がよくないことはわかっていたんだと思う。本当にいい子だ。

（気にしないでいいのになあ……って言っても無理か）

このくらいしかできないんだから、もっと頼ってくれていいのに。まあ、私にできることは少ないんだけど……っていけないいけない、ネガティブになるところだった。

「さーて、ちゃっちゃとやっちゃいますか！」

やれることを一つずつ、こつこつと。

異世界生活、やるって決めたんだから頑張らないとね‼

とはいえ……重い。薪が、重い……。

成人女性と十歳の女の子が手提げ袋に入れて運べる分量でしかない薪とはいえ、ここまで運んで来るだけですでに腕がプルプルしている私にとってこれは重労働以外の何物でもない。

貧弱って言うな、これでも頑張ってるんだからね……！

毎日やっていれば多分、そのうち、きっと慣れてくると思うんだけど。

（おかしいなあ、セレンちゃんに手伝ってもらっているとはいえ、銀の匙亭で暮らし始めてから毎日やっているはずなんだけど……⁉）

銀の匙亭では薪を大量に買うわけじゃないから台車がない。だから全部手作業。

デリラさん曰く、ちょっとお値段が高くなっていいなら薪の配達も頼めるらしいけど、お店の経営状況を考えると自分たちでできることはやるべきだって意見だった。私も賛成だ。

「あと半分……！」

「今日は並び替える薪が多いにゃんねえ」

「ここんとこ天気が悪かったからね。追加の薪が少ないのは助かるけどさ……」

毎日毎日、必要に応じて薪を買う。

けど当然、古い薪から消費するために、それを取り出しやすいように一度出して新しいものと積み替えるわけで。これがまた、結構な重労働なのだ。

「あー、もう……！　こういう時に魔法が使えたら便利なのに……！」

「そんな都合良い魔法はないかにゃー。あ、結構難しいけどゴーレム作るのはどうにゃん？」

「初心者にもできそうなものにしてくれないかな⁉」

「そうなると肉体強化系かにゃあ。まあ、ご主人様の基礎がもうちょっとできたら教えてあげるにゃん。なんだかんだ便利だし覚えておいて損はないにゃん！」

「お願い……‼」

こういう作業って男性が担当することが多いらしいんだけど、デリラさんは生憎と未亡人。美人だから言い寄る男は星の数、だけど亡くなった旦那さんを今も一途《いちず》に想っているから母娘二人で頑張っているんだって。

それを常連さんから聞いて知っている私としては、そんな二人にできる恩返しの第一歩。

（ってわけで、こんなとこで薪に負けている場合かって話であってだな……‼）

かといって、キツいもんはどうやったってキツい。

ぱぱっと便利にどうにかできるならそうしたいって思うのは人情ってもんだろう。

魔法がそこまで便利なもんじゃないってことは理解している。結局使う人次第。

私はまだまだ『魔力とはなにか』みたいなところからシルバに習っている状態なので、魔法を使ってどうにか……ってのは今の所、夢のまた夢なんだよね。

魔法がある異世界生活、意外と世知辛いのだ！

「……このままじゃ日が暮れちゃうにゃんよ？」

「なによ、文句あるの？　あとちょっとなんだから、大人しく待ってなさいよ」

後方で私の作業を見守っているシルバに、思わずキツい言い方をしてしまった。

ちょっとイライラしちゃったなと反省しつつ、私は薪を押し上げた。でもこれで最後なんだから、少しくらい待っていてくれたっていいと思う。

あと少し、背伸びをして薪を押し上げたいんだけどこれが届かない。

（ほんのちょっと！　ほんのちょっとなんだけど！）

脚立を持ってくれば済むことだけど、あれがまた重いんだよね。

正直、薪運びでくたびれた腕にはキツすぎる重量だから、できればパスしたい。

「こんっのォ……！」

ジャンプしたらいけるだろうか？　いやいや、大人の女がやる所作じゃない。

失敗したら積んだ薪が崩れてしまうかもしれない。多分、そうなる。

そんなことになったら、音を聞きつけてセレンちゃんが来ちゃうかもしれない。

惨状を見たあの子は申し訳なさそうに言うんだ、『一人でやらせてごめんなさい』って。

（私がやるって言ったんだから、やり遂げなくちゃ……！）

意固地になっているっていう自覚は、ある。

この性格が災いして、会社でも負けたくないって無駄に頑張っちゃって余計に辞められなかった。

あの後、充電期間中にそのことについて、いやってほど反省した。そのはずだ。

でも、人間そう簡単には変われないらしい。

「まったく……素直に一言、手伝ってほしいと言えばいいだろう」

背後から声が聞こえたと思うと肩と背中に温もりを感じて思わず手が止まってしまった私の目に、私の手から離れた薪が落ちるところが見えた。

まるでスローモーションかのような光景を見た次の瞬間、私のものとは違う指が軽々と落ちそうな薪を押し込む。私はそれを、茫然と見上げるしかできない。

そんな私の耳に、呆れたようなため息が聞こえた。

「……ほら、これでいいんだろう」

慌てて振り返った先にいたのは、黒髪の男性だった。

ひと房だけ、髪の色が銀色で。和服みたいな衣装を身に纏《まと》った、一言で表すならば——すごく、かっこいい男の人がそこにいるではないか。

首元には、見覚えのあるチョーカーをしていて、まさか、と私は息を呑む。

「だ、誰……って、えっ、そのチョーカー……まさか、あの、もしかして……シルバ？」

「そうだ。まったく見てられないな、自立と意固地になることは違う。そうだろう？」

確認するように彼の名前を呼んだら、鼻で笑われた上に諭すような台詞を吐かれ、私は感謝の言葉をぐっと飲み込んだ。

意固地な自分を見透かされたようで、ちょっと悔しかったからだ。

「人の姿になれるなんて、聞いてない！」

「言ってないからな」

「なんで……」

「お前は猫が好きなんだろう？　それともこちらの姿がいいなら、常にそうしていようか？」

にやりと笑った姿がカッコイイ。って違うそうじゃない！

なにそれ、私のためならなんでもするってか？

いや、確かに猫は好きだし猫型のシルバは私の理想通り。つまり、シルバは私の好みの姿を象《かたど》っている……ということは、当然のように人型も、その、アレだ。

要するに、今目の前にいる人型のシルバも、すんごい私の理想通りすぎて、ヤバい。

ヤバいの一言に尽きる。

しかも密着しているような距離感でいるんだもの、顔が赤くなったって仕方がないと思わない？

そんな私を見てシルバが笑うもんだから、ついカチンときて頭を撫でようとしてきたその手を払いのけてやった。

「猫の姿で結構よ！」

「はいはい。まったく甘えるのが下手だよな、おれのご主人様は」

「なによ……っ！」

ムカついて文句を言おうとした瞬間、そこには地面に座って顔を洗う仕草をみせる黒猫が一匹。

したり顔で可愛らしく「にゃぁん」とひと鳴きするとかもう本当に！　本当に！　なんてあざといやつなんだ……‼

そんなに可愛くされたら私が文句言えないってわかってて、この仕草ですよ。

なんて小悪魔的な、いやそれがいい。じゃなくて！

「シルバ、あんたねえっ……」

「お店が賑やかになってきたにゃん。そろそろ戻らないとセレンちゃん一人じゃ大変にゃんよ？」

「……後で覚えてなさい！」

「もう忘れたにゃん、ほらほらさっさと行くにゃん」

再び私の頭の上に乗ったシルバは尻尾をパタパタさせてもう動く気はないらしい。

可愛いから許すけど、いつまでもその可愛さで許されると思うなよ……？

まあそれを口にしたところで口で勝てる気がしないので、今の所は大人しくしておくけど！

独り立ちするだけの知識と経験を得たら覚えとけ！

いつか美味しいご飯作って、ぎゃふんと言わせてやるからな‼

「シルバ」

「なんだにゃん？」

「……さっきはありがと」

それでも、お礼を言わないのは人として間違っている。ぶっきらぼうに小さく感謝の言葉を述べると、頭の上でシルバが機嫌よく尻尾を揺らした。


私が薪の整頓を終えて手を洗いキッチンに向かうと、デリラさんとセレンちゃんの姿が見えた。お皿を複数並べているところを見ると、ちょうど注文が入ったのかもしれない。

「戻りました、遅れてすみません」

「おかえり、スバルちゃん。薪を全部やってくれたんだって？　ありがとうね」

スープ鍋をかき混ぜながらにっこり笑ったデリラさんが、手際よくサラダとパンにハムエッグ、アツアツのスープをトレイに載せてセットを完成させる。美味しくて安い人気の朝食セットだ。

「戻って来たばっかりで悪いんだけどね、これ持ってってくれるかい」

「あ、はい。わかりました」

「お母さん、あたしがやるよ！」

デリラさんにトレイを示されて持っていこうとすると、セレンちゃんが慌てたように声を上げた。お手伝いしたい年頃なのと、私に対して申し訳ないという気持ちなのかなって思った。

デリラさんもびっくりしていたけれど、すぐに〝お母さん〟の顔でつん、とセレンちゃんの鼻頭をつついてにっこり笑う。

「いいから、セレンはちゃっちゃと自分の朝ご飯食べちゃって」

「……はぁい……」

しょんぼりとするセレンちゃんは可愛いけど、なんだかこっちの罪悪感がすごかった。

お手伝いしたいのに私が横取りしたみたいになっちゃった、そんな気分だ。

勿論そんなことはないし、セレンちゃんだってわかってくれているけど……オロオロする私に、デリラさんはセレンちゃんの頭を撫でながらそっとウィンクしてきた。

「食べ終わったらスバルちゃんと交代してあげてちょうだい。ね？」

「……！　うん‼」

ぱっと不満そうな顔を笑顔に変えたセレンちゃんが、二階の部屋へ朝ご飯を持って駆け上がる。

ほっこりした気持ちでそれを見送った。

多分、セレンちゃんが食べ終わる頃には朝食に来ているお客さんが落ち着くことを見越してのことなんだろうな。ほんと、デリラさんすごいなあ。

私も仕事をしなくてはとトレイを持って客席に向かう。

銀の匙亭は、ちょっと大きめの一軒家の一階がそのまま食堂になっていて、基本的に食事のみでお酒はあまり置いていない。安心して食事が楽しめる場所として評判のお店だ。

リーズナブルかつボリュームがある料理を出すことで、酒場との差別化を図っているらしい。

「はい、朝食セットお待たせしました！」

トレイにはテーブルの番号が書いてあって、どこに届けるのか一目瞭然。

ふふん！　これ、実は私の提案なのだ！

どのテーブルでなにを注文されたのかわからなくなったりするのが減るっていうのは、客にとっても店にとっても良いことだからね！

セレンちゃんがお手伝いしてくれている時もその番号を見てもらえばいいわけだし。

忙しい時はこういう何気ないのが助かるってもんなのよ……酒場じゃないから酔っ払いもほぼいないとはいえ、クレーマーはいつ現れるかわかったもんじゃないし。

私ならまだしも、対応に出たのがセレンちゃんだったらと思うと心配じゃない‼

（まあ、今んとこそんなクレーマーなんていないけど）

町の人たちは基本的に穏やかな人が多くて、互いに助け合うのが当たり前って感じだからかな。

あのブラック会社で始発出勤終電帰宅が当たり前、なんなら泊まり込みして、それでも上司にもっと仕事しろって怒鳴られたり先輩にいびられたり仕事押しつけられたりパシらされた散々な日々を思うと、ここの人たちって天使かな？　って密かに思ってるんだよね。

毎日こっそり拝んでるのは内緒だ。

うっ、思い出すとココとの落差に涙が出そう。

「お、スバルじゃん！　おはよーさん。今日の朝食セットもうまそーだなあ！」

「うまそうじゃなくて美味しいの！　おはよう、レニウム。これから仕事？」

「おうよ、腹が減ってちゃ仕事になんねーからな！」

朝食セットを注文したのは、馴染みの人だった。

グレーがかったちょっと癖のある髪と八重歯がやんちゃっぽい雰囲気を持っている彼の名前はレニウム。右目の下にあるほくろがチャームポイントだと思う。なんと職業は『冒険者』。

明るく人懐っこいタイプで、今じゃ私もすっかり打ち解けて友達関係だ。

「あのクッソ生意気な猫は？」

「シルバならあっちのカウンターで寝てるよ」

「おー、そっか。お前も朝から働いてて偉いな！　なんなら頭撫でてやろうか？」

「結構ですぅ～」

そのうち一流の冒険者になるんだぞって胸を張って言ってるけど、毎回シルバを撫でようとしては引っ掻かれてるんだよなあ……。私のこともよく撫でてくるんだけど、そういうことしてると好意があるのかなって勘違いしちゃう子が出るから気をつけなよ？　この無自覚ワンコ系め！

セレンちゃんも懐いてるし、親切だし、文句なしのイケメンの部類だけど……ただ一つ、本人のせいではない難点がある。

そのせいで彼は私にとって危険人物でもあるのだ。

接し方には細心の注意を払わないといけない。……まあ普通に会話しているだけなら問題ない。

「聞いて驚け、今日の依頼はモンスター退治なんだぜ。今まで採取依頼ばっかだったけど、とうとうおれっちの時代がやってきた！」

「あ、そうなの？」

「おれっちの活躍が明日はきっと町中を駆け巡るぜ！」

にっかりと笑ったこのレニウムの発言の直後、世界が止まる。

そしてレニウム以外がモノクロになったように見えたかと思うと、笑顔のまま止まった彼の前にウィンドウが現れた。

そう、これが私の能力――【桃色はっぴー☆天国《パラダイス》】。

発動条件はランダム、こうして私を含め世界中が動きを止める。そしてゲームみたいな選択肢が出てくるので、その中から選ばないといけない。それが私の能力だ。

意味不明な能力である。いや意味はわかる。選択肢次第で、上手に立ち回れるってことでしょ？

でもなんでゲームみたいにした？　その必要あった？　そう問い詰めたい。

胡散臭いカミサマの『サービスだよ☆』って笑顔が頭にちらついてイラッとした。

（なになに……）

ちなみにこの選択が割と重要で、選ぶ時は慎重にならざるを得ない。

何故なら、これには即死回避がついているのだ！　基本的にランダム発生なので人間関係ほか諸々は結局のところ、普段の行いが大事だって話。

出てきたウィンドウには、先ほどのレニウムの発言がセリフとして表示されている。

それに対して少しだけ被るように別ウィンドウとして選択肢が出ている状態。


選択肢、一つ目：『そっか、じゃあ楽しみにしてるね！』

そのセリフの横に赤矢印があって、それが上を向いているから好感度アップ系だと思っている。

選択肢、二つ目：『ふーん、まあ気をつけて行ってらっしゃい！』

特に矢印もなにもない、無難な答えってことかな。可もなく不可もなくってやつ。

選択肢、三つ目：『知らないよ、早く食べて出てってくれる？』

そこまで言わなくてもいいと思うんだけど。塩対応すぎない⁉

レニウム
おれっちの活躍が明日はきっと町中を
駆け巡るぜ!
選択
そっか、じゃあ楽しみにしてるね!
ふーん、まあ気をつけて行ってらっしゃい!
知らないよ、早く食べて出てってくれる?

……そして、横にドクロマークがある。これが死亡フラグ。いや待ってこれが良くない選択肢なのは見てわかるけど、これでなんで死亡フラグ立つの⁉

（ホントこの世界、平和に見えてスリリングすぎなんですけど……！）

私はこのスキルに関して、いつも無難な答えを選ぶことにしている。

なんでかって？　今は生活優先だから、好感度が上がって恋愛に発展しても困るし。

それに、もし戻る方法が見つかったら……未練ができちゃうのは、……うん、困るかな。

なにより、スキルで恋愛成就するってちょっと……ほら……ねえ？

「『ふーん、まあ気をつけて行ってらっしゃい！』」

選んだ答え通りに私の口が勝手に動く。

その瞬間、モノクロだった世界は再び色づいて、出ていたウィンドウもいつの間にか消えている。

……初めの頃は戸惑ったこのスキルも、今じゃそれなりに見慣れて動揺はしなくなった。

こんな感じで最初にデリラさんたちに会った時も、唐突に出てきた挙げ句に『異世界から来たんです』を選択したら即死だったんで『記憶喪失なんです』を選ぶ以外なかったんだけどね……。

結果論だけど、おかげで銀の匙亭で働けているんだから悪いスキルじゃない。だけど、初めてそれを見た私の気持ちも考えてほしい。びっくりするでしょ……？

（あの時は硬直した私にシルバが色々レクチャーしてくれて、シルバはスキルの影響を受けないから私は一人ぼっちってわけでもないんだなって奇妙な安心感を覚えたっけ）

ちなみにこのスキル、唐突に出てくるので本当に心臓に悪い。昨日は外に出た時にいた馬を見て発動した挙げ句に『撫でる』『叩く』『無視する』と、ろくでもない選択肢が出てきた。

馬相手だからか好感度も死亡フラグもなにもなかったんだけど……どうなってんだホント。クレーム案件なのに、肝心のカミサマに連絡がつかないんだから困っちゃうよね！

ただまあ、こういうのが時々あるんだからそりゃ慣れもするってもんである。

そんな私の気持ちはともかく、レニウムは私の返答に不満足だったらしい。

「おっまえなぁ！　そこは『頑張ってね』って可愛く言うところじゃねーの？　そんなんじゃ嫁の貰い手なくなっちまうぞ」

「いや別に応援されたからってやることは変わらないでしょ？　それに嫁の貰い手ってアンタにそんなこと心配されたくありません！」

「はっはー、まあ貰い手に困ったらおれっちが貰ってやろうか。スバルが相手だったら毎日楽しそうだし！　おれっち強いし生活力もあるからお買い得だぜ？」

「遠慮しとく。私、今は自分のことで手一杯なんだよね」

「ちぇっ」

ひらりと手を振って、キッチンの方へと戻る。店員とお客さんの距離感バッチリ。さすが私。

まったく、なんだかんだ顔がいいから困っちゃうよね。一瞬ドキッとしちゃった。

ちらっと肩越しにレニウムを振り返ったけど、不満そうに唇を尖らせているだけだ。

でも向かいに座った人物を見て、すぐに笑顔を見せた。その人物を見た私は思わず苦い表情になってしまって、慌てて体ごと視線を背ける。

レニウムの向かいに座ったその人が悪いわけじゃない。わかってるんだけど……。

でも、その人もこの能力が最近やけに発動する相手の一人なのだ。

レニウムと、他にあと二人。この三人は要注意人物なのだ‼

（最近、彼らと出会うたびに【桃色はっぴー☆天国《パラダイス》】が発生しては好感度アップの表示が出ているんだよなあ。好感度か死かってなんだその究極の選択《ラブ・オア・ダイ》‼）

彼らはこの店の常連で、年齢が私と近い異性ばかり。意図的なものを感じざるを得ない。

思わずシルバの方へと視線を向けると「なにか？」と言わんばかりの視線を返された。

きゅるっとした目で見上げるんじゃない。可愛いじゃないか！

「ちょっとシルバ、この能力……ランダム発生なのはまだ理解できるけど、意図的に誰かと恋愛関係にさせようとしてない？」

「考えすぎだと思うけどにゃぁ。でももしそうなら、粋な計らいってやつじゃないのかにゃん？」

「そんなん要らないし！」

「カミサマがそっちの世界の雑誌読んで『恋愛は人生の潤い！』って叫んでたにゃん」

しれっと知りたくもない情報を教えてくれたシルバがくぁっとあくびをする。

多分だけど、どうでもいいと思ってるな、コレ。

周囲の目にはこのやりとりもまた構ってるなくらいに思われているのが救いだ。思わずため息をついたところで、ひらりと手を振られるのが見えた。

注文ならば仕方がないと私が笑顔を作ってそちらに向かえば、レニウムが先程の朝食をがっついて食べている。そして、向かい側に座る人物はそれを呆れた顔で見ながら注意していた。

「レニウム、少しは行儀よくしないか」

「だってよー、兄貴はお上品すぎるんだって！　腹が減ってんだからしょーがねえじゃん‼」

「だったら家で食べたらどうだ？」

「銀の匙《こ》亭《こ》で朝食セットの大盛りを食うのがいいんだって！」

レニウムの発言に、その人は私を見上げてやれやれと肩を竦《すく》めながら微笑んだ。

兄貴、そうレニウムが呼んだその人は正真正銘、レニウムのお兄さんだ。

「弟が毎回騒がしくてすまないね」

「いえ、大丈夫です」

彼の名前はアウラムさん。落ち着いた雰囲気を持った男性で、冒険者ではないらしい。

まあ、物腰柔らかな人で荒事には向かなそうだし、むしろ服装的にお金持ちの実業家って言われたらなるほどって感じがする印象の人だ。

柔らかな金髪に緑の瞳、左目の下にはほくろがあってこれがまた色気抜群。整った顔立ちと相俟《ま》って微笑む姿は大変眼福で、直視した人は性別問わず恋に落ちるんじゃないかってレベル。

レニウムと仲良くしているおかげか、私にもよく話しかけてくれる。顔面偏差値が高い上に紳士とか、今までどれだけの女性の心を盗んできたんだろうこの人……なんて思ったのは秘密だ。

「ご注文はお決まりですか？」

「コーヒーをブラックで」

微笑むアウラムさんを前に、またしても世界が止まった。

出てきた選択肢に思わず頭を抱えたくなった。私も動けないけど。

選択肢、一つ目：『ええー!?　コーヒーだけですか？　しみったれてるなあ！』

朝から喧嘩の大安売りですかね。好感度が下がる下向きの青矢印がついているのは理解できるけど、ドクロマークまでついてるってひどくない⁉

こういう場合は好感度が下がった対応をされた挙げ句にその後、なにかトラブルでもあるんじゃないかってシルバが言っていた。二段構えでヤバイってことですかそうですか。

選択肢、二つ目：『かしこまりました。ご一緒にポテトはいかがですか？』

どこのジャンクフード店だ。いやフライドポテトはあるけど、朝の時間帯に扱ってないからね⁉

デリラさんの作る皮付きフライドポテトはセレンちゃんと私のおやつだから譲りません。

……しかし何故この選択肢でドクロマークがついているのか、解せぬ。

選択肢、三つ目：『コーヒーですね、かしこまりました』

好感度が上がっちゃうけど、これを選ぶ以外に選択肢がない。

いや選択肢はあるけど死亡フラグはご遠慮願いたいでしょ、普通に‼

（なんでアウラムさんの選択肢はこう、死亡フラグが多いんだろう……）

最初の頃は右往左往していたこのスキルだけど、最近では冷静に分析する余裕も出てきた。

一日に何回も出てくる日もあれば、まるで出てこない日もある。どの選択肢を選んでも変化がなさそうなものだったり、逆に死亡フラグが多めだったりと本当に読めない。

役に立ってるかって聞かれれば、まあ死亡フラグ回避ができているんだからありがたいっちゃありがたいけど……いや待て、日常生活になんでこんなに死亡フラグ転がってるんだっていう素朴な疑問を抱いては……だめだ、考えたら負けな気がする。

「『コーヒーですね、かしこまりました』」

「うん、ありがとう」

アウラムさんを悪く言うつもりはないけど、死亡フラグの多さと、レニウムがこの店にいる時にだけ現れることを考えると、弟が見知らぬ女と親しくしていることが心配っていうブラコン疑惑。

……こういうのがあるからできる限り好感度は上げずに生きていきたいんだよね‼

(誰かと恋人関係になったら、ある意味落ち着くのかな？　いやいやそんなスキル頼みの打算的な恋なんていやだし。そもそも私は帰るんだから、未練を自ら作ってどうする！)

コーヒーを淹《い》れるくらいは私にだってできるので、カップとソーサーを準備する。

元居た世界のような全自動のコーヒーメーカーではないから、ちょっと不安はまだあるけど……何事も経験なのだ！　手動だからって、要は集中してやればいいだけの話。

きっと私は必死な顔でコーヒーを淹れていたに違いないが、気にしてはいけない。

……気にしてはいけない。

コーヒーを無事淹れ終えたことで達成感を覚えた私が思わず小さくガッツポーズをとると、くすくす笑う声が背後から聞こえてきた。

見られていたのかと慌てて振り向くと、そこには穏やかな笑みを浮かべた男性の姿があった。

「おはようございます、スバルさん」

「ニオブ先生！　おはようございます」

「うん、今日も元気そうだね。セレンちゃんはいるかな？」

「はい、今は二階で朝ご飯を食べてます」

「そう。デリラさんは？　忙しいかな？」

「大丈夫だと思います。先生が来たって伝えてきますね！」

「ありがとう。診察が終わったらぼくも朝食セットをもらってもいいかな」

穏やかに話すこの人は、お医者さんのニオブさん。

セレンちゃんの主治医でもあって、こうしてちょくちょく様子を見に来てくれる優しい人。黒髪を無造作に後ろで束ねている辺り、あまり身嗜《みだしな》みにはこだわりがなさそうだけど……それが似合っちゃう、切れ長な目が印象的な理知的な美形。

そして、この人もまた【桃色はっぴー☆天国《パラダイス》】が反応しやすい人の一人なのだ‼


選択肢、一つ目：『勿論です、こっそりサービスでデザートもつけちゃいますね！』

……文句なしに好感度アップですね、わかります。

いやいや勝手にデザートとかサービスできないからね⁉　クッキーくらいならなんとか……。

選択肢、二つ目：『だめですよ、もうそろそろ朝食セットの時間はおしまいです！』

不思議なことにこれでドクロマークついてるんだよね。

選択しないからいいんだけど。そもそも朝食セットまだあるはずだし。でもなんでだ……？

選択肢、三つ目：『勿論です。セレンちゃんのこと、これからもよろしくお願いします』

これだ！　なにもマークがついてない‼


会話一つに実はこうやって頭を使っているだなんて、誰がわかってくれるだろう……。

シナリオがある人生でもないのに、毎回とは言わないけどこうやって選択を迫られる人生って便利なのか窮屈なのか。

「『勿論です。セレンちゃんのこと、これからもよろしくお願いします』」

「ぼくでお役に立てるなら、喜んで」

はー、異世界生活ってのはなかなか大変……って、いや、主にこのスキルのせいなのかなあ……。

こっそりとため息をつく私に近寄って来たシルバが、こてんと首を傾げる。

「主にご主人様が真面目すぎるせいだと思うけどにゃん」

「うるさいよ、シルバ」

誰も見ていないのをいいことに暢気《のんき》なことを言ってくるからその頭をがしがし撫でてやった。

ニャァ、と抗議の鳴き声が聞こえたけれど、知りません！

ああ、良い手触りだった‼


「あー、今日も一日良く働いたぁー！」

「お疲れ様にゃん」

ぼふんとベッドにダイブする。行儀が悪いと言わんばかりのシルバの目線は気にしない。

一日労働して疲れている人間だもの、このくらい許されたっていいと思うの！

異世界《ここ》での生活はとても健康的だと思う。

朝は早くから起きて、働いてデリラさんの美味しくて栄養バランスの取れた食事をとって、働いて食べて、働いて食べて寝る。その繰り返し。

元の世界でブラック会社に勤めていた時に比べると、本当に天地の差な生き方なのだ！

……会社から解放された後は自堕落生活だったから、やっぱりそっちとも天地の差だな……。

思わず遠い目をしたくなるけど、そこは考えないことにしよう。

「常識を覚えて、魔法を覚えて、その後のこと、かぁ……」

「どうかしたにゃん？」

「うん、帰る方法を見つけるまで異世界で生きて行こうって決めて、今の所はなんとかやってると思うんだよね。だけど、このままじゃだめなんじゃないかなって思って」

「……ご主人様は、頑張りすぎなくらいだからもう少し人生を楽しんだらどうにゃん……？」

「そうかなあ」

シルバの言葉に首を傾げる。

だって、ぐっすり眠れて、優しい人たちに囲まれて、私は恵まれていると思うんだ。

恵まれている分、それに見合ったお返しをしたい。

でも、今の私にできることっていったら、『とにかく頑張る』くらいしかない。

だから朝はできる限りお店の前の通りや店内を掃除して、食器をチェックして……そういやデリラさんにも働きすぎだって注意されたっけ。私は感覚がずれているんだろうか。

「頑張ることは、悪いことじゃないにゃん。でも、頑張りすぎたら周りが心配するにゃん」

「それは、……そうかもしれないけど」

魔法が使えない、それは別に悪いことじゃない。

記憶喪失だってことになっているし、魔法を使うのが上手い人ばかりじゃない。なんなら加減が苦手だからと使わない人だっていることを、最近の私はちゃんと学んで知っている。

でも、だからといって手に職があるわけじゃない私になにができる？

お世話になりっぱなしで、決して余裕があるわけじゃないデリラさんたちの生活に負担をかけているのは目に見えてわかっていて、それを仕方がないって知らないふりもできない。

「……早く手に職を持てるくらいになって、独り立ちしなくっちゃ」

デリラさんは優しくて、大人だから……セレンちゃんや私になにも言わない。

だけど、私だって馬鹿じゃないし、歴《れっき》とした大人だ。状況くらい理解している。

冒険者だった旦那さんを事故で亡くしてから、女手一つでこの食堂とセレンちゃんを守ってきたデリラさんのこと。

セレンちゃんの体が弱いこともあって、薬代とか診療費が馬鹿にならないこと。

ニオブ先生が気を遣って、ツケ払いとかにしてくれているらしいけど……そのやりくりは、正直とても大変だってこと。

そして、具合が悪いセレンちゃんのために、今まで何度もお店を休んだことがあること。

私が来てからはまだないけど、これからもそういう休みはあるだろうって。

町の人たちのほとんどが親切だから、この母娘を応援している。

デリラさんもセレンちゃんも、それを申し訳なく思っているっていうのも聞いたから。

ご近所さんが『二人のこと支えてあげてね』ってこっそり教えてくれたこれらの話は、とても大切なことだと思う。

（私は、できることを、探さなくちゃいけない）

今はまだ、ウェイトレスをするくらいしかできないけど……ちゃんと色々学んで、料理とかもある程度デリラさんに習ったりして、代わりができるくらいにならなければ。

そうじゃなきゃ、私はただの厄介者になってしまう。

デリラさんも、セレンちゃんも、優しいから決してそんなことは言わない。

言われないからこそ、私はその優しさと信頼に応えなくてはいけないんだ。

「……ご主人様」

はぁ、とため息が聞こえてはっとした。

ベッドに腰かける私の手にすり寄る、柔らかくて温かい存在に思わず目を瞠《みは》る。

「ど、どうしたのシルバ……珍しい」

普段は私が抱っこさせろとかモフモフさせろとか言うと嫌そうな顔をしてタンスやクローゼットの上とか、私の手の届かないところに逃げちゃうのに。

「怖い顔をしてあんまり気負いすぎると、見えるものも見えなくなっちゃうにゃん」

「……怖い顔してた？」

「どうせ、できることを見つけて完璧にこなさなきゃとかそんなこと考えてたにゃんね。そんなの無理だって、認めるところから始めたらどうにゃん」

「ひどくない⁉」

いや、できることを見つけなきゃとは思ったけど……完璧にこなしたいとかは考えてない！

抗議の声を上げる私をまるっと無視して、シルバは私の膝の上で喉を鳴らした。

「この世界に来てまだそんなに経っていないのに、ご主人様はよくやってるにゃん。変に身構えるでもなく、お世話になっている人に恩返ししようと頑張っている姿があるからご近所さんだって認めてくれて、事情を聞かせてくれたにゃんよ？」

「そ、かな……」

「期待に応えたいってご主人様の気持ち、ボクもわからないってわけじゃないにゃん」

「うん……」

「でも、それは今すぐじゃなくたっていいんじゃないかなって思うにゃん」

スバルちゃん、そう呼んで受け入れてくれる町の人たち。

異世界に放り込まれて、その意味もよくわからないまま好きに生きろなんて言われて、納得できるはずがない。でも、できてはいないなりに、なんとかやっていかなくちゃとは思っている。

「ご主人様、前にも説明したけどこの世界で生きる間はあっちでの時間経過はほんの僅か――それこそ、夢を見ているのと同じ。一瞬の出来事にゃん」

「……うん」

「だから、焦らずこの世界を生きればいいにゃん」

シルバによれば【一夜の夢システム】とかいう、まるでゲームのシステムみたいなネーミングの力で、ここでどんな一生を送ろうと、元の世界に戻ったら一瞬の夢になるらしい。

不思議な夢を見たな、その程度で終わってしまうようになっているんだって。

それが本当なら、なにをしてもいいって、罪悪感がなくなる人もいるんだろう。

でも私はそんな風に思えなかった。今もそうだ。

死んだらゲームオーバーで、元の世界でオハヨウゴザイマス。

私はそれをまだ信じていないし、信じ切れないし、そんな無責任な生き方は選べない。

だからこそ、堅実に生きて、お世話になった人にはちゃんと恩返しもして、立つ鳥跡を濁さずよろしく、それから元の世界に戻りたい。

でも同時にそうやって堅実に生きれば生きるほど、お世話になった人や親切にしてくれた人が現れて私の中で未練になっていくんじゃないかっていう不安もある。

（……中途半端だなあ、私）

こんなんだから、会社勤めの時も押しつけられた仕事とかを最後まで責任もってやった挙げ句に手柄は横取りされて、不満を言ったら横っ面張っ倒されて……弱音を言うのも、助けを求めるのも怒られるって思って怖くなって全部自分でやんなきゃって思うようになって。

結局できてなかったから、社会復帰がすぐできず自宅療養になった。

大人なんだからしっかりしなきゃ。そう思えば思うほど、理想と現実はかけ離れていって、私としてはできることが見当たらなくて、途方に暮れてばっかりだった。

そこを自覚しているから、余計に焦りがあるんだと思う。

「ご主人様、まだ生活を始めたばっかりでなぁんにもできなくて当たり前にゃん」

「そんなんでいいのかなあ」

「普通にゃん」

「そうかなあ」

「じゃなきゃボクのいる意味が無くなっちゃうにゃん」

シルバは、私が途方に暮れていることを理解してくれてるんだろう。柔らかな毛並みが、私のことを慰めるように、励ますようにすり寄せられるとなんだか心がほわっとする。

「ご主人様、頑張るのは悪いことじゃないにゃん。でもご主人様が無理をすれば、デリラさんもセレンちゃんも悲しむにゃんよ？」

「……うん」

「慣れない環境なのに、ご主人様はちゃんとやれてるにゃん」

「……うん」

「どんなに不安でも、ボクがいるにゃん」

「うん」

私が欲しい言葉ばかりするする紡ぐシルバは、なんとなくずるいなあと思う。

頑張っているよ。

ちゃんとできているよ。

傍《そば》にいるよ。

どれもこれも、社会人になってから欲しても欲しても、なかなか得られなかったものだ。

それが悔しくって勝ち取ってみせるんだ！　って無理をして、結局家族に心配をかけたんだよね。

後で考えてみたら、就職して一人前になったんだから親を頼ったり相談したりするのは恥ずかしい。そんなちっぽけなプライドに縋りついた結果、私はボロボロになったわけで。

偶然、状況が好転したからあそこから抜け出せただけ。……ああ、情けなくて涙が出そう。

泣きそうになるのをぐっと堪《こら》えて、シルバを持ち上げた。

ぐぇって声が聞こえた気がするけど、そこは都合よく聞こえないふりをしてぎゅっと抱きしめる。

ふかふかで、もふもふで、温かい。生き物の温もりだ。

しょうがないにゃぁって小さな声がして、大人しくしてくれるシルバは私よりもよっぽど大人なんだろうなって思う。

精霊だからそもそも私よりずぅーっと大人なんだろうけどね、多分。

「……明日はさ、セレンちゃんと一緒にウェイトレスやろうかな」

「それもいいにゃんね」

「レニウムは依頼を成功させるかな」

「どうでもいいにゃん、アイツ撫で方下手だから嫌いにゃん」

「……そこは許してあげなよ」

「絶対無理」

くすくす笑って頬擦りすれば嫌そうに鳴く低い声が聞こえて、これ以上は甘えさせてもらえないんだなと理解する。

「そうだね、ちょっと気負いすぎたかも」

「ご主人様は、ちょぉっと無理しすぎにゃん」

「うん」

「大人だって、できないことはできないって言っていいにゃん。そこからどうするかを考えるのがちゃんとした大人にゃん」

「はぁい」

「返事はしゃっきり短くにゃん！」

「はい！」

「よろしいにゃぁん」

「にゃぁんはいいんだ⁉」

一人じゃなくて、良かった。一人ぼっちは、辛いから。

シルバがいてくれて良かったと最近は素直に思えるようになった。

まだ本人に直接、感謝の言葉を伝えることはできそうにないけどね！

この理不尽な異世界召喚に物申したいことはいくらでもあるので、召喚された時以来接触のないカミサマとやらをぶん殴りたい気持ちは大切に、それはもう大切にとっておこうと思う。

でも、ここでの生活はきっと私になにかを教えてくれる。そんな気がする。

だって、この世界に来た時より、私は前向きな自分に戻れた気がするから。

それに、ウジウジしているのはやっぱり私の性に合わない。

「ねえシルバ、今日は寝落ちしないからまた魔法を教えてよ」

「えぇー本当かにゃん？」

「大丈夫だって」

「明日の朝は起こさないにゃんよ？」

「えっ、それは困るかな」

「独り立ちの第一歩は、朝一人で起きるところからにゃん」

するりと私の腕から逃げ出したシルバが悪戯っぽく尻尾を揺らしながら、私の横に座ってぼさぼさになった毛並みを整え始める。

ブラッシングしてあげたくなったけど叱られそうなので、私は大人しく彼の言葉の続きを待った。

「ご主人様が独り立ちできるまでの計画を考えてみたんだにゃん」

「……計画ぅ？　え、なにそれちょっと待って」

「待たないにゃん。まず常識はだいぶ覚えたから次は魔法だけど、これは一朝一夕にはいかないので長い目で見るとして……次はご近所づきあい。行動範囲を広げてみるのはどうにゃん？」

尻尾をゆらゆらさせながら、シルバが挙げていくその内容に私は相槌を打つしかできない。

そんな私をよそに、シルバは言い切った後どや顔で私を見ていた。

「名付けて、独り立ち計画にゃん！」

「いやダッサ！」

いやいや、独り立ち計画って。ネーミング安直すぎるでしょ。ダサいでしょ。

さてはシルバ……あんまりセンスないな……？　カミサマのこと言えないレベルだよね。

「今、余計なことを考えなかったにゃん？」

「いやいやそんなことナイヨ⁉　シルバの意見はためになるなあって思っただけダヨ⁉」

「妙にイントネーションがおかしいにゃんね……まあいいにゃん。とにかくご近所づきあいをしてご主人様がここから出て暮らせる家を探すにゃん」

なるほど、と思わず納得してしまった。いやなんで私も気がつかなかったんだろう。

勿論、手に職をっていうのは大事だと思う。だけど住居問題も重要だよね。

今はデリラさんのおかげで住み込みで働いているみたいになっているけど、この家から出て自炊生活ができればその分デリラさんたち母娘の負担が減るってことでもあるのだ。

別の住居になってもこの店に通うことは可能なわけで、そうなると私がちゃんと一人で暮らせるっていう印象を与えておかなければ、空き家があったとしても貸してもらえるとは思えない。

今までは焦りから漠然としていたビジョンが、一気に現実的になった！

「ウェイトレスを当面はさせてもらってそれを生活費に……となると、やっぱり切り詰めた生活が必要だから自炊が必須にゃん。ご主人様の魔法理解と家事レベル向上が急務にゃん」

「うっ、そこまで言う……？」

現実的な話になると今度は別の現実も突きつけられるという世知辛さ。

私の現状での魔法の扱いはまだ幼児並み。

成功率は正直五分五分ってところなので努力あるのみってな感じ。生活に使えるレベルかって問われると難しいけど、弱音を吐いている場合でもない。

「わかった、頑張る……‼」

「その意気にゃん。基礎の魔法が使いこなせたらその先が見えてくるから、ご主人様の適性はボクがちゃんと見定めてあげるにゃん。そこから次を考えるってことでどうにゃん？」

「おおおお、シルバがサポート役らしいことをしてるぅ……‼」

「もともとボクはサポート役にゃんね？　ご主人様は物忘れが激しいみたいだから一度じっくり物事を説明した方がいいかにゃん？」

「アッ、スミマセンデシタ」

ジト目で見上げてくるハイライトのない赤い目が怖かったので思わず謝ってしまった。

いやだってあれはちょっとヤバい気配がしたんだって。うん……。

「やれることは、そのうち見つかるにゃん。それを見つけるための努力をご主人様はちゃんとしているんだし、サポート役のボクが言うんだから間違いないにゃん」

「シルバ……」

シルバの自信満々な言葉に思わず呆れちゃうんだけど、その信頼感が半端ない。

ちょっとだけ、異世界生活に光明が見えた気がする。

（……やれることは、そのうち見つかる……）

その言葉は私の心にストンと落ちた気がする。

そうだよね、私はいつだって頑張ってやってきた。

元の世界だろうと、異世界だろうとそこは変わらない。

「シルバ、私、頑張るからね！」

私がガッツポーズを作って言えば、シルバが嬉しそうににゃぁん、って笑ってくれたのだった。

幕間　シルバは、それを知らない

シルバは人間を知っている。

今まで目の前で観察する機会も興味もなかったから、ただ知識として『知っていた』だけである。

人間は夜に寝て、朝になると起きる。例外もあるが、大抵は昼行性の生き物である。

食事をとらないと死んでしまうし、眠らなくても死んでしまう。

そんな知識を思い出しながら、ちらりと視線だけを向ける。

（幸せそうな顔して寝てるな）

「シルバぁ～……ふふ、ふわふわぁ……」

その視線の先で、むにゃむにゃとだらしない寝顔で自分の毛並みに優しく触れる女がいる。

シルバはそんな女の顔を見てため息を零しながらも、起こさぬようじっとしていた。

眠ろうと思えば眠れるシルバであったが、それでもこう寝ぼけて撫でまわされた状態でのんびり眠れるほど図太くはない。

猫の姿をしていたところで猫ではないというのに、この異世界から召喚されてしまった娘は理解できていないのか、それともただ図太いだけなのか。

『有栖川 昴』という人間のサポートにつくことになったシルバとしては、毎日が驚きの連続だ。

彼が知る〝人間〟は寿命が短く、男女性があり、子を産み育て、大きな群れを作り発展を続けている種族だ。大抵の人間は脆く、ちょっとしたことが起きれば息絶えてしまうか弱さがある分、群れでそれをカバーしているのだろうと彼は分析している。

その考えは、あながち間違いではなかったと思う。

昴と共に過ごすようになり、彼女だけでなく多くの人間が猫の姿であるシルバに触れる。

その柔らかさと温かさは、彼の知らないものだった。

（それにしたって触れすぎだろう……）

姿かたちは、あくまで仮初のものだ。本来のシルバにはこれといった形はない。

そのことは昴に伝えてあるし、彼女も理解したはずだ。

しかしおかしなことに、彼女はこうして毛並みに触れたがる。

シルバは彼女のためだけに存在する立場なので、好きにすればいいと思っている。特になにか思うことはないし、ぼうっとしていればいいだけなのだ。ただ少し、くすぐったい。

(無防備だな)

彼女の護衛も兼ねているのだから異性が適しているだろうとこの世界を司る、いわゆる『神』という存在にそう言いつけられて、シルバは男性体となった。

その時は彼も、か弱く特別な能力も持たない女性を守護し導く役としては妥当だと思った。

だが、今となっては別の意図もあったのではないかと思わざるを得ない。

(……おれが人の姿をとると、文句ばかり言うくせに)

彼女の好みを反映した姿になれるシルバは、猫の姿と人の姿の二種類を持つ。

シルバの人間姿は昴にとって好みすぎて刺激が強いらしい。

初めはその反応に面食らったが、今となっては神の意図がわからなくて困惑する。

(手っ取り早く彼女を幸せにするなら、現地の人間でそれなりに稼ぎがある誠実な男を見つけて、とっととくっつけることなんだろうが)

その際にシルバという〝好みの異性〟が傍にいて、果たして彼女はその気になれるだろうか。

幸せになれるよう尽力する役目なのに、それでは困るのだ。

(……まさか、万が一相手が見つからなかった時のことを考えてとか?)

あの神は、それらを見越してこの姿にシルバを作ったのではないかとそう勘繰ってしまう。

さすがに考えすぎかとシルバはその考えを追いやって、また物思いに耽《ふけ》る。

（……姿を変えて、同性になれれば一番だったんだろうが）

神に近い精霊には、一度姿を決めるとそれ以外の姿にはなれないという制約がある。

彼女が生活に馴染み幸せを掴むまで傍にいる。

それだけの話だから二つも姿があれば十分だと初めの頃のシルバは考えていたが、まさか性別の問題に直面するとは予想だにしなかった。

（同性であれば人間の姿のままデリラたちの世話になることも可能だったかもしれないし、いや猫の姿だからこそ彼女が結婚した後も見守ることが可能だと思えばこれが最適なはずなんだが）

ずるりと力が抜けた昴の手が、シルバの体から離れた。どうやら満足して熟睡したらしい。

（……まったく）

眠る彼女のその様子にため息をついてから、シルバは人の姿になって昴の布団をかけ直す。

記憶喪失、そういう形で町に溶け込んだ昴は忙しそうにしながらもそれなりに充実しているように見える。初めの頃の怯えた様子に比べると最近は生き生きしていて見ていて面白い。

ちょっとばかり人の多い店だから警戒を怠らぬようには気をつけているが、幸いにも彼女に不埒《ふらち》な真似をするような輩《やから》は今の所おらず、シルバとしては一安心だ。

彼女が生来人懐っこい性格なのか大勢に可愛がられるようになったのはいいが、妙な奴が現れてはたまったものではない。折角笑顔が増えたのだから、邪魔しないでもらいたいものだ。

（それにしても猫好きってのは、面倒だな）

昴に手助けしてくれたデリラとセレンという母娘は親切でシルバにも良くしてくれる。

彼女たちが営む『銀の匙亭』で働く昴のサポートと警護を兼ねつつ、看板猫とやらをしているが、猫という生き物はどうにも人間に好まれるのか、あるいはこの町の人間に猫好きが多いのか。

昴から『看板猫というのは、店の人気者』だと耳にしていたシルバは大人しく、撫でてくる人間たちに少しくらいは触れさせてやっている。

ただ、しつこく触れられるのは気分が良くない。いい例がレニウムだろう。

その場合はすぐにその場から離れるのだけれど、猫だから許されるというのはなんとも便利だ。

（……あいつらに触れられるのは、面倒だと思うのにな）

毛並みの柔らかさを楽しむように、確かめるように。

それでいて、こちらを気遣いながら触れてくるその指先は、嫌いじゃない。

もっと端的に言うならば、つまり彼がそう感じるのは、昴だけだ。

人の姿から再び猫の姿に戻ったシルバは、昴の傍らに寄り添うようにして目を閉じる。

彼女の手がいつでも届くように、彼女が寝ぼけていても自分を探さないで済むように。

（……彼女は『ご主人様』なんだから仕方ない、か……）

どんな存在よりも、彼女を優先に。

それが自分の存在意義なのだから当然だろうとシルバは思う。

だが、そう思ったところで胸の中がもやっとした気がした。

その正体が不快感であることまで理解して、それが何故なのかを考えるが答えは出なかった。

（……よく、わからないな）

人間と一緒にいて、なにかに感化されたのだろうということまではわかる。

シルバはまだ生まれたばかりの精霊だ。知識はあっても実際に見て触れて知るという、初めてのことばかりに振り回される。戸惑うことは当然だと思うのに、戸惑うことに、また戸惑うのだ。

（人間は、不思議だ）

知識として知っていたことが、目の前にするとこんなにも違うなんて。

知らなかった、知っていたはずなのに。

シルバにとって毎日が発見であり、毎日がなにも知らない人間たちへの驚きで満たされる。

それはまるで、守るべき彼女と共に成長しているようでなんだか少しだけ、面白くない。

人間は脆弱な生き物だから守らなければいけないという意識しかなかったというのに、今では不思議なほどに興味が湧いている。

そして、同時に、何故か胸の奥が温かくなる感覚も。

ただの興味なのか、あるいは自分が知らない新しい感情なのか。

（……お前といたら、わかるのか。このおかしな気持ちがなんなのか）

すぅすぅと眠る昴の姿をもう一度だけ片眼を開けて眺めてから、シルバは再び目を閉じる。

『きみも、こちらに戻るまでは好きに生きたらいいさ』

そう笑って送り出したカミサマの、その声を思い出してイラッとしたのを誤魔化すように、シルバの尻尾がゆらりと揺れた。

幕間　なんとかなるし、なんとかしよう

隣町に、とある食材を買いに行った帰り道。あたしたちは不思議なお嬢さんを拾った。

森から飛び出てきたお嬢さんは黒猫を一匹連れていて、馬車に乗っていた私たちを見てびっくりしていたけどなんだかんだと話を聞いたら、なんと記憶喪失だって言うじゃないの。

「お母さん」

娘のセレンが可哀想だと訴えるから、連れて帰ってしまったのだけれど。

正直に言えば、あたしもセレンも、大がつくお人好しってやつなんだろう。

身元が怪しいったらないのに、絆されてあっさり受け入れちまったんだから。

とはいえ、そのお嬢さんは自分の名前も猫の名前もちゃんと言えて、他の受け答えもしっかりしていた。黒猫は元々の飼い猫だったのかもしれない。随分懐いていたしね。

見た所、水仕事なんてしたことがないのかってくらい綺麗な手をしている。

年齢は二十代半ばだろうか？

言動がやや幼いようにも思えるけれど、人との触れ合いが少ない環境にいたのかもしれない。

その辺りから、あたしはこの子が良い所のお嬢さんで、あまり日の目を見ない環境に置かれていたのではなかろうかと推察した。

町長に連絡を取ってから、冒険者の知り合いに頼んで近くでお家騒動だの隠し子騒動がなかったか、行方不明者が出ていないか調べてもらった。面倒事に巻き込まれないための自衛策だ。

依頼料として当面大盛無料とさせてもらう程度で済んだのは完全なる厚意だ。感謝だね。

（本当に、あの子はどこから来たんだろうねえ……）

結論から言えば、本当にただただ身元不明のお嬢さんだったってことになる。

スバルと名乗った彼女は、うちが飲食店をやっていると知って「働かざる者、食うべからず……です！」とかよくわからないことを言い出して店を手伝ってくれるようになった。

これが正直なところ、大助かりだった。

なんというか、このお嬢さん。思いの外、気遣いができる子だったのだ。

あたしが大雑把ってのもあるんだけど、店の細かいところまで掃除をしたり、客に料理を出す際に食器を食べやすい位置に置くとか、客の様子を見て頃合いで注文を聞きに行ったりとか。

客前では、まるで別人のようだと思う。まるでそういう訓練を受けていたみたいだ。

でも、まあ、助かるからいいかってあたしはその時は思ってたんだよね。

あの日、あの夜まで。

もし、そこで気がつかなかったら、きっとあたしは後悔することになったんだろう。

あの夜、あたしはいつも通り眠ったけれど寝苦しくて、水を飲みに階下に下りた。空のてっぺんに満月が来ていたから時刻は真夜中。ちょっと覗いたらセレンはすぅすぅ寝ていた。

そうしたら、どうしたことだろう！

おやすみなさいと部屋の前で別れたはずのスバルちゃんが、店内を掃除して回っているじゃあないか！　小さなランプ一個を頼りになにをしているんだって思わず立ち竦んじまったよ。

最近やけに、店内が綺麗だと思ってたんだ。

朝はあたしがいつも早くて、スバルちゃんは遅れてセレンに起こされる。

そんな日常に、良いとこのお嬢さんだから早起きが苦手なんだろうって、そんな風に思ってた。

よく考えりゃ、いつもいつも「すみません」って申し訳なさそうな顔して手伝ってくれるスバルちゃんは、毎日どこか眠そうだった。よく働いてくれるから疲れたのかって思ってた。

あの子の綺麗な手が、あんなに真っ赤になってたのに。どうして気づかなかったんだろう。

朝の店内掃除に人手が増えたから、いつもより綺麗になったと思ってた。けど、そりゃ朝だけでなく夜まであんなに掃除してくれてたんだから綺麗になって当然だったんだ。

どうして、あたしは、気がつかなかったんだろう。

「スバルちゃん」

声をかけたあたしに、ぎくりと身を竦ませてぎこちなく振り返ったスバルちゃんが怯えていると気がついて、愕然とした。この子の、こんな表情を、あたしは知らない。

日の目を見ない暮らしをしてたんだろうなって、勝手に思ってた。

でも昼間は笑っていたし、ご飯だってちゃんと食べるし、大丈夫だって思ってたんだ。

だけど、振り返ったスバルちゃんは、あたしの知るどのスバルちゃんでもなかった。

あたしの顔を見た途端に、雑巾を持ったままパッと立ち上がったかと思うと勢いよく頭を下げる。

「すみません……！」

絞り出すような、そんな声で謝罪をされた。

だけどあたしの頭はパニックでそれどころじゃなかった。

別に掃除してくれてただけだ。時間が変だったけど、むしろこちらが感謝すべきであって、別に怒っているわけじゃないのに。

怯え、震えているその姿にあたしは、彼女のことを見ていなかったのだと知った。

一緒に暮らし始めて、ちょっと抜けた所もあるけれど素直ないい子だと……そう思っていた。きっと事情があるんだろうし、セレンも懐いているし自立できるまでうちにいればいい。その程度にしか思っていなかったあたしは、自分自身が許せない。

「スバルちゃん、あんた、ずっとこうやって掃除してくれていたのかい？」

できるだけ、これ以上怖がらせないように優しい声を出したつもりだったけれど、スバルちゃんは頭を下げたままだ。

あたしはそうっと近寄って、躊躇《ためら》いがちに彼女の肩に触れる。

途端に大袈裟なくらい肩を跳ねさせたこの子が、ひどく幼く見えた。

「すみません。掃除する音がうるさかったんですよね、静かにやります。ちゃんと綺麗にしますから……！」

「スバルちゃん」

少しだけ顔を上げたかと思うと、あたしの目を見て泣きそうな顔をしてまた俯いてしまった。あたしにはそれがまるで……そう、小さな子どもが叱られてしまった時のように見えて。

思わず、頭を撫でた。いつもセレンにするように。

そうしたら、スバルちゃんは身を固くした。それでもあたしは彼女の頭を撫で続ける。

彼女は、相当驚いたんだろう。

あたしに、まるで信じられないものを見るような目を向けていたから。

その時にあたしは、気がついたんだ。

この子は、こうしなきゃいけない、そうしなければ叱られる。そんな環境にいたに違いない。

「ありがとうね」

色々言いたいことはあった。

なんでこんな無理してるんだって、その目の下の隈に気づいてあげられなかったあたしが言うなって話だけど無性に腹が立ったから。そいつはお門違いだってわかってるんだけどね。

(そんな無理しなくたって、追い出したりしないのに)

寝るのも惜しんで掃除とか体を壊しちまうよとか、本当に、色々言いたいことはあった。

だけど、まずはなによりもお礼を言わなくちゃいけなかった。

彼女が努力して、店を綺麗にしてくれていたことは事実だから。

「お店を掃除してくれて、ありがとうね。おかげで凄い綺麗になってるよ」

あたしの声に、驚いたままのスバルちゃんの目から大粒の涙が浮かんで零《こぼ》れ落ちていった。

なにかを言おうとして、でも口を噤《つぐ》んで。ほろほろ泣くこの子の姿はあまりにも痛々しい。

「ありがとうね、あたしが気がつかないところをやってくれて。でもあんまり頑張りすぎちゃうと、疲れちまうだろ?　今日はもう寝るといいよ、十分綺麗になってるからね!」

「デリラさん……」

「あんたがぶっ倒れちまったら、心配だよ。ね?　明日からは、またみんなで掃除しようね」

握りしめすぎて冷たくなってしまった手から、雑巾をそっと取りあげる。

綺麗な手だったのに、すっかりあかぎれている。これは相当痛かったに違いない。

（気づいてあげられなくて、ごめんね）

その言葉は、飲み込んだ。

この子は、きっと見た目よりもちょっと苦労してきた子に違いない。そして優しい子だ。

あたしは雑巾を脇に置いて、スバルちゃんを抱き寄せる。

そうすると面白いように身を固くしたこの子が、妙に可愛らしく思えた。

「――……なぉん」

鳴き声がして、あたしはスバルちゃんが使っていたランプの方に視線を向けた。

その近くに、赤い目をした黒猫のシルバがいる。

シルバは彼女の傍に、ずっと寄り添うようにいたのだと理解した。

黒猫だから暗闇で気がつかなかったのかもしれないけど、なんだかぞっとした。

「あんた、ずっとそこにいたのかい？」

「にゃぉん」

シルバは小さく鳴いたけれど、その顔は当然だとでも言わんばかりのふてぶてしさだ。

この子のことが大好きなんだって思ったけど、違うんじゃないだろうか？

見守っていないと、危なっかしかったからじゃないんだろうか。

「……さ、あんたもスバルちゃんと一緒に部屋にお戻り。ここはあたしが片付けておくからね」

あたしがスバルちゃんを階段に押しやれば、したり顔の猫がその傍らを当然のように歩いていく。

なんだか不思議な子を拾ったもんだ。だけど、すっかり情が湧いていた。

「でかい娘ができちまったもんだねえ」

やれやれ、水を飲んだらあたしも寝よう。

バケツに雑巾を放り込んで、あたしはランプを消したのだった。

第二章　手の中の宝物

頑張ろう、そう決めて魔法の勉強を続けたり、ウェイトレスとしての忙しい日々の中。

いつものように薪の買い付けに行こうとしたら、デリラさんに止められた。

セレンちゃんの熱が高いらしく、今日は店を休みにするそうだ。

それは大変！　というわけで『銀の匙亭』は臨時休業だ。

お休みの札をぶら下げてから、私はセレンちゃんの部屋に顔を出す。

「セレンちゃん、起きていて大丈夫？　お水いる？」

「おねえちゃん……お水は、今、いらないかな。ありがと……」

セレンちゃんがベッドの上で力なく笑う姿は痛々しくてたまらない。

デリラさんがニオブ先生を呼びに行っている間の看病を買って出たものの、どうしたら良いかわからない。傍にいることしかできない自分は、なんて無力なんだろう。

「……あれ、セレンちゃん髪飾り持ってたの？」

「これ？　えっと……」

「あ、別に深い意味はなくてね！　可愛いのにつけてるの見たことなかったなって！」

木製の、楕円形の髪飾り《バレッタ》。

可愛らしい花の飾りがついたそれは、古いものなのかちょっと欠けているように見える。

（きっと何度も使ったんだろうなあ）

でも、私はそれをセレンちゃんがつけているところを見たことがなかったから気になっただけで。

そんなに困った顔をさせたいわけじゃなかったんだよォ！

病気の子どもを困らせるとかどんだけダメな大人だって話で、他意はないんだと思わず全力で言い訳しそうになってさすがに自重した。落ち着け、私。

「ううん……平気。これね、お父さんがお土産で買ってきてくれた、思い出の髪飾りなの」

懐かしそうに、そして寂しそうにセレンちゃんが言う姿に、胸がちくんと痛む。

セレンちゃんのお父さん……つまりデリラさんの旦那さんは、冒険者だったそうだ。

そして依頼の途中、不慮の事故で亡くなってしまったらしい。

教えてくれたご近所の人の話によれば、とてもとても仲の良い家族だったんだって。

「大事にしてるんだけど、……もうね、壊れちゃいそうで、つけられないの……」

「セレンちゃん……」

「お父さんとの、思い出なの……大事な、大事な思い出なのに」

ぽろんと涙がセレンちゃんの頬を滑り落ちて、ベッドに染みを作る。

普段どんなに忙しかったり、お薬が苦かったりしても弱音を吐かないセレンちゃんが見せた涙は、私の心をざわつかせた。

（ああ、ここに私の道具があれば。……ぱっと見だけど、そんな複雑な構造の髪飾りじゃなさそうだし直せたかもしれないのに！）

はんだごてとか、グルーガンとか、さすがにそういう電気製品は難しいだろうけど……ペンチとかならどうだろう？　それなら手に入るだろうか？

いやいや、それよりも木製品ならパテとかがあった方がいい。

そう思ったけど、この世界ではそれぞれ専門職の人がいて道具はそこら辺に売っているんじゃなくて譲ってもらうとか発注して作ってもらうとか、そうやって手に入れるものらしかった。

ホームセンターとか百均って、偉大だったんだなって今更、思う。悔しい。

そうこうしている間に、デリラさんがニオブ先生を伴って帰ってきた。

「セレン！」

「お母さん……」

「セレン、ニオブ先生を呼んできたからね。スバルちゃんありがとうね、なにもなかったかい？」

「あ、……はい、あの、なにも」

急いで戻って来たんだろう、デリラさんは息を切らせていてセレンちゃんの容体が悪化していないらしいことを確認してほっとした様子で私にもお礼を言って……でもなにができたわけでもない、傍にいただけの私としてはちょっと居心地が悪かった。

ニオブ先生が診察を始めるのを、私はちょっと離れた所で、ただ見守るだけしかできない。

セレンちゃんの手を握って心配そうに見守るデリラさんを励ます言葉も思い浮かばなければ、セレンちゃんのために髪飾りを直してあげることも今の私にはできない。

（私に、なにができるのかな）

はー、とため息をつきながらとりあえず私はその場から離れた。

急いで来てくれたニオブ先生のためにコーヒーを淹れようと思っただけで、決してあの場の空気に耐えられなくて逃げてきたわけじゃない。

……なにもできないことが歯痒《はがゆ》くて、悔しいだなんて思ってない。

「ご主人様、また勝手に思い悩んでるにゃん？」

「うわ！」

「ほらほら、大きな声出すとデリラさんが心配するにゃんよ？」

「じゃあコーヒー豆挽いてる時に頭の上に乗っかるの止めてくれる⁉」

「ここが落ち着くにゃんねー」

戸棚から私の肩へ、続いて頭へ。シルバが、当たり前のようにそうやってくる。

重みはないけど、びっくりしたからコーヒーミルを落っことしそうになったので苦情を言えば、さらっと流された。

「一人で思い悩むより、聞いてみればいいにゃん」

「なんて」

「できることありませんかーって」

「そんなの」

デリラさんに言えば、気にするなって返されるに決まってる。

だって私は『記憶喪失』で、自分のことで大変なんだから、ってむしろ心配されちゃう。

そう喉から言葉が飛び出しそうになるのをぐっと飲み込んだ。

シルバが私の顔を覗き込むようにしてきたからだ。

体勢的に頭の上のシルバが私の顔を覗き込む姿って笑っちゃいそうなんだけど、シルバの赤い目がまっすぐに私を見ているから、笑えなかった。

「……誰に聞いたらいいと思う？」

「デリラさんは今日、きっとセレンちゃんの傍から離れないにゃんね」

「そうだね」

「なら、ご主人様は暇なんだしお店の掃除以外のことがしたい。で、誰かに話を聞くなら、ニオブ先生がいいんじゃないのかにゃん？」

「……ニオブ先生？」

私がアドバイスを素直に受け止めたのを認めて、にやりと笑ったシルバが顔を引っ込める。

そういうとこだぞ！　そういうところが性格悪い疑惑を持たせるんだからな⁉

でも、言われてみればまったくそうだ。

（私、行き詰まってんのかな）

なにかしなくちゃ、なにができるか。

そればっかり考えて、誰かに相談なんてあんまり考えなかった。デリラさんやセレンちゃんのことばっかり考えて、ニオブ先生とか、他の人たちのことを考えていなかった。

なんでこんなに視野が狭いんだろう！　まったくもって嫌になる。

「今みたいに、相談していいにゃん」

「シルバ？」

「ボクもいるし、みんなもデリラさんたちのためになにかしたいっていうご主人様のこと、邪魔者扱いなんてしないにゃん。だから安心して誰にでも相談してみればいいにゃん」

「……うざくない？」

「時と場合によるにゃんね」

「そこは『そんなことないよ！』じゃないの⁉」

「ボク正直者だから……にゃん」

「にゃんって無理やりつけたよね⁉」

でも、その通りだと思った。シルバに言われて、そうだなって思えたんなら前進だ。

ちょっと前まではなんでも全部自分でって思ってたのに、シルバに相談できるようになっただけ、確かに私は前進してるかもしれない。

ニオブ先生に渡すコーヒーを淹れて、しれっと聞いてみよう。

私にも、セレンちゃんのためにできることがありますかって。

そんでもって、教わったことを試してみればいいんだ。

失敗してもいいから……いや失敗したら迷惑がかかるかもしれないから、そこは慎重にすべきか。

「お？　なんだよー今日は臨時休業じゃねーの？」

「……レニウム。今日はお店はお休みで合ってるよ、ごめんね」

「いいっていいって。コーヒーの香りがしたからさ！　あ、ニオブ先生いるか？」

「あ……うん、来てるよ」

「セレンちゃんか？」

「……うん」

「そっか」

私の言葉に、ドアから顔を覗かせたレニウムが納得したように頷いてから中に入ってくる。

そして私の頭を、乱暴に撫でた。こう、ガシガシと。

「ちょ、っと！　なに⁉　なにすんのよ！」

「いや、落ち込んでンのかなーって思って」

「はぁ？」

「こういう時って頭撫でてほしくなったりするだろ。おれっちもガキの頃、落ち込んだ時は兄貴がこうしてくれたんだよなー」

「……私は子どもじゃないんだけど」

「似たようなもんだろ！　……お前は笑ってた方が断然、いいぜ」

ふっと真面目な顔でそんなことを言うから思わず目を瞬かせる。

そんな私に、レニウムはいつものようにけらけらと笑った。

「そうそう、そうやってくるくる表情変えてる方がスバルっぽいぜ！」

「な、なによ！　からかったの⁉」

「いーや、おれっちは慰めてあげたの！」

「……ありがと。もう、大丈夫」

私がお礼を言うとレニウムはなにも言わずに笑ってくれた。そういうとこ、かっこいい。

でも照れくさかったのか、今度は近くで丸まっていたシルバに手を伸ばす。

「お前のご主人様、ほんと素直じゃねーなー！　って、うお！　あっぶね‼」

多分、シルバのことを撫でようとしたんだろうけど、逆に爪で引っ掻かれそうになってレニウムが慌てて手を引っ込めた。

こらシルバ、残念そうな顔をするんじゃない。しちゃいけない顔だソレは。

それにしてもレニウムの反応がものすごく早くて、冒険者ってのは伊達《だて》じゃないんだなあなんてちょっと的外れな感想を抱いてしまった。

「おや、賑やかだと思ったらレニウム君じゃありませんか」

「よオ、ニオブせんせ」

良い感じに肩の力が抜けた所で二階から下りてきたニオブ先生が、私たちの姿を見つけて目を丸くする。それに対してレニウムは、軽く片手を上げて挨拶をした。

私はちょうどできたコーヒーをカップに注いで、ニオブ先生に声をかける。

「ニオブ先生、あの、良かったらコーヒーどうぞ！」

「ああ、これはすみません。ありがとうスバルさん」

「いえ、私にはこれくらいしかできることがなくて……」

「そんなことはありませんよ。スバルさんが来てからセレンちゃんは随分明るくなりました。姉のように慕う人がいることが、あの子の元気に繋がっているんだと思います」

「……それ、なら、嬉しいんですけど」

ニオブ先生の言葉に、私は思わず照れてしまった。

妹みたいに思うセレンちゃんが同じように思ってくれているなら、こんなに嬉しいことはない。

だけど、だけどね。だからこそ！　なにもできないことが、あまりにも歯痒いじゃないか！

料理を作ってあげられるほどまだ魔道具も、かまども、上手に扱えない。

そもそも料理自体そこまで得意じゃないけど。

自分の得意分野であるアクセサリーを作ろうにも、ほぼほぼ養ってもらっている状態だし。

個人的に使えるお金は本当に子どもの貯金と同レベルで心許ない。道具もない。

ないない尽くしのこの状態で、〝そんなことはない〟って言われても納得できるワケもない。

「あの！　私にもできることってなにかないですか！　具体的に‼」

「……具体的に、ですか？」

相談してみればいい、シルバの言葉に背を押されたからっていうのもあるけれど、ニオブ先生の言葉により一層、なにかしたいっていう気持ちが強くなった。

私の剣幕に驚いたんだろうニオブ先生が、目をぱちぱち瞬かせている。

「私、ご存じの通り記憶がなくて、生活だってデリラさんたちに頼りきりで……やれることなんて、限られてるんですけど。でも、なにかしたいんです！」

言ったら迷惑かも、そう思う弱気な自分を振り切りたくて必死に声を出したら、思った以上に大きな声になってしまったからそれはもう、恥ずかしかった。

会社にいた頃みたいに怒鳴られるかと一瞬身構えてしまって、情けなくなる。

でも、ニオブ先生はただ笑った。

馬鹿にするとか、子どもを宥《なだ》めるとか、そんなんじゃなくて嬉しそうな表情で。

その表情があまりにも不意打ちだったから、私の方がきょとんとする。

「嬉しいですよ、そう言ってくれるなら、覚えておいていただきたいことがあるんです」

「……覚えておく、こと？」

「はい。お時間を少しいただきますが、よろしいですか？」

「え？　は、はい。今日はお店もお休みですし、大丈夫です！」

なんだろう、覚えておくこと……？

私がとりあえず肯定の返事をしたところで、当たり前のようにシルバが私の頭の上にぴょいっと飛び乗った。ああうん、ついてくるんですよね、わかってますとも。

「そうですか、それは良かった。レニウム君も一緒に来ていただけますか？」

「んお？　おれっちも？」

ニオブ先生と私のやり取りを眺めていたレニウムが、きょとんとする。

私も訳がわからなくて、とりあえずニオブ先生の言葉を待つばかりだ。

そんな私たちを見て、ニオブ先生はにこにこ笑ってコーヒーを飲み干し、一枚の紙を懐から取り出してテーブルの上に置いた。

異世界転移の特典として、私はこちらの文字の読み書きには不自由していない。

見知らぬその文字が浮かんで勝手にわかる文字に書き換わるのは、奇妙なものだ。慣れたけど。

紙には『申込用紙』と一番上に大きく書かれていて、レニウムが不思議そうな声を上げた。

「これ、ギルドでの依頼申込書じゃねえか」

「え？」

「冒険者ギルドで依頼する際、この紙に必要事項を記入して受付に出すんです。そうするとあちらで処理して、職員がすぐに行けそうな冒険者に声をかけてくださいますよ」

「そんでもってすぐに対応できそうなやつがいないと、掲示板に張り出して応募に来るのを待つのさ。勿論緊急案件かどうかとか、内容の難易度によっちゃ対応の違いは出てくるぜ」

「へぇ……そうなんだ……」

「その依頼内容の達成具合によって、冒険者は貢献度ポイントと報酬を。依頼人は自分が行えないことを代行してもらうっていう感じでイメージしときゃいい。ただ誰かに復讐したいとか、嫌がらせしたいとかはだめだぞ？」

「しないわよ‼」

レニウムが心配そうに、まるで小さい子に教えるみたいに注意点を挙げてくるから思いっきり否定しておいた。人をなんだと思ってんだこの男……ちびっこ扱いするんじゃない！

でもこの紙がなんだっていうんだろう？

その私の疑問は顔に出ていたらしく、ニオブ先生がとんとんと指で紙を叩いた。

「正直なところ、セレンちゃんが熱を出しやすいのは体質の問題であって、病気ではありません。その為、どの薬草が効くとか、特効薬がという話ではないんです」

「……はい」

デリラさんだって手を尽くした。

滋養強壮に良いという食材があれば手に入れて料理し、万病に効くというお茶があれば手に入れて飲ませた。たとえ高価格なものであっても、できる限りを尽くしたって聞いている。

中には迷信じみたものもあれば、……まあ、詐欺とまではいかなくてもただの健康食品だったり。

それでもセレンちゃんの体質は良くならず、家計も苦しくなるばかりで今に至る……と。

そこまでは私も知っている。だからこそ、できることを知りたいんだけどな。

「毎日の往診は、あくまでぼくの善意です。治療となれば、診療費をいただかねばなりません」

ニオブ先生が真面目な顔で、私を見つめる。

診療費がなければニオブ先生だって暮らせないし、治療のための道具も、薬も用意できなくなってしまうのだから当然だと思う。私は頷いた。

実はニオブ先生が毎日様子を見に来てくれるだけでなく、診療費も安くしてくれていることをデリラさん経由で聞いて知っているんだけど、そこは黙っておく。

「正直、ぼくも薬を余分に買い込むだけの余裕はないんですが……材料の持ち込みは別です」

「……？」

「例えば、冒険者に依頼して薬草を採ってきてもらう、とかね」

そう言ってニオブ先生がウィンクしてくる。……こういうとこ、お茶目なんだよねぇ。

なるほど、つまり私が薬草を手に入れて持っていけば格安でお薬を作ってくれるし、それを今後も続けると診療費も自然と安くなると。

（確かに、それなら私にもできるかも）

……まあ報酬がどのくらいかは今は聞かないでおこう。もしかしたら手持ちで足りないかもしれないだなんて状況では、ちょっと聞きづらい。レニウムが見栄張って自分が請け負うとか言い出すかもしれないし、そんな迷惑をかけたいわけでもないのだから。

（できることが見つかったんだから、まずは一歩前進だよね！）

次はそれを活かすことを考えればいい。その方がうじうじ悩むよりもずっと性に合っている。

道が拓けた気分の私を見て、ニオブ先生も満足そうに笑った。

「ぼくも今日はこれからレニウム君に護衛してもらって薬草を採取しに行くんです」

「そ、だからおれっちも待ち合わせの確認で先生探してたってワケ～」

「えっ、ニオブ先生って自分で薬草採取してたんですか⁉」

「ええ。薬草も種類によってはやはり判別が難しいものもあるので、依頼しても雑草が交じっていることが多々ありまして……行かずに済むなら、その方が時間短縮にはなるんですけどね」

「まあなー、おれっちたちも気をつけちゃいるんだけどさ、葉っぱの見分けってのは単純に見えて難しいんだぜコレが」

うんうんと頷くレニウムは、何故かちょっとどや顔だった。何故そこでどや顔。

かと思うと急に表情を引き締めて、ニオブ先生の方を見る。

「そうそう、薬草っていえばあんまよくねえ噂《うわさ》を耳にしたから、今回はゆっくりしねえでとっと戻るからな、先生。あと、妙な気配がしたら即引き返す」

「なにか、あったのですか？」

「ドラゴンが出たって噂があるんだよ。まあ行くのは人里近い森だから大丈夫だとは思うけどよ……他のモンスターや野生動物が影響を受けてる可能性も否定できねえ」

「なるほど」

「えっ、ドラゴン？」

レニウムの言葉に思わず私がびっくりした声を上げれば、二人は不思議そうに私を見てからすぐに「ああ……」みたいな、妙に優しい顔をした。

……すみませんね！　物知らずで‼

私のいた世界にはドラゴンなんて空想上の生き物でしかなかったんで‼

（なんか悔しい……）

とはいえ、この記憶喪失設定のおかげで多少の『物知らず』でも許されているのだから、ここは我慢のしどころだ。私ってば大人ですから。そう、オトナですから。

「まあとにかく、スバルさんもぼくらと一緒にギルドに行って、場所を覚えてください。ついでに手続きの方法をお教えしますのでそれも併せて覚えていただければ今後に役立つと思います」

「はい」

立ち上がるニオブ先生を見て、私もしっかりしようと気持ちを新たにする。

この町に来てそれなりだけど、まだまだ私の生活圏は狭い。

私にとってここはやっぱり異郷の地であって、不安からついつい安心できる場所を中心に狭い範囲で行動をしているっていうことは自覚している。

でも、このままじゃいけない。

（だって私は、ちゃんと地に足をつけて生活をして、そんでもって帰る方法も探すんだって決めたんだから！　ここで二の足を踏んでいる場合じゃないんだ）

正直、異世界生活に慣れた……なんて言っても実際はまだまだここは未知の世界で、魔法も練習したからって急に上手くなるわけでもなく。

読み書きができても、それがなんの役に立つのかがわからない。

わからないだらけの中で手探りな私は、どうしても安全な場所から踏み出せなかった。

（……これは良い機会なんだ、自分の殻を破って、できることを増やして、デリラさんとセレンちゃんに恩返しをするんだ……‼）

空になったコーヒーカップを片付けて、私は二人の後を追う。

ニオブ先生とレニウムの進む先は、私にとって普段行かない方角でちょっとだけ気が重かった。

なんとなく逃げ腰なのを悟られたくなくて、彼らの後ろを歩く。

「ご主人様、薬草採取について行けるよう、二人にお願いするにゃん。チャンスにゃん」

「え？」

シルバがすり寄るようにして私に囁く。ひげがくすぐったい‼

だがチャンスとはどういうことだろう？　くすぐったさを我慢して、視線だけシルバに向ける。

「ドラゴンはこの世界で数体しか存在しない特別な長命種で、その上、それぞれが不思議な能力を持っているにゃん。その存在が近くにいるだけで周囲の動植物に影響を与える。つまり――」

薬草が、グレードアップした薬草になっているかも。そうシルバは赤い目を細めて笑う。

さもどうだと言わんばかりのその表情が、今は妙に頼もしい。

「ご主人様はボクのことをまだわかってないみたいだから、ここらでサポート役として力を発揮してあげようかにゃん。だから薬草摘みについて行けるよう、交渉頑張ってにゃん！」

そこはサポートしてくれないんだ⁉

なんて他力本願なサポートなんだ……！　と思ったけれど、いやうん、よく考えたらこういう交渉はこれからのことを考えたら経験しておかなくちゃいけないのか。

（でも、どのタイミングで？　どうやって？　なんて頼んだら自然で、連れて行ってくれる？）

こういう時にスキルが発動しないってホント不便なんですけど⁉

ああ、いやだめだ、【桃色はっぴー☆天国《パラダイス》】頼みにしてたらいざって時に困るじゃない！

（……まさに今か）

待てよ、アレが生活面で助けになったケースって今までなかったな？

単純に困った私が神頼み的にアレを思い浮かべたってこと？　アレを……⁉

（いけない、これは良くない。前向きに考えよう。そう前向きに‼）

ちょっと壁にぶち当たったからってあのスキルに頼るなんて、弱気になっている証拠。

いつかは元居た世界に戻るんだから、それが当たり前になっちゃいけないんだ。

普通に暮らす上で頼れるスキルだったとしても、なによりも普段の行いってものが大事なんだ。

（ニオブ先生もレニウムも、ちゃんと話を聞いてくれる人たちだ。大丈夫、落ち着いて……）

……慣れた人以外に話をしたり、お願いをするってことに、つい逃げ腰な私がいる。

元の世界で、会社の先輩たちを頼るとただ罵倒されたっていう体験からのトラウマが原因だとわかっているけど……異世界に来て、つい克服した気になっていたのかもしれない。

（怖い、なあ……）

それはやっぱり違った。私は居心地のいい場所を手に入れて、そこから動かなかっただけだ。

震える手を見下ろして、自分がいかにデリラさんたちに守られていたのかを知る。

シルバは、いつだって背中を押してくれる。そう、今みたいに。

（……そういう意味ではなんだかんだとサポートっていうのは嘘じゃないんだなあ）

私が気づくか気づかないかの絶妙なタイミングでシルバが声をかけてくれることが、きっとサポートそのものなんだろうって最近は考えられるようになった。

まあ、辛辣な物言いだったり毒があったりにゃんにゃんうるさかったりするし、早起きしないとため息つくし、挙げ句にセレンちゃんと比べてくるし、お前は私のカーチャンかってくらい細やかに注意してくるからわかりづら……うん？

いや、そこは気にしちゃだめだな。

今はそんなことを考えるよりもなんて言って連れて行ってもらうかが問題なんだし！

（……でも前を行く二人に、どのタイミングで話しかけたらいいのかな）

とりあえずはギルドに行く途中、世間話的に……とか？　いやいやそれじゃ真剣味が足りない！

じゃあギルドで説明を受けている時にさりげなく？

いやいやそこは真面目に話を聞くべきだし、私も話をちゃんと聞いておきたい。

（うん？　ギルドで依頼？）

依頼を出すと適した人が必要な行動をとって、それ相応の報酬が発生するんだよね。

そう……専門性のある問題とかを解決する糸口に……。専門性……。

「あっ」

「お、どうした？」

「あの、髪飾りの修理とかもギルドに依頼できますかね⁉」

「……髪飾り、ですか？」

「はい‼」

そうだよ、依頼を出せばセレンちゃんの思い出の品が直せるかもしれない。

大切な品だから、あれが元通りになればセレンちゃんだってもっと元気になるに違いない。

道具がないなら持つ人にお願いすれば、その伝手《つて》がないならギルドを通じて……‼

「残念ながら、それは厳しいと思いますよ」

「えっ……」

ニオブ先生が、難しい顔をして私の言葉を否定する。高揚した気分が一気に落ちた。

その隣にいるレニウムも、うんうんと頷いているから本当に難しいんだろう。

「セレンちゃんの髪飾りのことを考えて、ですね？」

「そう、です……。けど、でも、どうして……だめ、なんですか」

どうして。依頼をすれば専門の人にお願いできるんじゃないの？

ちょっと手を加えてくれたら直りそうなのに。少し古くなっただけだから、手入れをしてくれたら、そうしたら、大切なものがいつまでも大事に使えるのに。

私の『どうして』という気持ちが顔に出ていたのかもしれない。

彼らは顔を見合わせて、足を止めてしまった私の所まで戻ってきてくれて、優しく肩を抱くように、背中を押してくれた。そっと促されるままに、足を前に進める。

私の頭の上で、シルバはなにも言わずに尻尾を揺らしているだけだ。

「そうですね、スバルさんは記憶がないのでしたね……では、少し昔話をしましょうか」

ゆっくりとした歩調で、まるで子どもに昔話を聞かせるようにニオブ先生が話し出す。

レニウムとニオブ先生の間に挟まれて、私は本当に小さな子どもになったような気分だ。

「昔、ドラゴンに魅入られた王がとんでもないことを国中に命じたことがあったのだそうです」

それは、昔々の物語。

ドラゴンは今も昔も変わらず、その存在から畏怖の対象とされていた。

当時の国王は派手好みで特に己を飾ることを好み、手に入るありとあらゆる金銀財宝、宝石、金糸銀糸で織られた衣装を代わる代わる身に着けては自慢して過ごしていたそうだ。

だが段々とそれにも飽きてきたのか、古い一族の代々守られる大切な品が欲しい、から始まって、やれどこぞの魔獣が守るという宝石が欲しい、凶悪なモンスターの毛皮が欲しい、人が手に入れられぬものが欲しい……そんな感じで要求がエスカレートしていったという。

そしてとうとう、王様は「ドラゴンの皮が欲しい」と言い出した。

あまりにも不敬だと進言する周囲を無視して軍勢を差し向けた結果ドラゴンの怒りを買い、それによってとんでもない被害を受けた国民はそれを重く受け止めて『贅沢に身を飾ることは、人の心を曇らせる』ということで『質素倹約こそ素晴らしい』という考えになったという。

今でもその考えは人々の暮らしに深く根付いていて、一般の人々は装飾品をつけることに罪悪感を覚えてしまうのだという。

さすがに王侯貴族は他国との会談などもあることから着飾ることはあるらしいけどね。

「嘘か真かはともかく……だから、依頼を出しても受けてくださる人はいないと思うんですよ」

そうニオブ先生に言われて、私は納得するのと同時に不満を覚えた。

だってそりゃそうでしょ。

本当に被害があったかどうかとか私にはわからないし、そんなことがあったならそりゃ反省とかして二度と同じようなことが起きないようにって思う気持ちはわからなくもない。

随分みんな質素だなとは思ってた。飾り気がないっていうか……。

でもほら、デリラさんとセレンちゃんは節約してるからだって思ってたんだよ！

まさか社会的にちょっとしたアクセサリーでさえ贅沢扱いされるなんて思わなかった‼

「でも、……でも、売り物を買ってきたんだから、誰か修理くらい」

「そうですね。少ないですが、王都では多くはないもののそうした装飾品が一般向けに売られています。ですからそれ自体は『悪』ではないのです。とはいえ、地方ではあまり見かけることがないというのが現状で、より地方に行くほどこの考え方が顕著であるとぼくは思います」

贅沢は、良くないもの。その象徴が、装飾品。

（わからなくはないけど……装飾品が悪いわけじゃないのに！）

でも……『悪ではない』ってニオブ先生が言ってくれたように、みんなもそう考えているのだとすれば、どうして今も質素でいるのが良いことだって言うんだろうか。

私の考えなどお見通しなんだろう、ニオブ先生が笑う。

「……畏怖する存在に対して失礼なことをしてしまった、そのせいで国中が被害に遭ったということが大きいのでしょう。当時、地方ほど酷い被害だったという記録がありますから」

「実際に、あったことなんですか」

「いやまあドラゴンが関わってたかはわかんねえけど。ほら、昔から伝説とか迷信ってのは割と疫病とか災厄とかを神様に絡めて、戒めのために話を盛ってたりすんだろ？」

レニウムが小首を傾げながら、私の言葉に答えてくれる。

ドラゴンがいることは本当だけど、それが嘘ならドラゴンは冤罪じゃん！

だけど、その考えが根付いているから装飾品……アクセサリーや綺麗な小物を売る店っていうのは王都とかそういう栄えている町くらいしかないし、わざわざそんな状況で修理を請け負う人もこの辺りにはいないってことかあ。良い案だと思ったのに！

「……じゃあ、あの。薬草採取、私もついて行ったらだめですか？」

「えっ？」

「セレンちゃんのために、なにかしたいです。勿論今からギルドの依頼について、ちゃんとやり方も覚えますし今後はお願いしたりすると思います！　でも、今日やれることもやりたいんです」

「……スバルさん」

私の急なお願いに、ニオブ先生は少し考えている様子だった。

これは断られるだろうか？　修理の発想は悪くなかったと思うんだけど、それがだめならこっちで……これはこれで自然な流れだと思うんだ！

いや偶然だったんだけど！　ただの偶然だけど、すごく良い流れだったと思うんだよね……!!

「いいんじゃね？　スバルがついてくるならニオブ先生も薬草採取に没頭しねえだろ」

「失礼ですね、レニウム君」

ニオブ先生の呆れた表情に笑顔を返すレニウムが、私の肩をぽんと叩いた。

ひそっとレニウムが私に耳打ちしてウィンクを一つ。

「ここだけの話、ニオブ先生は頭もいいし頼りになるけど、薬草採取始めるとなかなか帰ろうとしねえから困るんだよ。今回は妙な噂もあるし、お前がいたら大人しく帰るかもしれないだろ？」

ねえレニウム、ニオブ先生じーっと見てるし内緒話したつもりでも声が超でっかいから丸聞こえだと思うよ……。言わないでおくけど。

（でも、おかげで一緒に行けそう）

まあ実際問題、今回のお薬分くらい薬草採取できたら儲けものだしね。

ちょっとくらいは役に立ちたいし……シルバの言う通り、もし本当にドラゴンが近くにいて、その影響を受けた薬草が存在しているならセレンちゃんの体調も良くなるかもしれない。

（期待しすぎない程度に期待しておこう‼）

そんな風に話しながら歩いて、気がつくと町のわりと端っこの方までやってきていた。

他の町との行き来がある出入口周辺だから私は来たことがなかったけど、かなり賑やかだ。

このメタラムという町は辺境の中でも賑やかな方だって、デリラさんに教えてもらった。

ただ、私の頭の中での位置関係はさっぱりだけどね……。地図を見てもさっぱり。

「人の出入りが激しいからこそギルドも賑わうからな。食堂つきの宿なんかもこの辺は多いぜ」

「そうなんだ……」

冒険者ギルドってでかでか書かれた看板のある建物の周辺には確かに宿屋さんが何軒もある。食べ物屋さんも多いかもしれない。屋台も出ているし繁華街的なところなんだと思う。

（……銀の匙亭周辺で生活が賄えるもんだから、あんまり気にしたことなかった）

女子力的にこれはまずい、今度セレンちゃんが元気になったら一緒に来よう。

そして美味しいものを一緒に食べるんだ。おお、なんか女子っぽい。

「流れモンの冒険者は入ってすぐのギルドで依頼を眺めて、気に入るのがなけりゃ体を休めてとっと別の町に行ったりすんのさ。妙な奴もたまにいるから、おれっちたちから離れンなよ」

「わかった！」

私が想像している以上に、ギルドの建物内部は賑やかだった。

（見た目厳《いか》ついおじさんとか、たくさん傷のついている防具を着込んだ人とか、杖を持った女性とかおじいさんとか、依頼に来ている町の人とか、行商人の人たちとかでいっぱい……）

受付の場所に案内されて、事務のお姉さんに丁寧に説明してもらって、シルバが可愛いって褒めてもらって、書き方を教わって、シルバが（主に女性の）冒険者さんたちにきゃぁきゃぁ言われてドヤ顔を見せてきて……とまあ、ちょっとイラッとしたりなんかもしつつちゃんと覚えた。

私はこういう講習とかは得意なんだよね！

一発で覚えないと先輩に分厚いファイルで頭叩かれた経験から……うっ、頭が。

嫌な思い出は忘れよう‼

とにかくそんなこんなで私は必要なことを学んで、今回は依頼を出さずに二人が採取依頼についての契約するところを実際に見せてもらい、それから私たちは薬草採取に出発したのだった。


別に薬草採取だからってそう遠いところに行くわけじゃない。

町から荷馬車に乗って一時間くらいの場所にある森だった。まあ近場とは聞いてたけど。

うん、見覚えあるわ。

だってここって……私が異世界生活しろって放り出された出発点じゃないか‼

「シルバ……？」

「別に偶然だと思うけどにゃぁん」

「スバルさん、どうかしましたか？」

「えっ、いいえーなんでもないですー」

私の様子に不思議そうな表情を見せたニオブ先生だけど、今日の目的である薬草は傷に効くものと熱に効くもの、それから睡眠薬の元になる薬草だと説明してくれた。

葉っぱの特徴を詳しく教えてくれた後、ニオブ先生から『似たもので触ると肌がかぶれるやつがあるからくれぐれも取り扱いには気をつけるように』と注意を受けて、各自採取を開始する。

「この辺でも野生動物とかモンスターが出るから、あんま遠くに行くなよ」

（出発点だからってチュートリアルでモンスターと遭遇して逃げ回った思い出とかツラさしかないわ！　あー、思い出したら腹が立つ‼）

言われなくても知っているのでレニウムたちから離れないよ！　私は笑顔で頷いた。

誰でも良かったとか言って召喚した上、拒否権なしでこんな森に放置でしょ⁉

そしたらチュートリアルとかゲームシステム的なことを言い出す猫がいて、カピバラみたいなモンスターに襲われて、森の中走り回ることになった挙げ句に運動不足で死にそうになるし。

あり得ないほどだっさいネーミングなあのスキルで一応逃げ切れたけど感謝はしない。

……運動不足に関しては自業自得な面は否めないが、気にしないことにした。

今ならあの時より早く走れるはずだもの‼　健康生活万歳。

「で、シルバさん。どうなの？」

「んんー。それっぽい波動は感じるにゃん。でもレニウムたちをどう誘導するかだにゃぁん……」

「それかー……」

シルバが反応していると示すのは、危ないから行かないと最初に宣言を受けた森の奥の方だ。行くなと言われているものをどうやって誘導するのか。難題である。

「……シルバが逃げたことにして、私たちがそれを追っかける感じで行けばいいんじゃない？」

「癪《しゃく》に障るけど、それが無難かにゃぁ」

「癪に障るって、アンタね……」

ひどい言い方する猫だ！　精霊だけど。黙ってたら本当に美猫なんだけどなあ。残念だ……。

なかなか切り出せないまま私たちは一生懸命、薬草採取に勤《いそ》しむ。意外と楽しかった。

「結構な量が採れましたね！」

「スバルさんの見分けが正確で助かりました。またお手伝いをお願いしたいくらいですよ」

「そうですか？　嬉しいなあ！」

褒められて思わずへらへらしてしまった。だって嬉しかったんだもの‼

レニウムが視界の端で悔しそうにしていたけど、意外と私、採取系に才能あるかも⁉

「そういえば魔法の勉強もしているとデリラさんから聞きましたよ、勤勉なんですね」

「えっ、いえ！　生活するのにはやっぱり必要かなって……」

「その調子で鑑定魔法などが使えるようになると、なにかと便利になると思いますよ」

「……鑑定魔法ですか」

いやあ、まだまだ基礎中の基礎である『魔力とはなんたるか』をシルバに教えてもらいつつデリラさんたちにも協力してもらってる段階だからなあ、遠い夢のまた夢だなあ。

その後もモンスターも現れない平和な中で時々世間話なんかをしつつ、私は薬草を摘んではかごに入れて、タイミングを見計らっていた。

シルバは知らぬ存ぜぬで、私の頭の上で暢気にあくびなんかしている。

この……その可愛い仕草を何故私の頭の上でするの！　見えるところでやってくれないかな⁉

「そういえば薬を作るのにこの薬草って、こんなにいるんですか？」

「煎じて色々使いますが、半分以上は保存用に干すんです。手間はかかりますが、そうやって保存した方が必要に応じて使うこともできますし」

「へぇ……」

「たまに劣化した品を持ち込まれることもあって、そういう時はちょっと困りますけどね」

ニオブ先生はそれらも最終的に格安で引き取るらしい。私は心の中で引き取るんだ……と思ってしまった。人が好いにもほどがあるんじゃないのかなあ、この人。

「薬にしないほど劣化した場合はお茶にしますよ。今度淹れて差し上げますね」

それって大丈夫なんだろうか。消費期限的に。いや、お医者様が言ってるんだから大丈夫……？

返答に困って固まる私に、レニウムがこそっと耳打ちする。

「すっげぇ苦くて不味《まず》いから、飲むなら覚悟しとけよ……」

「ひえっ」

「ニオブ先生、良い人だけどそういう味覚的なところは……ほら、ちょっと残念だから」

「残念だから」

思わず復唱してしまった。

でもニオブ先生をフォローするとしたら、彼は味音痴ではない。……と、思う。

銀の匙亭の常連さんだし、好きな料理も知ってるし。ただ仕事に熱中すると寝食を忘れるタイプの人らしいから、きっと自分で用意する分には拘らないいんだと思う。

だから古くなった乾燥の薬草束も『勿体《もったい》ないから』って理由でお茶にして、あんまり美味しくなくても飲んじゃうんじゃないかなって思うんだ。

「二人とも、聞こえてますからね」

「えっ、あ、いやその……」

「えっ、いや別におれっちは先生が味音痴とか医者の不養生とかそんなこと思ってねえぜ⁉」

「ほおー。レニウム君とは一度ゆっくりと話をした方が良さそうですね」

「冗談だろぉー⁉」

おおげさにげんなりしてみせるレニウムと、それをにこやかに見ているニオブ先生の様子に私は目を丸くする。この二人ってこんなに仲が良かったんだ、知らなかった。

お店で顔を合わせた際によく会話しているのを見かけるから、仲が良いんだろうなとは思っていたけど……やっぱり私は周りを知らないんだなあ。

（……生活に手一杯だったから……ってのは、そろそろ言い訳にならないよね）

人の輪に交じるのは、ちょっと勇気がいる。

でも、このままじゃいけないことを私は知っている。

（前に踏み出すって、決めたじゃない）

社会人になってすぐの経験が、私を怖がりにしてしまったのか。

それとも元々がただの意地っ張りで、本当はその下に怖がりの私がいただけなのかは……自分でも正直、わからない。

だけどもう、怖がるばっかりはいやだった。

それは異世界に来たからって、変わらない。

「あの、薬草……わぷッ」

もっと探しましょう、そう言いかけた私の頭を踏み台に、シルバが跳ねる。

華麗なジャンプに着地を決めて、くるりと尻尾を揺らして私たちを振り返ったかと思うと、

「にゃぁーん」と愛らしいとしか表現のしようのない鳴き声を一つ。

「えっ？」

思わずぽかんと間抜けな顔でそんなシルバを見てしまった私と同様に、レニウムとニオブ先生も目を丸くした。あまりに唐突だったから、みんな呆気《あっけ》に取られてしまったんだと思う。

そんな私たちを尻目にシルバが軽い足取りで奥の茂みに姿を消した。

「ちょ、ちょっとシルバ……!?」

思わず立ち上がって追いかけて茂みに飛び込んだ私を呼び止めるレニウムの声が聞こえたけど、おかしなことにそれをすごく遠くに感じた。

（ああ、そうだ。これは計画の内だった。きっと私に任せるとわざとらしくなるってシルバがお膳立てしてくれて……って、どうしてレニウムの声が遠いの？）

だって、私は茂みに飛び込んだだけだったはずだ。

すぐそこにはレニウムたちがいるはずで、私は振り返る。

そこには今飛び込んできた茂みがあるだけで、レニウムたちの姿は見えなかったし、声も聞こえない。追ってこないことが逆に不思議だ。

（どうして？　なにも聞こえないなんて、変だ）

私を呼び止めたくらいだ、無事を確認する呼びかけがあったっておかしくないのに。

そんな私の視界に、赤いなにかがちらりと見えた。

「……？」

森の奥、まるで童話の赤ずきんみたいな姿をしたなにか。

あっという間に姿を消してしまったそれは、可愛い女の子……とは違うような気がする。

（まさか幽霊とか⁉）

しかも、なんか手招きしてた気がする……！

怖《お》じ気づく私がどうしたら良いのか迷っていると、また世界が止まった。

誰もいないのに、そう思う私をよそに発動した【桃色はっぴー☆天国《パラダイス》】は相変わらず場違いなキラキラとしたショッキングピンク色のウィンドウを私に向かって提示する。

ちょっと空気読んでくれない⁉

そう突っ込みたいけど体が動かないので、心の中で突っ込むしかない。

選択肢、一つ目：『（あれは誰だろう？　子どもだったら大変だから助けに行かなきゃ！）』

はい、安定のドクロマーク。なんかもう見慣れたよ‼
勿論、選びません。
選択肢、二つ目：『(近寄ってみる)』
よくわからないけど、矢印が上方向を向いてついている。
えっ、ここ誰もいないんだけど誰の好感度上がってんの？　シルバ？

この二つしかないならもう二つ目しかないじゃない‼

選ぶと私の足が勝手に動き出して、さっきの赤ずきんもどきがいたであろう場所まで進んだ。

恐る恐る周りを見てみる。キラキラ光るなにかがあったから、躊躇《ためら》いつつそれを拾い上げた。

少し泥をかぶっていたそれを持ち上げた途端、私の目に飛び込むのはキラキラとした新緑の色。

もう恐怖心はなかった。それどころか気分が高揚してたまらなかった。

透明度の高いそれは、思いのほか大きい。

私の両手で抱えなければ持てない大きさなのに、まるで羽のように軽くて、昏《くら》い森の中なのにそれそのものが光っているかのようにキラキラしていて。

「……綺麗」

思わず、そう言葉が漏れた。

エメラルドグリーンのそれはまるでガラスのように向こうが透けて見える。

軽いのをいいことにそれ越しに森を見ると、昏くて怖いと思った森が光って見えるのだから面白くてたまらない。ああ、なんて綺麗なの！

くるくる、くるくる。

あちこち向きを変えてみたり下から眺めてみたり、上から見下ろしてみたりと色々試していたら頭の上に重みがかかった。

それと同時に、間延びした声と、額にぶつかる葉っぱの束。

「おや、鱗だにゃんねえ」

「シルバ！」

「良い拾いモノをしたにゃんね、いい具合に薬草も見つけたから持ってきたにゃん。これだけあればきっとセレンちゃんは良くなるにゃんよ」

「……ねえ、それはありがたいんだけど。茂みに入っただけなのに、レニウムたちが全然追ってくる感じがないんだけど。まさかまた変なとこに飛ばされたとかないよね⁉　あと鱗ってなに⁉」

「相変わらず質問が多いご主人様にゃんねえ」

「なんで私が悪いみたいにため息つくわけ⁉」

「まあ質問に答えるとだにゃん」

相変わらずのスルー能力を発揮するシルバは、私の不満そうな声をものともせずに質問に答えてくれるらしい。でも、ちょっとくらい私に優しくしてくれてもいいと思うの。

「ドラゴンが通った名残でこの辺り、幻惑魔法がかかってるにゃん。まあ残りカスみたいなものだし、ご主人様は迷子のボクを見つけた際に、偶然その鱗を拾ったって言い張ればいいにゃん」

「そ、そんな適当なので大丈夫？」

「そもそもドラゴンがいるってわかっているのに目撃情報が少ないのは、その幻惑魔法のおかげだにゃん。人間にとって脅威の対象でもある姿を見なくて済むし、ドラゴンにとっても騒がれずに済むしでウィンウィンにゃんね」

「え、うーん？　……そういうもの、なの？」

「多分レニウムたちは幻惑魔法のせいでボクらを見失ってるだけで、案外近くにいると思うにゃん。とはいえ、あんまりここに長居しても良いことはないからとっとと戻るにゃん！」

いざ進め！　みたいな感じで前足を振るシルバに、私に運べってことね……と若干の切なさを覚えつつ、私もこの場に留まるのはいやだったのでシルバが指し示した方向に足を進める。

おとなしく私が指示に従うのに満足したのか、上機嫌のシルバが言葉を続けた。

「それでもってその鱗はドラゴンの鱗で間違いないにゃん。加工して良し、そのまま飾って良しの高級品にゃんよ。売ったらかなりの値段になるんじゃないかにゃー」

「そうなんだ……」

キラキラするその鱗を両手で抱えるようにして、私はその場を後にしたのだった。


その後、無事に合流できた私たちは、レニウムとニオブ先生にこってりとお説教を食らった。

シルバが飛び出したのがすべての原因とはいえ、飼い猫の問題は飼い主の責任だと叱られたのはしょうがない……うん、しょうがない……。

でもそのお説教がまだまだ続きそうな気配だったので遮って、薬草と鱗を見せたら大急ぎで町に戻ることになったのだ。

帰る途中、薬草を確認したニオブ先生が大喜びして『これで良質な薬がたくさん作れる』とハグしてきた時には心臓が止まるかと思った……。イケメンのハグよ⁉　心臓が無事で良かった‼

レニウムが引き離してくれなかったら私は失神していたかもしれない。

それはともかく、ニオブ先生はセレンちゃんの体質改善にもその薬草が絶対に効くって保証してくれたので喜んで渡すことにした。

調剤と薬代、今後の体質改善までにかかる診療費諸々と薬草を等価として見てくれるって言ったので実質かかる金額はゼロ！　素晴らしい。

(予定調和とはいえ、なんとなく申し訳ない気持ちになるんだけど……)

いや、無い袖は振れないからありがたい話なので、よろしくお願いしますと深々頭を下げたよね！　せめてもの誠意だからね‼

だけど、勿論そこで話が終わるわけもなかった。

噂のドラゴン、その鱗が見つかったんだからそりゃ大騒ぎになってもおかしくない……そうレニウムに言われて今、私はギルドの中にある応接室のようなところに連れてこられている。

状況を知りたいからって理由で、当然ニオブ先生とレニウムも一緒だ。

まあドラゴンの鱗だって断定する材料もないから、そうかもってだけなんだけど。

(私はシルバがそうだって言うからドラゴンの鱗ってわかってるけどね)

でもなんだか持っているだけでこの扱いって、あんまり居心地がよくない気がする。

レニウムは慣れた様子で出されたお茶を飲んで寛《くつろ》いでいるし、ニオブ先生は手に入れた薬草を早く調合したいらしくてそわそわしている。

私も落ち着かなくて座ったソファの上でもじもじしていたら、レニウムが「なんだ？　トイレか？」ってデリカシーのない質問をしてきてシルバに引っ搔かれていた。

わぁ痛そう、だが同情はしない！

そんな風にしていたらドアが開いて、偉い人らしきお婆さんとアウラムさんが現れて、私は思わず姿勢を正した。

「すまないね、待たせたよ」

「いっ、いえ！」

「それで？　あんたが鱗を拾ったっていう娘さんだね。デリランとこで世話になっている子で、確か……名前はスバルだったか」

「は、はい。私がスバルです」

「まあそう固くなるでないよ。あたしゃこの町のギルド長、つまり責任者を務めているダーシャっていうもんさ。挨拶もそこそこで悪いんだけど問題の鱗ってやつを見せておくれでないかい」

見た目結構な年齢の女性だと思うんだけど、なんていうかすごくシャキシャキしていてデキる上司っていう雰囲気がする人だ、ダーシャさん。

緊張して碌《ろく》に挨拶もできなかった私を咎《とが》めるでもなく、優しく笑って仕事を進める姿はまさに私がなりたかった人物像の感じがする……！

「ふウん。確かに、こいつぁただの鱗ってこたないねえ。アウラムの坊や、どうだい？」

「鑑定魔法をかけましたが、間違いありません」

アウラムさんがこの場に同席したのは、鑑定魔法を使うためだった？

でも、以前冒険者じゃないって言っていた気がするんだけど……ちらりとレニウムの方に疑問の視線を向ければ、あからさまに逸らされる。

「スバル」

「は、はい！」

「この鱗はドラゴンの物だとほぼ証明された。坊やの鑑定魔法は一流だからね。それで物は相談なんだが、こいつをギルドに譲っちゃくれないかい」

「えっ」

唐突な提案に驚いた。いや別に惜しいってものでもないから構わないけど。

シルバ曰く、あれは高級品らしいから、無料引き渡しだったら納得できそうにない。

でも高級品を持ってるのがバレたら泥棒が来るかもしれないし、引き取ってもらった方が……。

どう返事をするか迷う私に、ダーシャさんがにやりと笑う。

「勿論、無料《ただ》でとは言わないさね」

そう言ったダーシャさんが、一抱えほどある宝箱を持ち上げる。

待って、それどこに持ってたの？　入って来た時、箱なんて誰も持ってなかったよね⁉

そんなツッコミができる雰囲気でもないままに、ダーシャさんはそれを当然のようにテーブルの上に置いた。

手を伸ばして触ろうとするレニウムの手がぺちんと叩き落とされるけど、何事もないかのようにダーシャさんは言葉を続ける。

ニオブ先生？　彼は心ここにあらずで薬草を眺めている。ちょっと怖い。

「この箱は、特殊な宝箱でねえ。トレジャー・ボックスなんて名前がついていて高値で取引されている、中身がわからない箱なのさ」

「……中身がわからない、箱？」

「正確には、開ける人間によって中身が変わる代物なのさ」

余計に意味がわからない。私は首をひねるばかりだ。

そんな私に、ダーシャさんはずいっと箱を押しやった。

「上手くいけば、開けた人間が欲するものを出してくれる……だけど、一度しか効果はないから雑念が多すぎるとなにが出るのかわかったもんじゃない。とはいえ、決して損はしないはずさ」

つまり、欲しいと強く願ったものが出るかもしれないってことか。

雑念……色々欲しいものを同時に思い浮かべるとどれが出るかわからないから、本当に欲しいものが出るとも限らない、そういうことでいいはず。

（私が、欲しいもの……？）

きっとこの箱は、希少価値が高いモノなんだろうということくらい、私にもわかる。

でもこれといって欲しいものなんて思いつかない。

元の世界に戻る方法なんて、宝箱の中にあるとは思えないし……。

「トレジャー・ボックスを開けるんでも売るんでも好きにすればいい、売ればそれなりの額になるはずさ。それと当面の依頼手数料をギルドが負担するってんで鱗と交換しちゃくれないかい？」

「悪くない条件だと思うぜ、スバル」

「……ドラゴンの鱗を持っているとなると、色々と面倒も多いと思う。ギルドに渡してしまえば誰が拾ったかなどの情報はある程度伏せることもできるだろう」

レニウムと、アウラムさんが私の方を見て『これで決めてしまえ』と言ってくる。

ギルドにとって利があるからってよりも、彼らは私を心配して言ってくれているように見えた。

「……わかりました、それじゃあこのトレジャー・ボックスと交換でよろしくお願いします」

「ありがとうよ。ドラゴンの出現に関しちゃ上の連中がピリピリしててね。鱗があるってことは、近くを通ったか、あるいはまだいるのか……そこら辺はなにもわかりゃしないが、報告しないってわけにゃいかないのさ」

ダーシャさんが少し疲れたように苦笑を浮かべて私から鱗を受け取る。

そして彼女もそれを光に透かすようにして、目を細めた。

「ドラゴンの鱗は最高級の素材でもある。お偉いさんが知ればどんな手を使ってでも手に入れようとするだろうしね、あとはうちでなんとかするよ」

高価な品というだけあって、同時に厄介なものでもあるんだろう。

ダーシャさんの言葉に、私はただ頭を下げるだけだ。面倒事はごめんだもの。

「それで、そいつはどうする？　持って帰るのか、それとも売りに出すかい？」

「あ、いえ。トレジャー・ボックスは売らずに持って帰ります」

「それじゃあそいつはそっちの坊やにでも運んでもらえばいいさね」

「おいおい、そっちの坊やってまさかおれっちのことかァ⁉」

不満そうに声を上げるレニウムだけれど、ダーシャさんにはやっぱりちょっと強く出られないのかブスッと膨れっ面になるだけで、結局トレジャー・ボックスを脇に抱えて運んでくれることになった。アウラムさんは少しだけ笑ってた。

とにかく、ドラゴンの鱗については落ち着くところに落ち着いた、そんな感じだ。

そうして取引を終えた私たちはギルドを後にして、ニオブ先生は自分の診療所へ、レニウムは銀の匙亭まで箱を運んで、すぐに次の依頼をこなすために行ってしまった。

大して重くもない……箱そのものの重さなのか、中身はどうなっているのかもわからないトレジャー・ボックスを抱えて私は部屋に戻ってベッドの上にそれを置く。

ニオブ先生は例の薬草を調合したらすぐに持ってきてくれると言ったけれど、さすがに今日中とはいかないだろうなあ。

「疲れたぁ……」

「お疲れ様にゃん。じゃあ早速トレジャー・ボックスを開けようかにゃん！」

「ちょっとは休ませようっていう優しさはないのか‼」

「時間は有限にゃん。さあさあ開けるにゃん、ほらほら」

鬼コーチかお前は。

そう言いたいのを飲み込んで、言われるままにトレジャー・ボックスに手をかける。

決して急かすように手の甲に置かれたシルバの前足、その肉球がぷにっとしていてなにこれカワイイ！　ってなったからではない。私は誘惑に負けたわけじゃない。

シルバが開けろというなら、きっとこれからの生活に必要なモノが手に入るってことだろうし。

（それがなにかは、わかんないけど）

とりあえず、今までの生活でシルバは不必要に干渉はしてこないし、私がやりたいことがあるならそれを応援してくれるスタンスであることはわかっている。

だから、これを開けること自体に躊躇いはなかった。

ただ、人生で本物の宝箱を開ける瞬間ってのはそう経験がないわけで……アミューズメントパークのアトラクションとか、ゲーム画面の向こうでならあるけどね！

（なんだろう、ちょっとワクワクする）

欲しいものなんてあったかなって思いながら、ぐっと力を入れると箱から『カチリ』という音がした。錠がかかっていたわけでもないし、特にものすごく固かったわけでもない。

そして開けた宝箱の中には――見覚えのある箱が、ぽつんと入っていた。

「……これ」

「工具箱だにゃんねえ」

「そう、だね。でも……でも、これって……！」

見覚えのあるその箱に、恐る恐る私は手を伸ばす。

宝箱の中から取り出したそれは、見覚えがあって当然だった。

「私の、工具箱……」

ペンチ、ニッパー、平ヤットコに丸ヤットコ、ピンセット、ワイヤー、グルーガンにはんだごて、指カン、糸鋸《いとのこ》……その他諸々‼

この道具類の一つ一つは、知らない人からするとなんだかよくわからないものだろうけど、箱にも道具にも私の名前がちゃんと刻印してある、大事な愛用品たちだ。

思わず感動して声も出なかった私を、シルバがにゃぁん、と鳴いて現実に引き戻す。

「これでご主人様が気にしていた、セレンちゃんの髪飾りも直せるにゃんね？」

「えっ？　……あっ、そうだね！　で、でもはんだごてとかグルーガンとか電気どうすんの？」

「そこは魔法を応用するにゃん。道具があればなんとかできそうかにゃ？」

「……見た感じなら、ってちょっと待って。私、シルバにアクセサリーの修理ができるって話したことあったっけ？」

「ボクはご主人様のサポート役にゃんよ？　そのくらい知っていて当然にゃん」

しれっとすごい怖いことを言われた気がする。えっ、なにその個人情報保護されない感じ。

思わずじっとシルバのことを見つめると、さすがに居心地悪いのかさっと目を逸らされた。

「……そんなすごい形相でこっちを見なくても、趣味でハンドメイドアクセサリー作ってたってことくらいしか知らないにゃん。怖いにゃん」

「いやいや怖いって思ってるのこっちだからね⁉」

でも、うん。

これならいけるかもしれない。

（セレンちゃんは、喜んでくれるだろうか）

私はシルバを抱きかかえて、セレンちゃんの部屋へ向かった。

ドアが開きっぱなしだったから覗き込むと、眠るセレンちゃんとその傍らでじっとその様子を見守るデリラさんがいてなんだか胸がこう……ぎゅってなった。

「デリラさん」

「あらスバルちゃん。セレンなら今はよく眠ってるから大丈夫よ、心配かけてごめんねぇ」

「いえ。あの、私、薬草を摘みに行ったんです。あっ、ニオブ先生とレニウムと一緒に！」

「そうなの。……セレンのために、かい」

デリラさんは、笑った。

曖昧に、困ったような……泣きそうな、そんな笑顔で。それは申し訳ないって気持ちから来るものなんだろうって私にもわかる。

でも、そんな顔はしてほしくなくて、私は気がつかないふりをして笑顔を浮かべてみせた。

「はい、そうしたらすごく良い薬草が見つかったんです。実はドラゴンが近くに現れたかもしれなくて……その影響を受けた薬草が手に入ったんです」

ドラゴンが出現したかもって話はレニウムが言っていたくらいだし、鱗のことを話さなければいいだろうと思ってそう告げれば、デリラさんは目を真ん丸にしていた。

「ドラゴンだって？　薬草？　本当に？」

「ニオブ先生が、セレンちゃんの体質改善になるって保証してくれました。後日、出来上がった薬を届けてくださるそうです」

「……本当に……、それは、本当の、話なの……？」

「はい！」

私には実感がないことだけど、ドラゴンの影響を受けた薬草……というのは言葉だけでも絶大な効果があった。だってデリラさんが泣きそうな顔をしている。

今度は申し訳ないとか困っているんじゃなくて……嬉しくて泣きそう、なんだと思う。

嬉しくて、嬉しくて、でも泣いてはいけないと我慢している、そんな顔だった。

「それで、あの……」

「あっ、あぁ。ごめんね、なんだか胸がいっぱいになっちゃって。それで、なあに？」

「セレンちゃんの髪飾り、なんですけど」

「髪飾り……ああ、これのこと？」

ベッドサイドの上に置かれた、木製の髪飾りにデリラさんが視線を向ける。

それに対して私は頷いて、焦る気持ちを抑えて落ち着いて言葉を選んだ。

「実は、私さっき工具を手に入れたんです。それで直せるかもしれないと思って……あの、もしよかったら、なんですけど」

技術者でもなんでもない、記憶喪失で居候させてもらっている設定の私が言っても説得力がないってその時になってようやく気がついて、言葉が続けられない。

いや技術者なのかって問われると、まあ元居た世界ではそれなりに売り物作ってたんだから大丈夫だとは思う。

（……でもそれをデリラさんに説明できるわけじゃない、作品が手元にあるわけじゃないし！）

いやいや作品が手元にあったらそれはそれで問題だった。そっちの説明どうすんだって話だよね。

言葉にしているうちにその現実に気がついて、思わず視線を下に落としてしまった。

どっと嫌な汗が噴き出てくるその感覚に、握りしめた手が酷く冷たい気がして震えてくる。

にゃぁ、と咎めるようなシルバの鳴き声が聞こえたけど、いやいやちょっと今は無理。

「……そうだね、スバルちゃんならセレンも納得すると思うし……お願いしてもいいかい？」

「えっ、い、いいんですか⁉」

「いいもなにも、スバルちゃんが言ってきたんだろう？　おかしな子だねえ」

デリラさんが髪飾りを手に取ると、シルバが私の腕からするりと抜け出して足下に座った。

くすくす笑いながら目じりの涙を拭ったデリラさんが、私の手を取って髪飾りを掌に乗せる。そしてやんわりと私の手を包むように両手で握って……また泣きそうな笑顔を見せた。

「あの人との、数少ない思い出の品……どうかセレンの大事なものを、お願いね」

「デリラさん……」

「なんでかしらね。スバルちゃんなら、やってくれそうな気がする」

「はい！　……頑張ります‼」

デリラさんの言葉が、私の心に力をくれる気がした。

ぺこりと頭を下げて、受け取った髪飾りを持って自分の部屋に戻る。

ドアが閉まる音が、やけに大きく聞こえた。

今まで、元の世界ではいくつものアクセサリーを作ったし販売もした。

壊れた作品の修理だって、格安のアフターケア料金で請け負ったこともある。

でも会社勤めになってからは作る暇もなかったし、会社が夜逃げした後は自分の心が疲れ切っていてなにもする気が起きなくて。人生をやり直す間もなく異世界に来たわけで……。

ブランクができてしまっている中での、セレンちゃんの大事な『形見の品』の修理に手が震える。

そうっとそうっと、机の上に髪飾りを置いた。

髪飾りの土台となっている木製の楕円形の部分は劣化から、ヒビが入っているのが見える。

それに加えて擦り傷が目立つし、飾りは欠けたり外れたりで、ところどころ色も剥げている。髪留め部分の金具もだいぶガタが来ているんじゃないかな。

でも、直せないほどじゃない。と、思う。思いたい。

セレンちゃんの思い出を、大切なものを、これからも身に着けてほしいと思う。


――昴、お客さんの『思い出』をどう大事にするかだよ――


亡くなったおじいちゃんの声が思い出される。

時計職人だったおじいちゃんの元には、思い出の詰まった品が修理に来ることがたくさんあった。

私はそんな品々が修理されて、持ち主の所に戻る姿を見送るのが大好きだった。

だって、持ち主はみんな、嬉しそうだったから。とても、とても嬉しそうだったから。

大事な思い出の品は、その人の心の支え。それが高価かどうかなんて、関係ない。


「――……よしっ！」


ぱんっと両手で頬を張る。できないかも、なんて不安を吹き飛ばすように。

だけど、せっかく異世界には便利な『魔法』なんてものがあるので確認を一つ。

「ねえシルバ、こう、魔法でちゃちゃっと直したりなんてことは……」

「できるわけないにゃん、そんなご都合主義なことは起きないにゃん」

「デスヨネー」

まあそんな便利な魔法があったら、みんなとっくに使ってるよね。

ため息を吐き出しつつ、私は机の上にある髪飾りに再度向き合った。

できるかはわからない。でも今、やれるのは私だけなんだ。

「まずはこのパーツを全部外して、金具の状態の確認からかな」

「電気を使う予定はあるかにゃん？」

「土台の修復をしたら、そっちのグルーガン使いたいかな。でももうちょっと後になると思う」

「了解にゃん」

少し手を加えて、なるべく原形を留めた形で修理ができるとは思う。多少……手を加えないといけないけど。どうしようもないほどの傷とかじゃなくて良かった。

まあそうなっていたとしても、パーツのほとんどを残してのリメイクは可能だと思うけど……幸いにも見立て通り難しい構造のものじゃなかったし、分解そのものは苦労しない。

金具は少し歪んでいたのと緩みがあったから、それを丁寧に磨いて締め直せばオッケーだ。

だけど、髪飾りの土台部分は擦り傷が多い。なにより問題はこの大きなヒビだけど、リペア用のパテも工具箱の中にあるからそれを塗ればなんとかなりそうだ。

「よし、これで乾燥を待っている間に飾りの方に！」

「乾燥させれば良いのか」

「ひょわ！」

「変な声を上げるな」

「だ、だ、だって！　なんでまた急に人型になってんの⁉」

「この方が手伝いやすい」

机に向かって座る私の後ろから覆いかぶさるようにしてシルバが私に向かって笑う。

でも不意打ちは良くないと思うんだ！　主に私の心臓のためにもね⁉

そんな私の動揺なんておかまいなしでシルバは土台を手に取って、集中しているようだ。

いや手伝ってくれるのはありがたいけど、なんでその距離のまま⁉

アンタはその顔の良さを……いや、ハンサムには違いないんだけど、私の好みドストライクな顔面についてちょっとその破壊力を自覚してもらえないだろうか⁉

（言葉にしたら絶対……、そう、絶対、調子に乗るから言わないけど‼）

ドキッとしたのは好みだからであって断じてシルバだからどうこうってわけじゃない！　はずだ。

いやいや人間好みドンピシャがこんな至近距離にいたら誰だってどきどきするって。

いやマジで。ほんとのほんとに。

さすがに私もね？　ほら、大人だし？　いちいち赤面して初心《うぶ》な反応しちゃうほどオコチャマではないですけどね？　でもこれは……！

「スバル、できたぞ」

「あ、ありがとう」

「で、これに飾りをつけるんだったか」

「う、うん。いや待ってまずそれにやすりをかけて滑らかにしないと。それからトップコートで傷がつかないようにして……」

「詳しいことはわからん」

「ああああ、もう！　じゃあそっちでおとなしく待ってて‼」

「わかった」

シルバがすっと離れて、気づけばまたベッドの上で、猫がごろりと丸まっていた。

くっそう、余裕そうにあくびまでしちゃって！　可愛い‼

（さっきはあんなに色気むんむんだったくせに……）

でも、ああ、なんだろう。すごく、楽しい。プレッシャーはあるけど、それでもこうして大事なものに触れることが、こんなにも……こんなにも楽しい。

その後、デリラさんから布の端切れを貰って欠けてしまった飾りの代わりに小さな花を作ったり余った布でついでにシュシュを作ったりと時間を忘れて作業に没頭した。

乾燥や電気を使う作業のたびにシルバが手を貸してくれたから、想定していたよりもずっと作業は順調だった。いずれは私もできるようになるって言っていたけど、本当かな？

それなら魔法の勉強、もっと頑張ろうと思うよね。

今でも頑張っちゃいるんだけど、より一層その思いが強まった気がする。

そして全ての工程を終えた時、私は目の前にあるそれの出来に満面の笑みを浮かべていたと思う。

「できた……！」

外はすっかり明るくなっていて、どうやら徹夜してしまったらしい。

それでもこの高揚感は、……私はやっぱりこうやって、モノ作りに携わるのが好きなのだと思い知った。空っぽだった胸が、満たされる思いだ。

（でもそれよりもなによりも！　まずはこれをセレンちゃんに渡したい……それから寝る！　いや待てお店の手伝いがあった‼）

まだテンションが高いからか、今ならなんでもイケそうな気がする！

若干シルバが呆れたような目で見ている気がするけど……気のせい気のせい。

（セレンちゃん、まだ寝てるかな……？）

どきどきしながら部屋を後にした所で、タイミング良くセレンちゃんも部屋から出てきた。

思わず驚いてフリーズする私をよそに、セレンちゃんはこちらに気がついていつものように笑顔で挨拶をしてくれた。

「おねえちゃん、おはようございます」

「あっ、うん！　おはよう、セレンちゃん！　ご、ごめんね、起こしちゃったかな？」

「ううん……さっき起きたの」

「そっか。えっと、あの、セレンちゃん。これ……」

私は内心どきどきしながら、彼女に向かってそっと髪飾りを差し出した。

壊れた花飾りの部分はどうしようもなかったから、布地を加工して小さな花みたいにして、ヒビはパテとトップコートで誤魔化したけど……かなり原形に近いまま修理できたと思う。

「これ。勝手に修理させてもらって、あ、いや、デリラさんからは許可をもらったんだけど……」

「……おねえちゃん……」

セレンちゃんが目を瞬かせて、私の顔と髪飾りを、何度も何度も見比べる。

そして恐る恐る私の手から髪飾りを受け取って、じっと見つめていた。

セレンちゃんが感想を言ってくれるのをただ待つしかできない。

でもなかなか反応がもらえなくて、怖いなと思いつつ覚悟を決めセレンちゃんの方を向いて、私はぎょっとした。

なにも反応がないと思っていたセレンちゃんは、静かに泣いていた。

ぽろぽろ、ぽろぽろと零れ落ちる涙に情けないけれどこっちは大慌てだ。

「セ、セレンちゃん⁉　ごめんね⁉　勝手に触ったからいやだった⁉　これをつけてお店に出てくれたら嬉しいなってただそれだけの気持ちでね、わぁぁ本当にごめん‼」

「ううん、ちが、ちがうの……」

大慌てする私に、セレンちゃんが涙を零しながら笑った。

その笑顔に、私は動きが止まる。

(……嬉しそう……)

昔、おじいちゃんが修理した時計を受け取った人たちの笑顔。

それと同じ笑顔を、セレンちゃんが浮かべていた。私が直した、髪飾りを手に。

「ありがとう、おねえちゃん。嬉しい。とっても、嬉しいよ……‼」

ああ、そうか。

私はモノ作りが好きで、好きでたまらなかった。

大事にされたものを修理することも、リメイクすることも、この笑顔が好きだからやっていた。


(私が、やれること——やりたいこと)

見つけた気がする。忘れてた、原点。

それを、この、異世界で。


修復された髪飾り、それから届いたニオブ先生の薬。

その両方が良い効果をもたらしたのか、セレンちゃんはぐんぐんと元気を取り戻していった。

青白かった顔色は赤みのさしたものになり、健康的な姿になったセレンちゃんは元々可愛かったけど、さらに魅力が増した可愛さで近所でも評判の看板娘になった。

そして私のことも、変わらず慕ってくれる。

他に変わったことといえば、セレンちゃんの髪飾り効果なのか、近所の奥さん方がこっそりと、私にアクセサリーの修理を依頼してきてくれることが増えた。とても嬉しい。

大事なものだったのよ、ありがとう……そう言ってもらえるとなんだかとても気持ちがあったまる。るのだ。お礼としてお金や衣服、食べ物なんかを貰ってちょっぴり財布もリッチ。

そんなある日のこと、デリラさんがすごく真面目な顔をして私に言った。

「あんたの修理、すっかり評判になっているじゃないか。それを商売にしてみたらどうだい？」

「え？」

「うちの店の片隅で良けりゃ、場所は貸せるよ？」

「……それは、……できたら、嬉しいですけど。でも」

アクセサリーの修理は、みんなこっそりお願いに来る。

それは装飾品に対する忌避感のせいなんだって今は知っているから、気にしていないけど……でもそれを商売するとなると、話はまた変わってくるんじゃなかろうか。

大っぴらに商売するのに銀の匙亭の一角を貸してもらえるなら、こんなにありがたいことはないだろうけれど……それでデリラさんたちに迷惑がかかったらいやだ。

そう思うと、折角提案してもらったのに踏み出せない私がいる。

だけど、デリラさんはそんな私のことなんてお見通しなんだろう。

カラカラと笑って、私の頭をセレンちゃんにするように優しく撫でてくれた。

「世間は贅沢品を良くないモノって言うけどさ、やっぱり大事な思い出の品ってのはずっと使いたいだろう？　それに物を大事にすることは美徳じゃないか」

「それは……そうですけど」

「あんたがやってくれたら、きっとみんな幸せな気持ちになるさ。あたしとセレンみたいにね。新しくアクセサリーを作るんじゃなくて修理だったら、手続きだってちょちょいのちょいさ！」

デリラさんが快活に笑って、私の手を取る。

優しくて、ちょっとごつごつしてて、あかぎれがある働き者の手だ。

おじいちゃんと同じ、働く人の手は、とてもとても、温かかった。

「あたしたちのことばっかり気にしなくていいんだよ。あんたは分別のある大人だからこそ遠慮しちまうんだと思うけどね、あたしたちは家族みたいなもんじゃないか」

「かぞく」

「ああ、そうさ。少なくとも、あたしもセレンもそう思ってるよ」

デリラさんの言葉は、まるで魔法みたいに私の心にするりと入ってきた。

迷惑をかけたら、失敗したら、そんな怖さはあるのに……やってみたいって気持ちが大きくなる。

「スバルちゃん、どうだい？」

にっこり笑うデリラさんが、その後ろでセレンちゃんが私たちのやり取りを聞いて目を輝かせている姿が、私を応援してくれているみたいで……なんだか、くすぐったい。

ちょっと離れた所で丸まっていたシルバが、賛成するかのように尻尾をゆらゆらさせているのも見えて……私はなんだか泣きたくなった。

嬉しくて、泣きそうだなんていつぶりだろう。

大きく息を吸う。そして私は、宣言する。堂々と、胸を張って。

「……やります、やりたいです。アクセサリーの修理、頑張ります！」

私の言葉にセレンちゃんが嬉しそうに歓声を上げた。

その髪に私が直した髪飾りがあるのを見て、私も笑顔になったのだった。

幕間　たくさんあった、ごめんなさい

あたしは、体が弱い。

それがとても……とても、悔しかった。

ちょっとしたことで熱を出して、ベッドから抜け出せないこの体が嫌い。

そのたびにお母さんが心配して、お店を休まなくちゃいけなくて。

（ごめんね）

謝れば謝るほど、お母さんは困るから。あたしは、心の中で謝る。

最近は、口にしないようにしてる。だけど、いつでもそうやって、思ってる。

お父さんがいなくなってから家の中が寂しくて、お母さんは忙しくなってどんどん疲れていった。

それもこれも、全部、あたしが倒れちゃうせいだ。あたしが、手伝えないから。

町のみんなは親切だし、お医者さんのニオブ先生は怖い所なんて一つもなくて、あたしのことを面倒だって思う人なんていない。

お母さんはあたしのことを大好きだって言ってくれる。

でもそれが、全部嬉しくて、全部……辛い。

（誰かが「おまえのせいだ」って言ってくれたら、堂々と「ごめんなさい」が言えるのに）

きっとあたしは、ズルい子だ。

誰かに悪者になってもらえなきゃ、あたしは自分の気持ちを正直に言うこともできないんだもの。

そんなズルい子だから、神様は罰として弱い体にしたんだと思う。

「セレンちゃん？」

「……おねえちゃん」

「どうかした？　大丈夫？」

「大丈夫！　ちょっと、……うん、ちょっとぼうっとしちゃった！」

あたしの様子を心配してくれるスバルおねえちゃんは、あたしの体が弱いことは知っている。

だけど、一緒になにかをしたりするのに躊躇ったりしない。

辛くなったら言ってねって、いつだってあたしと一緒に歩いてくれる。

お父さんがいた頃は、おねえちゃんとするみたいに、よく一緒に歩いてたなって思う。

お母さんも今より忙しくなくて、あたしはもっと笑っていた気がする。

（……あたしも、いつかは大人になれるのかな）

スバルおねえちゃんが最近、お店を手伝ってくれるようになった。

あたしがすぐに疲れちゃうせいで、あんまりお手伝いできていなかったから……おねえちゃんの
おかげでお母さんは、随分楽になったと思う。笑顔が増えたんじゃないかな。

それはとても嬉しい。だけど、あたしは……やっぱり、悔しかった。

おねえちゃんに、素直にありがとうって、言えなかった。

（あたしは、なんてイヤな子だろう）

そんな風に毎日を過ごしていたら、熱が出た。

きっとあたしがズルくて、イヤな子だったから。また、そんな風に思った。

お母さんはあたしの具合が悪い時、ずっと傍にいてくれる。

それが嬉しいのに、泣きそうな気持ちになった。

ごめんなさいって言いたくてもお母さんの顔を見たら言えなくて、熱よりもそっちの方が苦しい。

弱った時は、いつだってお父さんがくれた髪飾りに触れていた。

そうしたら、お父さんが傍にいてくれるような気がしたから。

だけど、思い出の髪飾りは壊れてしまった。

捨てるなんてできなくて、眺めていたらスバルおねえちゃんがそれに気がついてくれた。

(ごめんなさい)

ありがとうって、ちゃんと言えなくてごめんなさい。

ズルくて、イヤな子で、ごめんなさい。

あたしの周りの人たちは優しいから、あたしのことを良い子だって褒めてくれたり頭を撫でてくれるのに、本当はそんな子じゃなくてごめんなさい。

ごめんなさいってちゃんと言いたいのに、あたしはそれが、言えなくて。

なにかをしてもらうたびに、ごめんなさいが言えない代わりにありがとうって言って、本当は悪い子なのに良い子のふりをしてごめんなさい。

あたしの中は、そんな言葉にできなかった『ごめんなさい』で溢れていたんだと思う。

でも、ある日、おねえちゃんが髪飾りを直してくれた。

もう直らないって諦めていた思い出が、お父さんの思い出が元通りそこにあって、またつけられるんだって思ったら嬉しかった。嬉しくて、嬉しくて、泣いてしまった。

そんなあたしを見て、おねえちゃんは大慌てしていた。

「セ、セレンちゃん⁉ ごめんね⁉ 勝手に触ったからいやだった⁉ これをつけてお店に出てくれたら嬉しいなってただそれだけの気持ちでね、わぁぁ本当にごめん‼」

あたしが言えなかったごめんなさいを代わりに言ってくるおねえちゃんは、あたしの分まで謝ってくれているみたいで、おかしかった。

「ううん、ちが、ちがうの……」

大慌てするおねえちゃんに、伝えたくて声を出そうとすると、涙のせいで言葉がつっかえる。

でも、今日泣いているのは、辛いからじゃない。幸せだからだ。

今までで一番、素直になれる気がした。

「ありがとう、おねえちゃん。嬉しい。とっても、嬉しいよ……‼」

いつもの、ごめんなさいを隠すためのありがとうじゃない。

おねえちゃんが、あたしのために思い出を守ってくれて、とっても嬉しかった。

だから、……あたしの中の、たくさんのごめんなさいよりも。

あたしは、心からの『ありがとう』を伝えた。

おねえちゃんは、笑ってくれた。とても嬉しそうに、笑ってくれた。

あたしもその笑顔が嬉しくて、また笑った。

それから、ニオブ先生が持ってきてくれた新しいお薬を飲んだらすっかり元気になった。

不思議だなあと思ったら、それもおねえちゃんが手伝ってくれたって聞いて、びっくりした。

「……ねえお母さん、あたしもおねえちゃんに、なにかしたい」

あたしにできることなんて、まだ全然ない。

お母さんのお手伝いだって、スバルおねえちゃんに比べたら大したことはできないし、お裁縫やお掃除をしようと思ってもおねえちゃんは必要としていない気がするし……。

お母さんに相談したら、それなら応援をしようって話になった。それで、お母さんはアクセサリーを直すことができるのはすごいことなんだよって教えてくれた。

ご近所さんの思い出も、おねえちゃんが直してくれたんだって！

（それってすごいことだよね）

お礼の品が届くようになったんだから、商売にしたらいいってお母さんが提案した。

それを聞いておねえちゃんはびっくりした顔をしたけど、迷っているようだった。

「あたしたちのことばっかり気にしなくていいんだよ。あんたは分別のある大人だからこそ遠慮しちまうんだと思うけどね、あたしたちは家族みたいなもんじゃないか」

「かぞく」

お母さんの言葉に、おねえちゃんが目を丸くする。

あたしは、お母さんの言葉が嬉しかった。でも、おねえちゃんは違うのかな。

「ああ、そうさ。少なくとも、あたしもセレンもそう思ってるよ」

お母さんの言葉に、おねえちゃんは笑ってくれた。

おねえちゃんが、あたしたちを見て、笑ってくれた。それは嬉しそうな笑顔だったんだと思う。

アクセサリーのお店をやるって決めたのは、あたしたちのことを家族だっておねえちゃんも思ってくれてるからだよね？　そうだったら、あたしは、すごく嬉しいなって思うの。

「おねえちゃんが思い出を直してくれるなら、みんなきっと嬉しいよ！」

「そうだと嬉しいな」

「あたしは、おねえちゃんを応援するよ。ずっとずっと、応援するからね！」

「……ありがとう、セレンちゃん」

おねえちゃんが、あたしの頭を撫でて笑ってくれた。

それが嬉しくて、あたしもいっぱい笑った。素直に笑えることは、すごく幸せだ。

「可愛い応援があるんだもの、頑張るからね！」

「うん‼」

身体が弱くて、みんなに迷惑をかけていたあたしはもういない。

ごめんなさいは、もう言わない。隠さない。

第三章　それは、きっかけに過ぎない

商売を始めるなら申請が必要だということで、ギルドで手続きをしたのはなんとデリラさんに背中を押されたその日の内だった。

おかげで事情を聞いたダーシャさんが大笑いして出迎えてくれた上に、私がアクセサリーの修理とリメイクをやりたい旨を伝えると彼女は申請書を受け取って、早速ブレスレットの修理を依頼してくれたのだ。

いやまあこの依頼には深い意味があったんだけどね。

つまり、ダーシャさんのアクセサリーの修理を成功させたことで試験に合格、さらには地位ある人のものをちゃんと直したという実績を得たということなのだ！

……全然そういうのに頭が回らなかった私は、シルバに教えてもらったんだけどね‼

直せなかったらどうするつもりだったのかは……怖いので聞かないでおこう。

（いやあ、ダーシャさんのブレスレットがこれまた見事だったから直すのが楽しかったっていうか、

そっちに意識が行きすぎたのがいけないんだと思う。反省反省)

とにかく、試験に合格した私は修理工としての資格証明とリメイク品の販売許可証を発行してもらって、銀の匙亭の隅っこに商品を置かせてもらっている。

念願の、自分の店(?)を持つことができたんだなあって思うと感慨深い。

近所の人がお愛想で覗きに来てくれて、それからデリラさんとギルド長っていう二人の信頼が人を呼んで、手に取ったお客さんが気に入ってくれたから口コミで広がって……という感じでじわじわと人気が出ているらしく、私としては嬉しい限り。

リメイクの素材? 今の所は古着から作ったシュシュとかつまみ細工の髪留めとか、古いボタンを加工した飾りとかそのくらい。

でもこのシュシュが案外人気で、古着を持ち込んでくる人もいる。

大っぴらな装飾品っていうよりも、実用的ってことで身に着けやすいのが功を奏したらしい。

さらには折角だからと買ってくれた人にラッピングをしたり、修理の品を返す際にお手入れの方法を記したメッセージカードをつけたのが喜ばれたらしく、評判が評判を呼んで最近では、近隣の村や町から依頼が来ることも増えた。私としては本当にありがたい限りだ。

時には年配の男性が、奥さんへのお土産として買って行く姿もあったりする。

喜んでもらえたらいいなあとほっこりする日々だ。

「……でも、肝心の情報が集まらないのよねえ〜……」

「しょうがないにゃん、あんな大雑把な聞き方で情報が手に入ると思ってるなら、ご主人様の頭の中はお花畑どころか綿菓子で出来てるとしか思えないにゃんね」

「ちょっとひどくない⁉　最近私の扱い方がひどくなっていってない⁉」

そう、情報である。情報が思いの外、入手できていないのだ。

なにを隠そう、私はこの異世界で〝独り立ちして生きていけるだけの生活力を手に入れる〟という目標がある。そこに一歩近づいたわけだけれど、あくまでそれは最終目標のための布石なのだ。

私は『強制的に異世界転移させられた』ことに納得をしていないので、死に戻り以外で元の世界に戻る方法を見つけるために頑張っているのだ。

で、記憶喪失という設定になっている以上、今更『異世界から来ました！　帰る方法を探してるんでお心当たりあったらよろしくお願いします☆』なんて言えるわけもなく……いや、そもそも異世界人って明かすのは死亡フラグ立ってたから、言い出したら最後な気がしないでもない。

（お客さん相手に世間話しつつ、情報収集を頑張ってるんだけどなあ）

シルバによれば、今までも『世界に小さな変化』をもたらすためにカミサマが何人も異世界転移させているって話だったから……どこかにその人たちの痕跡があるんじゃないのか？　って思ったわけですよ！　これ、割といい線いってると思うんだけど。

異世界人ってことで保護されたとか神隠しの逆パターンみたいな感じで伝承とかになってるんじゃないかって。あり得そうじゃない？

まあ、私と同じように事情を隠していたっていう可能性も否めないけど……なにもしないよりはいいと思ってそれっぽい話がないか聞いてみているというわけ。

結果？　なんか知らないけど、私の評判が『伝説とか伝承とかに興味を持っているらしい子』に落ち着きましたけど、なにか⁉

最近だとそういう伝説関係のタペストリーとか、本とか、キキーモラ人形とかくれる人まで現れて……いや違うんだそうじゃないんだ、私は別にグッズ収集したいわけじゃないんだ！

「はぁ……めげそう」

「口より手を動かさないと、修理が終わらないにゃん」

「わぁってますよ！　まったくもう、労りって言葉をどっかに忘れてンじゃないのシルバ！」

「労ってほしいならそれ相応の行動で示してくれにゃいと」

そして私のサポート役は相変わらず辛辣です。とほほ。

まあシルバのおかげで私も生活に使う魔法は少し使えるようになってきたのも事実。

使い終わった工具を掃除するのに水滴がその場で出せるので、とても便利になりました……。

布巾を濡らす程度なんで、洗濯とか皿洗いにはまだ応用できそうにありません……。

「後はこれで糸を切って……と。うん、完成！」

ぱちんと糸を切って近所のおばちゃんから頼まれたリメイク作品を完成させる。

セレンちゃんがすっかり元気になったからか、私に依頼が入っている時はこうして作業に専念させてもらっている。本当、ありがたいったらないよね。

新規のアクセサリーを作るのは偉い人の認可がいるとかなんとか難しい話だったので、今はまだ無理だけど……いつかは二人には私が作ったアクセサリーをプレゼントしたいなあ。

デザインはそうだなあ、セレンちゃんは元が可愛いからむしろシンプルな感じで本人の可愛さを引き立てる感じで……レースリボンのネックレスとかチョーカーとかどうだろう。デリラさんはそれをもう少し抑えたデザインで親子コーデとかいいよね！

「あ、はぁい！」

そんな風に色々考えるのが楽しくなってきたところで、ドアをノックする音が聞こえて私は慌てて立ち上がる。ドアを開けると、そこにはエプロン姿のセレンちゃんがいた。

「セレンちゃん！　あれ？　交代の時間だった？」

「あの、おねえちゃん、違うの」

「お店忙しくなった？　ちょうど今、一区切りついたから――」

「あの、違うの、おねえちゃんにお客さんが来てるんだけど……」

「お客さん？」

またアクセサリーの修理依頼だろうか。だとしてもなんだかセレンちゃんの様子がおかしい。なんというか、困っている、というか。

視線を右へ左へ動かして、言うべきか言わないべきか迷っているというか。

「……どうしたの？」

「あのね、スバルおねえちゃん……ハーティさんって知ってる？」

「ハーティさん？　ちょっと知らないかな……依頼人にはいなかったと思うんだけど……」

「そうなんだ……」

社会人の嗜みとして、私は依頼証を用意してそこに納期や保証について詳しく書いている。

当然、依頼人の連絡先や名前もそこには記入するんだけど、口約束で構わないのにと笑ったおばちゃんたちにそれはいけないと思わず力説してしまったのはつい最近のことだ。

周りは気にしなくても私的にはちょっとそれは……ということでそこはきっちりね。

で、その依頼証に『ハーティ』という名前を記入した記憶は、ない。

もう一度思い返してみたけれど、ないと断言できる。会社勤めの時すぐ覚えられないと暴言を吐かれるもんだから、怖くて暗記が得意になったのだ。あんまり自慢にならない。

「その人がお店に来て、とにかくスバルおねえちゃんを呼んでこいって言ってるの。お母さんが今対応してるんだけど……」

「う、ううん？　よくわからないけど、お店に迷惑かかりそうだし、すぐ行くよ」

「うん……お仕事中にごめんなさい」

「大丈夫だよ、さっきも言ったけどちょうど一区切りついたところだからね！」

セレンちゃんを困らせるなんて許せん。しょぼんとする頭を撫でて、階下に向かう。

ランチタイムが終わっているからか、お客さんの姿はまばらだ。

そんな中、デリラさんの後ろ姿と、その向こうに綺麗な女性の姿があるのが見えた。

年齢的には……多分だけど私と同じくらいか、少し下くらいかな？

私の感覚で表現するならモデルみたいなスタイル抜群の美人さんで、ただちょっとなんか……不機嫌そうっていうか。

（……うん、間違いなく怒ってらっしゃる）

対応しているデリラさんは、普通に酔っ払いを相手にしている時と同じように冷静で穏やかだ。

さすがです、デリラさん！　かっこいい‼

けれど見れば見る程、彼女に見覚えがない。首を傾げながら歩み寄るけど、あちらも私に気がついていない様子だから……もしかして私を呼べと言った割に顔を知らないのでは……？

「デリラさん、お待たせしました」

「ああ、スバルちゃん。ごめんねえ、仕事中に……」

「大丈夫です。……こんにちは、初めまして」

「あら……もしかして、貴女が『スバル』かしら？」

剣呑な目つきで睨まれて思わず内心ひぇっと怯んだけど、なんとか耐えた。

仕立ての良い服を着ているから、きっと良い所のお嬢さんなんだろうと思うけど……この辺りの地区の人じゃなさそうだなあとぼんやり他人事のように思う。

銀の匙亭があるのは多くの職人たちで構成される、いわゆる下町っぽい雰囲気があるところ。そこから離れた所に、町の中でも上流階級っていうの？　政治家とか裕福な商人の家が多い住宅街があって、きっと彼女はそこの人なんだろう。だけどやっぱり見覚えはなかった。

（……私、なんかしたっけな？　やっぱり依頼された覚えとかないし、だとすると苦情とか？）

リメイク品を取り扱うのに骨董を買ったりするのも、ちゃんと合法だからクレームを言われる筋合いはないんだけど。そりゃまあちょっと値下げ交渉とか派手にやった記憶が……あるな。でもあれは骨董屋さんも楽しんでいたから問題ないはず。この間、店に顔を出してくれた時にはコーヒーご馳走したし！

他だと重い物じゃないけど、大量買いしたことならあるな……でもそれはシルバが人型になって持ってくれたから誰かに迷惑をかけたこともないはず。

いや、あの時はシルバに「一人で持てない量を買うな」って説教食らったっけ。

そんな風にぐるぐると頭の中であれこれ考えていたら、目の前の美女は私を頭のてっぺんからつま先まで見てから眉間に皺を寄せて口を開いた。

「貴女、修理工なんですってね？」

「え？　はい、そうです。駆け出しの身ですが」

「なら、依頼してあげるわ」

そう言うとポケットからなにかを取り出したハーティさんが、怖い顔で握った手をそのままずいっと突き出すもんだから思わず一歩下がってしまった。

だって私、まだその依頼を受けるとは言ってないし。私にだって依頼を選ぶ権利はあるし。

そもそも依頼してほしいだなんて言ってないわけで……そんな私に焦れたのか、彼女は更に手を前に突き出してくる。これには私もいらっとした。

「あの、依頼をお受けするとは一言も……」

「ワタシの父は町長なのよ、恥をかかせるつもり？」

「いえ、そういうわけでは……」

町長さんの娘なのか。しかし恥をかかせるもなにも、私は意地悪しているわけじゃない。

そう突っ込みたいのをぐっと堪えつつ、私は掌を立てるようにして拒絶の態度を示した。

私の行動に彼女は驚いた様子だったけど、キッと目を釣り上げて私を睨んでくる。

困った事態ではあるけれど、ここは社会人として毅然とした態度で臨みたい。

「これはワタシの父が大切にしている懐中時計なの。これを修理してちょうだい‼」

「申し訳ありませんが、現在新規のご依頼は受け付けておりません」

「なんですって？」

鋭く睨まれると、思わず頭を下げて受け入れないといけないような気分になる。

だけど冷静に考えて、ブラック会社にいた恐ろしい先輩に比べれば、全然可愛いもんじゃないか。

(そうそう、可愛い可愛い……大丈夫、私は大丈夫……)

私は笑顔を浮かべて、丁寧にお辞儀した。

そしてもう一度、断りの言葉を述べる。

「申し訳ございません。既にご予約の方を優先させていただいておりますので……」

「貴女が受けないと、この店に迷惑がかかるかもしれないわね？　直せないなら直せないで修理工なんて名乗らず、そこのコーナーも片づけてしまってはいかが？」

「さすがにそれは横暴ではありませんか。そもそも、貴女のお名前も知らないのに一方的に他の方の予約を無視して優先しろとは、いくら身分のある方であろうと許される道理はございません」

「なによ！　レニウム様とアウラム様ご兄弟に贔屓《ひいき》にされてるからって良い気になって……！」

「え？」

唐突に出てきた名前に思わず接客用の態度も忘れてぽかんとすると、それがまた気に入らなかったのか彼女が私に向かって懐中時計を投げつけてきた。

慌ててキャッチしようとするけれど私の反射神経では難しかったらしく、掴み損ねて床に落ちてしまった。慌てて拾ったけれど、衝撃で開いてしまった蓋が少し歪んでしまっているかもしれない。

それを見て彼女も動揺したようだった。

「ワ、ワタシが悪いんじゃないわ。貴女が素直にワタシからの依頼を受けようともせず偉そうに反論なんかしてくるからいけないのよ……！　どうするの‼」

「どうするって、それは……」

「ハーティ！」

そっちが投げつけるからだと反論をしようとしたところで、店の入り口にレニウムが駆け込んできて彼女の名前を大声で呼んだ。その後ろにはアウラムさんの姿もある。

二人とも、ちょっと険しい顔をしているから珍しい。いつもは朗らかなのに。

（そういえば、二人は彼女と知り合いみたいだし……あれ、なんか厄介な雰囲気？）

私がそんな風に思ってデリラさんを見ると、デリラさんは腰に手を当ててやれやれと言わんばかりの顔で苦笑しているだけだった。

いつの間にか残っていたお客さんの姿もなくて、あれ、本当にいつの間に？

「他のお客さんも気を利かせてお会計を済ませてくれたから、店じまいしちゃおうか」

「なんだかすみません……準備中の看板出しておきます」

「スバルちゃんのせいじゃないよ。あたしは二階にいるから、なんかあったら呼んでおくれ」

「はい、ありがとうございます」

にっこり笑ったデリラさんが、すれ違いざまに私に告げたのと同じことを言ったのだろう、アウラムさんも申し訳なさそうにデリラさんに会釈する姿が見えた。

私はどうすれば良いのかわからず、とりあえず外に看板を出してきた。それから目の前で言い争うレニウムとハーティさんを見つつ、掌の懐中時計を見る。

返そうにも彼女はもう私なんて眼中にないっていうか……。うん、どうしよう。

「なにしに来てんだよ、迷惑だろ！　考えろよ！」

「レニウム様にそんなことを言われる筋合いはございませんわ！　勝手をなさってご家族に迷惑をかけておられる方がワタシにお説教ですか！」

「おれっちはおれっちで自立するためで、迷惑をかけちゃいねえよ！」

「アウラム様がどれだけ心配しておられると思ってるんですの⁉」

レニウムとハーティさんは私の存在をすっかり忘れているようで、睨み合うようにして怒鳴り合っている。どうしたものかと思ったところで、アウラムさんが大きなため息と共に手を叩いた。

「お前たち、いい加減にしないか。ハーティ、我々のことを案じてくれるのはありがたいが、それで町の人々に迷惑をかけてどうする。大体、町長はこの行動について認めておられるのか？」

「そ、それは……」

「スバルもすまない。彼女は我々の幼馴染で、心配から誤解をしているようなんだ」

「誤解、ですか？」

「アウラム様、そのような娘に頭を下げる必要などございませんわ！　アウラム様は次期領主のお立場なのですから――」

「ハーティ！」

私に対しても礼を払うアウラムさんの言葉に誤解とはなんぞやと首を傾げた瞬間、ハーティさんが被せるように言ったのを更にレニウムが制して、うん？　今、彼女はなんて言ったかな？

「……じき、りょうしゅ？」

ちょっと待って初耳だ。いやいや、まあ彼らが良い所のお坊ちゃんかなとは何度か思ったことはあったけど、まさかまさかの展開だ！

盛大に天を仰いでため息をつくレニウムと、自分は悪くないと不貞腐《ふてくさ》れるハーティさんと、笑顔のままが怖いアウラムさん。私は三人を見渡して、ちょっと躊躇ってからとりあえず笑顔を浮かべることにした。困った時はとりあえずスマイルスマイル！

「そうですね……込み入ったお話みたいですし、立ち話もなんですから座って話をしませんか？」

ちょっとキャパオーバーしそうなんで帰ってくれ、とは言わなかった。

いや、まあ……うん、正直なことを言えば私を巻き込まないでくれたらなあと思うんだけど、どうにも話を聞かないと帰ってもらえそうにないじゃない？

この世界にそういうのあるのかわかんないけど、今日は厄日だったりするのかな。

ああ、なんでこんな時にシルバったら傍にいてくれないんだろう。

モフモフがここにあれば、ストレスとも戦えるかもしれないのに！

全員にコーヒーを淹れて、座ったところで私を含め全員が沈黙でまるで話が進みません。

それなら私、この場にいなくても……いや、ダメだよね、彼女がきっと納得しないよね。

「えーと……あの、お手数なんですけど」

「なんだ？」

「まったく状況がわからない私に、最初から説明してもらえますかね……」

仕方がないから私がそう言えば、レニウムが頷く。

ハーティさんは不満そうに眉を顰《ひそ》めたけど、アウラムさんに睨まれて顔を背けてしまった。

「あー……まず、騙《だま》してたとかそういうのじゃない。そこは本当だから信じてくれていい」

「うん」

「おれっちと兄貴は、確かにこの地方を治める領主の息子だ」

レニウムが説明してくれたことを要約すれば、こうだ。

アウラムさんとレニウムは現領主の息子。他に兄弟はなし。

長男が跡継ぎになる決まりなので、次男であるレニウムはやりたいことをやることにして家を出て冒険者になった。なんていうか、自由すぎない？

そんな息子が心配らしい両親に頼まれて、アウラムさんは時々お忍びで弟の様子を見に来ていたってことらしい。なるほど、そうだったのか！

そんな中、先日のドラゴン出現事件で領主や偉い人たちが集まった際に私の話題が出たそうだ。

ハーティさんは私のことをそれまで知らなかったけど、その話題の中でアウラムさんとレニウムが色々と私のことを擁護してくれて、それが彼女の耳に入って今に至る、と。

擁護の部分は多分、記憶喪失だけど怪しい人物じゃないとかそんな感じだと思う。

「領主であるうちの父親と、町長であるハーティの父親は幼馴染で今も交流がある。だから家族ぐるみの付き合いがあるんだ」

「おれっちたちがスバルと仲良くしてるってんでコイツ、すっかりへそ曲げちまって……」

「そんな子どもじゃございませんわ！　ワタシはただ、お二方がお優しいからってその娘が身分も弁《わきま》えずへらへらしているのが許せなかっただけで……！」

「そんなの身分隠してンだから知らなくて当然だろ。友達と仲良くしてなにが悪いんだよ」

「友達⁉　ま、まあ百歩譲ってレニウム様はそれでいいとしてでもですね、ですけれどっ」

「え。えー……ちょっと、ハーティさんに質問、なのですが」

「……なんですの」

まあ、アウラムさんとレニウムの立ち位置はわかった。

正直、最初から『領主の息子です』なんて自己紹介されても困るからそこは今、保留ということでいいと思うんだ。……今更態度を改めろって言われても違和感しかないしね‼

「なんで私なんです？」

「は？」

「確かに先日ちょっとしたことがあって、領主様たちの話題に名前が出たかもしれませんけど」

さすがに先日の件……つまり、ドラゴンの鱗に関してはハーティさんも知らないらしく、そこは濁すことにした。

彼女もまた、偉い人の集まりがあるってことは詳しく聞いてはいけない話題もあると察しているようで、言及してこない辺りは町長の娘として教育されているんだろうとも思う。

だからってなんでそこまで私に敵対心を燃やすのか？　そこが問題だった。

「なんで私のことをそんなに嫌うんです？」

「なんでって、アナタ……」

「レニウム……さんとか、割と町の人たちみんなと仲良くしてますし。それこそギルドの受付嬢とかの方が私より親しいかもしれませんし」

「ちょっ、さん付けとか痒いからすんな！　今まで通りおれっちのこと呼び捨てでいいから‼」

「アウラムさんは、レニウムさんを通して時々ご挨拶する程度ですし」

「だからさん付けすんなって！　聞けって！」

大きな反応をしたレニウムが面白くてついつい素知らぬふりをしてさん付けをすると、彼はばりばりと頭を掻きむしって頬を膨らませていた。そういうとこが面白いんだよね！

でもこれ以上は怒られそうなので、そろそろ自重しなくては。

そんな私たちのやり取りは気にならないのか、アウラムさんは少し難しい顔を見せた。

「私としてはスバルとの会話を楽しんでいたつもりなんだが、違ったのか……」

「ああ、いえいえ、会話がつまらないとかそういう意味ではなくてですね」

そう、私たちはこの銀の匙亭を通してお客と店員。そこで多少会話をする仲であると私は認識しているのであって、それ以上でもそれ以下でもないっていうか。

（まあでも、会話もするっちゃするかな。今日は天気がいいですね……程度だけど）

だってアウラムさんは基本的に会話も受け身なもんだから、そこまで話題が広がらないっていうか……いや、なんでも話を聞いてくれる包容力は感じてるけど。前に困ったお客さん相手にやらかした時は慰めてくれて、本当に気持ち的に救われたし！　良いお兄ちゃんだよね、ホント。

彼女の態度はつまるところ、やきもちなんだと思う。

けど私からすると、妬かれる意味がわからないっていうか。正直扱いに困る。

これがね、『看板娘としてちやほやされまくって男に貢がれちゃって困っちゃ～う☆』みたいなウザいタイプの女だったなら「なんなのよ、この女……！」って言われるのもわかるんだけどね。

（私だよ？　私。ごくごく平均的な一般人よ？）

結べる位の長さはあるとはいえ、周りの女性陣に比べたら短めの髪。

服装もシンプルな動きやすさ重視のものだし。その分、小物は可愛くしているつもりだけど……。

化粧はほら、手に入るものには限りがあるから。慣れない異世界生活でお財布事情が苦しいとか色々理由をつけてサボっていることは正直否めないけど。

（シルバからも、もうちょっと女子力を磨けって言われる日々だしなあ、ちょっと反省）

なんならアイツ、朝に起こしてくれたついでに涎《よだれ》が出てるだの、寝癖がどうだのとオカンかお前は……って言いたくなることもしばしばだからね。

どうやら私がこっちの世界に定住した時に、モテなくて老後を一人寂しく過ごすことになったら可哀想とか思っているような気がしないでもない。

いや、サポート役としての責任感なのか？　なんにせよ私だってやるときゃやるんだからな‼

「だって！　アウラム様が褒めてたもの！　努力家でその姿勢には敬意を払うべきだって‼」

「は？」

「レニウム様だって！　記憶がないのに悲愴感もなくて年下の子の面倒を見たり近所の人の評判も良いって！　お二方ともワタシのことなんて滅多に褒めてくださらないのに‼」

「は、はあ」

なんだなんだ、唐突な褒め殺しか！

思わず顔が赤くなったけど、自分が知らないところでちゃんとそうやって評価してくれる人がいてくれて嬉しい。だけど、目の前で言われるとそれはそれで居た堪《たま》れないっていうか……！

暴露された二人はなんとなく居心地が悪そうにしつつも否定をしないところを見ると、彼女の言葉が本当なんだとわかった。

「あ、ありがとうございます……？」

聞いてしまったからにはスルーできなくて、私はそっとお礼の言葉を二人に向けて言った。

でも本人から聞いたわけでもないので、ついつい疑問形になってしまったのは失敗だったなとちょっとだけ反省する。

「別に礼を言われることじゃねーし」

「スバルが頑張っているのは、本当のことだからね」

「ワタシだって頑張っているんですのよ!?　勉強だって町一番だと自負しておりますし、法律だって経営だって学びましたもの！」

つまり、彼女は擁護だろうとなんだろうと彼らが褒めたっていう事実が気に食わなかったと。

自分も頑張っているのに幼馴染たちが知らない女にかっ攫《さら》われたような気がしたんだろうか。

これは私がなにを言っても逆効果な気がする。どうしたもんか。

「とにかく！　ワタシはまだ彼女のことを認めておりませんのよ！」

「お前が認める認めないとか関係ないだろ、ちゃんとギルドの許可をとった修理工だぞ」

「そ、それはそうですけど」

レニウムの正論に、ハーティさんは悔しそうに唇を噛みしめる。

多分、自分でもちょっとやらかしたとは思ってるんじゃないだろうか？

それでも止まることができなくて、今更謝るのも悔しいとかそんな感じなんじゃないかな。

だから諭されても落としどころが見つからなくて、より頑なに……という感じがしないでもない。

なんでわかるかって？　私も割とそういうタイプだからわかるんです！

……私の場合はなんていうか、幸いにもっていうのも変だけどシルバがズケズケと意見を言ってくれるから彼女ほど拗《こじ》らせてはいないけど。もうちょいソフトな意見でも良いのよ……？

「どうして、貴女は……貴女なんかが簡単に認めてもらえるんですの？」

「えっ……？」

「そんなの、ズルいじゃありませんか！」

がたんと大きな音を立てて立ち上がったハーティさんは、自分の発言にハッとしたかと思うとその目に涙を溜めて私をひと睨みし、こちらが止める間もなく走り去ってしまった。

レニウムが舌打ちして追おうとするのをアウラムさんが視線で制する。

それを見て、私は思わず立ち上がった。だって、なんだかそれじゃあんまりにもあんまりだ。

だけど、アウラムさんは私に向かって首を左右に振る。

「君が追ってもハーティは喜ばない」

「それは……そうかもしれないですけど」

静かだけど、鋭いその一言に私はたじろぐ。ハーティさんは誰かに認めてもらいたかったんだと思うと胸が痛むのに、アウラムさんの言葉に怯んでしまう自分がちょっと悔しかった。

「彼女も少し、冷静になる時間が必要だろう。私が後で彼女を訪ねてみるから、スバルにはそれの修理を頼みたい。……すまない、忙しいのは重々承知で無理を聞いてもらえないだろうか」

それ、とアウラムさんが指し示したのは、ハーティさんが持ってきた懐中時計。

テーブルの上に置いて行かれてしまったそれは、確かにそのまま放っておくのは忍びなかった。

私は躊躇いながら懐中時計を手に取って、アウラムさんを見る。

これだけは、きちんと言っておかないといけない。

「……私、懐中時計なんて修理したことないです」

「歪んでしまった部分を直してくれるだけで構わない。それは……ハーティの父君が、この町の町長が、とても大切にしている魔道具なんだ」

「そんな大切な品を、勝手に私のような駆け出しの修理工が預かって良いとは思えません。それに私は魔道具の修理をしたことがないですし、そんな特殊な物ならきっと馴染みの修理工がいるのでは？　そうなると、ご本人の意思は……」

「そのままの状態で時計を返せば、ハーティが傷つく」

娘の矜持を慮《おもんぱか》る良い父親だとすれば、娘の行動を叱りつつ壊れた懐中時計を悲しむのか。

それとも勝手なことをした娘に対し、懐中時計を壊された怒りの矛先を向けるのだろうか。

アウラムさんの言葉だけでは私にはさっぱりわからなかったけれど、その懐中時計は使い込まれているようだった。きっとしまい込むのではなく、とても大切に使っていたのだろうと思うと、なんとも言えない気持ちになる。

「……わかりました。歪んだ部分の修復を、させていただきます」

「無論、他の依頼もあるだろうから、そちらを優先してくれて構わない。町長には私から話をしておこう。その際に修理にかかった費用を請求してほしい」

アウラムさんは私が修理を請け負ったことに安堵したのか、小さく笑みを漏らした。

レニウムはまだ不機嫌そうだったけれど、それでもやっぱりどこか安心している様子で……それがちょっと似ていて、やっぱり二人は兄弟なんだなって、その様子に少しだけ微笑ましくなった。

「それじゃあ私たちも行くとしよう。本当にすまなかったね、スバル」

「いえ」

「おれっちからも謝るからさ、ハーティのこと悪く思わないでくれよ。アイツはちょっと意地っ張りで思い込んだら一直線ってとこがあるけど、根は良いやつだからさ」

「うん、わかった」

レニウムが、先に店を出ていく。アウラムさんもそれに続く。

私も彼らを見送るために立ったところで、アウラムさんが振り返った。

そしてちょっとだけ躊躇うようにしてから、私の肩をぽんと優しく叩く。

「言い訳に聞こえるかもしれないが、聞いてほしい。確かに私は、初めの頃、レニウムが親しくし始めた君が何者か知るために近づいた」

真剣な眼差しで、意を決したように話すアウラムさんから私は思わず視線が離せなかった。

普段からあまりおしゃべりな方じゃないし、柔和な笑みを浮かべて聞き役に徹するタイプのアウラムさんがこんなに真剣な顔を見せたことに、びっくりしたからだ。

「だが、この店で屈託ない笑顔を見せて出迎えてくれる君がいて、なんにでも真摯に取り組む姿や、くるくる変わるその表情に……」

「……アウラムさん？」

「君は、ただ真面目な人だと知った。疑うような真似をして、こんなことになるまで本当のことを

言い出せずにすまなかった。……これからも、ここに来ても良いだろうか」

「そ、れは。はい、勿論。銀の匙亭の、お客さんとして来てくださる分には私がどうのこうの申し上げることではありませんし」

「そうじゃない、君自身に会いたいと言ったら、それを許してくれるのかという話だよ」

「……別に、断る理由は、ない、ですけど」

「ありがとう」

ほっとしたように柔らかな笑みを浮かべたアウラムさんは、とても嬉しそうだ。

なんだろう、そうじゃないとは思うけど……空気が若干、甘ったるいっていうか。

勘違いしそうになるような言い方は、止めた方がいいと思うんだけどね！

そうとは言えない‼　だって「え？　なに言ってるの？」みたいな顔されたら、私の自惚《うぬぼ》れだった……みたいなオチになるし。それはちょっと遠慮したい。

正直、疑いの目を向けていたにしろ、冷静に私を観察した上で『努力している』と評価してくれたなら、私としてはただ嬉しい。

疑われたことはそりゃ嬉しくはないけれど、記憶喪失ってのも本当は嘘だから後ろめたいし疑って当然ですよね、くらいの気持ちはあるので素直にそこは受け入れられるっていうかね。

だから断る理由はなくて、でも諸手《もろて》を挙げて歓迎しますってのも違う気がする。そのせいで曖昧な返事になっているのはわかっているんだけど、どう答えたらいいのか私にはわからなかった。

「スバル、別に私は君を困らせたいわけではないんだ。私は君の味方でありたいと思ったし、それに、君の周りで見慣れない男の姿もあったから私は心配で——」

にゃおん。

困ったように微笑んで肩にあった手を私の頬にずらそうとしたアウラムさんの手が、止まる。

そして視線が私の後ろに向いていて、私も同じように後ろへと視線を向けた。

「シルバ」

二階から下りてきたシルバが、階段でひと声鳴いた。

ただそれだけだったけど、私はなんとなくこの雰囲気に呑まれていたらしい自分に気がついて一歩下がることができた。よくわかんないけど、危なかった気がする。

(……アウラムさんが、ちょっと残念そうな顔をしてた……？　まさかね！)

気のせいだろう。そう思うことにした。

ただ、なんとなく気まずくて私は頭を下げた。お客さんじゃないからありがとうございましたって声かけも変だけど、帰る人に対して最低限の礼儀かなと思って。

少しだけ、沈黙があった。なにか言われるかと思ったけど、なにもなかった。

目の前の人影が遠ざかっていく。それからドアが、閉まる音が聞こえる。

それでも私はただ視線を自分の足先に向けたまま、動けないでいた。

落としたままの視線に、黒いものが見えて私は詰めていた息を吐き出す。

「……シルバ」

にゃぁおん。

私の足元にすり寄ったシルバが、私を励ますように見上げて、またひと声鳴いた。

それがまるで合図であったかのように、強張った身体からするりと力が抜けて。

私はその場に、情けないことにへたり込んでしまったのだった。


その後、シルバに癒やされ励まされて、ようやく足に力が入ったところで、二階にいるデリラさんに彼らが帰ったことを伝えに行った。

デリラさんもセレンちゃんも、私の姿を見てほっとしていた。心配かけちゃったなあ。

別になにか嫌がらせされたわけでもないし、アウラムさんたちがフォローしてくれたので話し合いも問題はなかったということを二人に説明する。

セレンちゃんはなんとなく納得できないって顔してたけど、デリラさんはただ笑ってくれた。

大変ねえなんてセレンちゃんの頭を撫でるついでに私も撫でてくれた。

その後、疲れただろうからこのまま休むよう二人に言われたので、それに甘えることにした。

自分の部屋に戻って、シルバを抱いたままベッドに腰かける。

ふわふわした毛並みがとても気持ちよくて、私よりも少し高い体温になんだかほっとする。

他に誰もいない部屋で思う存分モフモフしていると、さすがにやりすぎたのかするりとシルバが私の腕から抜け出ていった。

「大変だったにゃんねえ、ご主人様も」

「うん……びっくりだったしちょっと疲れちゃった」

「とりあえずその時計、修理するのにゃん？」

「……やるって言っちゃったからね。とりあえず破損具合を見た方がいいかなと思う」

「前向きに検討ができるご主人様は、良いと思うにゃん」

満足そうに笑っているような顔をするシルバを見て、私は不思議な安心感を覚える。

なんだか悔しくて、それを誤魔化すように伸びをしてから机に向かった。

握りしめていたこともあってまだじんわりと熱を持つ懐中時計は、使い込まれた年月を表すかのようにくすんだ金色をしていた。だけど、時計の針は動かない。

蓋に刻まれた意匠は中央の風防面のガラスを囲むような蔓模様《アラベスク》、それもところどころ削れて滑らかになっているところを見ると、普段から愛用していたんじゃないだろうか。

「すごく、大事にしているんだね……」

動かなくなってどのくらいの月日が経っているのだろう。

ハーティさんは懐中時計が動いていないことについて触れていなかったけど、それでも大切にされていた品だと思うとなんだか胸が温かくなった。

おじいちゃんならわかったかもしれないけれど……職人ではない私には、わからない。

蓋の部分を眺めて、へこんでいる様子がないことにほっと安堵の息を吐く。

なんとか修復は試みるけど、さすがに大きくへこんでいたり欠けていたら、私の手に余るからどうしようもなかったと思う。

（どーんとお任せあれ！　って言えれば最高なんだろうけど……）

残念ながら、私にはそこまでの技術がない。悔しいけれど、それは事実だ。

「そういえば、これは魔道具だって話なんだけど……なんの魔道具か、シルバはわかる？　直らない理由とかも、魔道具だからって可能性は？」

「魔道具だから直らないってことはないと思うけどにゃあ。ふうん、どれどれ？」

きょとんとした顔で、シルバが机の上に登ってまじまじと懐中時計を見つめる。

赤い目を瞬かせて、緩く首を傾げたり、尻尾を揺らしたり。

（くう、可愛い……でも今撫でたら、きっと叱られるんだよなあ。……我慢だ、我慢）

魔道具の部分がどこかはぱっと見わからなかったけれど、このハンターケースタイプの懐中時計は私にとってもちょっと懐かしさを覚えるものだった。

勿論違う品ではあるけれど、今は亡きおじいちゃんが愛用していた時計も、こうした蓋があるハンターケースタイプと呼ばれるものだったから。

なんでもおばあちゃんが何年目かの結婚記念日に買ってくれたお揃いの懐中時計とかで、常にそれを身に着けて大切にしていた。私も幼心に憧れたものだ。

小さい頃は祖父母の近所に暮らしていたけれど、親の仕事の都合で離れた土地に移り住んでからはなかなか会いに行けないままおじいちゃんは亡くなり、思い出の時計はお墓に一緒に納められた。

思い出と、たくさんの話を聞かせてくれたおじいちゃんは、私の師匠と呼ぶべき人だ。

モノ作りを、人の思い出を、お客さんの笑顔を生み出して守って、送り出した人だった。

私も〝おじいちゃんみたいに誰かを笑顔にしたい〟と思ったのは、いつ頃だったか。

（……、蝶番《ヒンジ》が歪んでいるのは、なんとかなるかな）

幸い蓋部分、特に風防面のガラスが割れたりしている様子もなかったから、そこだけ直せばとりあえずきちんと蓋は閉まることだろう。それがだめなら竜頭《クラウン》がだめなのかもしれない。

（押してみた感じはちゃんと作動していたようだけど、こういうのは繊細だからなあ）

時間合わせの方は試していないからわからないけど、ちゃんと回りそうではあった。

そもそも動かない原因に関しては不明だから、どうしたらいいものか……。

（まあ、原因含めそれがわかってたら、とっくの昔に修理されて持ち主の手元にあるよね）

魔道具だって話だから、多分そっちが原因なんだろうけど……これだけ大切にしているんならきっとすでに時計の方でも、魔道具の方でも修理工に見せていると思うし。

それで直っていないんだから、やっぱり私の手に負えるとは到底思えない。

「よし、わかったにゃん」

「えっ、もう？」

さすがに早すぎないかな!?

そう思った私のことを若干ジト目で見るシルバが、尻尾で机の上をぺちりと叩いた。

「ボクを誰だと思ってるにゃん」

「……有能なサポート役さんです、はい……」

「そうにゃん。そんじょそこらの人間と一緒にしてくれちゃ困るにゃん」

「なんだその自信過剰なほどの自信！　謙虚さどこに行った!?」

「ご主人様相手に必要かにゃん？」

「いやそこは持って。お願い」

でも原因がわかったんなら職人さんの所に持って行って修理してもらえば、もしくはハーティさんに伝えれば直るんじゃないのか？　私はそう思ったけど、すぐその考えを却下した。

落ち着け落ち着け。『今まで直らなかった品』なのに、ぽっと出の修理工があっと言う間に原因を見つけたとか問題ありすぎて伝えたら大騒ぎになること必至じゃないか。

（よくわかんないけどこの辺が気になる……って感じで伝えて、相手が上手いこと片付けてくれたら持ち上げて手柄を全部持って行ってもらうのが無難かな？）

そんな風に悩む私を前に、シルバがなんでもないことのようにちょいっと前足で時計に触れると、それまで動かなかった針がぐるりと動き始めて、私はぎょっとする。

まるで電波時計が受信したばかりで時間を調整する時のように、ぐるんぐるんととんでもない勢いで回り始めたのだからそれもしょうがないと思う。

「ちょ、ちょっとシルバ⁉　なにしたの⁉」

原因がわかったっていってもそれがなんなのか説明されることもなくこの現象なんだもの。

狼狽《うろた》えるなという方が無理でしょ。

「その魔道具の動作を邪魔していた妖精を起こしただけにゃん」

「は⁉」

なんだそのファンタジックなワード。思わず変な声が出たわ。

いやもう魔道具とか魔法って段階でファンタジックとしか言いようがないんだけど、妖精ってそんなのもいるんだ。いや、いてもおかしくないのか……異世界だもん。

……異世界って言葉が便利な言葉になりつつあるな。いけないいけない。

そもそもシルバ自体が精霊とかそんな存在だった。いやいや、でもなんでまた。

妖精が原因でシルバになんとかしてもらって一発オーケーでしたってこれなんてスピード解決？

（違うよまったく解決になってないじゃない!?　むしろ複雑化してるよ、これ……）

思わず頭を抱えたくなる事態だ。

原因を聞いた上で『なんだかこの辺がおかしいかなってー』みたいな感じで訴えて職人に預けた瞬間にシルバがえいっと解決してくれるなら誤魔化しようもあったけどね!?

これはこれでどうしろっていうんだ、『弄《いじ》ってたら勝手に直っちゃいました』じゃ済まないでしょコレ!?　そうこうしている間にぐるぐると回っていた時計の針が、ぴたりと止まる。

止まっていた時と同じ場所に戻った様子の長針と短針だけど、妖精を起こしたと言われても別に変化は見受けられないような……そう思って覗き込んでみたり、指先で突っついてみたりしたけれど、やっぱり特になにもなさそうだ。私は首を傾げるばかり。

一体どういうことなのかとシルバに尋ねようと顔を上げた瞬間、目の前にある窓枠に見慣れない存在がいてまたもや私はぎょっとしてしまった。今度は驚きすぎて声も出なかった。

だって目の前に不貞腐れた感じの羽が生えた小さな女の子が、ちょこんと窓枠に座っているんだよ……えっ、これ幻じゃなくて本物？　これが妖精さん？　わあ、ファンタジーが現実だ!!

「……シルバ、もしかしなくても、あの……こちらが例の妖精さん？」

「無理やり起こしたから機嫌が悪いみたいにゃんねえ。むやみに触っちゃだめにゃんよ？」

「しないし！　私を子ども扱いしない！」

「そうそう、そっちの魔道具は『録音と再生』する能力があるみたいだにゃん」

「ちょっと、聞いてる？　……それってつまり、ボイスレコーダーみたいなもの？」

「そうにゃんね、そんな感じにゃんわあ」

とても実用的な魔道具だった。時計としても役に立つんだから、なにからなにまで実用的。

ハーティさんの父親って町長なのだから、議会とかの会話を録音しておけば後々助かるだろうし……いやそういうのって書記官がいるんだっけ？　なら必要なかったり……？

「それの中には、音が残っているにゃん。そこの妖精は、その音が壊れないよう守るために時計の中にいたみたいだにゃん」

「……守る？　どうして？」

「聞いてみればいいにゃん」

「えっ、でも」

妖精って誰とでも会話してくれるのか。

そう視線で問うと、シルバは前足で顔を洗いながらにやりと笑った。

「ご主人様は妖精や精霊の存在を見ようと思えば見えるし、会話だってできるにゃん。それはカミサマからの祝福を受けているからにゃん。ボクが近くにいるおかげで、低級な連中は手が出せないもんで普段は見えないだけだしにゃあー」

「ええ……なにそれ初耳」

「初めて言ったにゃんね。ごく稀にだけど、精霊や妖精の存在を自然と感じ取れる人間も生まれるから、あっちも気が向けば相手をしているみたいだけど……ご主人様は学ぶのに忙しいんだから、そういう雑多なことに気を取られる必要はないにゃん」

私は視線をシルバから、その妖精さんに戻す。可愛らしい姿の妖精さんを驚かせないように、なんて声をかけるべきかおろおろしている私の方をちらっと見たその子は、ぷうっとその頰を膨らませてふわりと懐中時計の上に立った。

『このおと　まもらなきゃ　いけないのに　なんで　おこしたの？』

「えっ」

『このこえは　なくさせないんだから！』

「……この、声……？」

『それとも　あなた　たすけて　くれる？』

「聞かせて、ねえ、なにがあったの？」

キィンと機械音声にも似たそれが頭に響く。それがこの妖精の声だと気づくのに、少しだけ時間がかかった。どうやら彼女も不満がたくさん溜まっていたらしくて、色々教えてくれた。

そして、私はそれを耳にして、びっくりした。

だけどびっくりしている場合ではないと頭をフル回転させる。

考えろ、考えろ。

(直して渡して、はいどうぞ。それじゃだめだ。おじいちゃんなら、どうした？)

たくさんの思い出を、これからの糧にしていく月日を刻む時計を、どうやって渡していた？

妖精さんの言葉を聞き終えて、私は目を閉じて考える。

瞼の裏にある、おじいちゃんとお客さんたちのやりとりを、憧れたあの光景を思い出して、私は深く息を吐き出した。

「……ねえ、シルバ」

思い浮かべた憧れの光景に、私は心を決める。

おじいちゃんの口癖は、『直すのは、モノだけじゃない』だった。

私もそれに、倣おうと思う。

まだまだなにができるのかって、ちょっとどころか相当不安しかないけどね！

「はいはい、わかってるにゃん」

懐中時計を手に取って、道具箱に入れて立ち上がればシルバはさっと私の頭に乗った。

なにも言わずとも理解してくれるって、随分私のことわかっちゃってるんじゃない？

そう思うとなんだか面映《おもは》ゆい気持ちになって、自然と笑みが出てくる。

「そんじゃいっちょ、修理しに行こうか！」


気合入れて格好良く外に出たのはいいけど、町長って突然行って会えるもんだろうか？

むしろ勝手に持ち出された大事な懐中時計ってことで私が悪者にならない？　大丈夫？

だってほら、アウラムさんが話をしてくれるって言ってたけどさすがにさっきの今だとまだ聞いてないかもしれないっていう予想がだね……。

「ご主人様、そのままウロウロしてる方が不審者丸出しだにゃん」

「誰が不審者だ、躊躇う女心を理解しなさいよこの性悪猫」

「誰が性悪猫にゃんね、こちとら精霊にゃん。もっと敬うべきじゃないかにゃん？」

『あんたたち　なかよし　ねー』

呆れたような声で小首を傾げる妖精さんに、そうじゃないんだ……と言いたいところだけど、まあ仲良しではあるのか。でも色々噛み合っていない気がしないでもないんだけど。最近ますますシルバが遠慮なくなってきたというか……ついでに人型の時はもっと遠慮がないっていうか。

まだ猫姿の時はいいのよね、こういう距離感でも。

このやりとりを楽しんでいる自分がいるのも確かだもの。なんせ可愛いし。超可愛いし。

（でも同じような距離感を人型でとられると、変な声を上げそうになるんだよね……）

誰だよ、美人は三日で見飽きるとか言ったやつ。

全然見慣れないわ。毎回ひぇって声が出そうになるわ。

そりゃまるで好みでない、目を背けたくなるタイプの人型になってほしいとはこれっぽっちも思いませんけどね？

でも、だからって好みドストライクである必要はどこにあったのか……！

強制転移の罪滅ぼし的要素の一つなんだろうけど、親切にする部分が間違っていると思う。

（大体ね、好みドストライクで口が悪くてでも献身的とか……それで『イイヒトを見つけろ』とか難易度高すぎる問題をぶつけてくるとかさあ……‼）

いや別に恋愛事に飢えているわけじゃないし、好みと恋ってのはまた別問題だし？

生活が大変で学ぶのに忙しいっていうのは誇張表現でもなんでもなく、今も現在進行形ですからして、ハイ。もっと勉強頑張ります……。

魔力をもっと上手く使いこなせれば私の道具たちの性能をフルに活用できるし、なんなら今回シルバが懐中時計を視《み》てくれたようなことができるようになるかもという話だったし。

とりあえず最近覚えた鑑定魔法だって、粗悪品と良品の見分けがつく程度。

とはいえ、中古品だとねじ穴の中とかの傷や錆《さび》は肉眼だとチェックしにくいものもあるから、そういう意味では鑑定、便利。あんまり使うとすぐ魔力がなくなって頭がクラクラするけど。

「……スバル？」

現実逃避したまま、町長の家に行くタイミングを見つけられないままでいる私の背後から声がかかった。思わず垂直に跳ねた。

変な声が出なくて良かったけど、口から心臓出るかと思った。

いやうん、こうして考えると確かに不審者極まりないな……。ってそれどころじゃなかった。

「ち、違うんです別にやましいことはなに一つなくて！」

「なにをしているんだ、君は」

慌てて振り向きつつ釈明をしようとしたら、呆れた顔と声が向けられていた。

なんと、私に声をかけたのはアウラムさんで、その後ろに呆気にとられるハーティさんの姿が。

「あ、……あはは」

「君は本当になにをしているんだ。こんな物陰でこそこそしていてやましいことはなに一つない？　私でなければそれを信じはしないぞ」

「信じてくれるんですね！　ありがとうございます」

ほっと胸を撫で下ろす私に、アウラムさんはなんだか苦虫を噛み潰したような顔をしている。

なんでだよ！　しかもハーティさんは変な生き物を見るかのような目で私のことを見ているし。

でもこの二人に会えたのなら、これは運が回ってきているのではなかろうか。

だめで元々くらいの勢いどころか、持ち出して私に押しつけた人物と修理してやってくれと言った人物の両方が揃っているんだから町長に会わせてもらうくらいできるはず！

「あの、実は私、町長さんにお会いしたくてここまで来たんです」

「……お父様に？　どうして？」

私の言葉に、アウラムさんが応えるよりも先にハーティさんが反応した。

怪訝《けげん》そうな顔に、そうなるよねーって思いながら私は道具箱を掲げてみせる。

「あの懐中時計を、直せると思うんです。でもそれには、町長さんの協力が必要なんです！」

「……わかった。ちょうどハーティの件で町長と話をするところだし、スバルが同席してその懐中時計を返すというのなら、あちらも文句はないはずだ」

「アウラム様！」

ハーティさんが抗議の声を上げたけれど、それを無視してアウラムさんが歩き始める。

えっ、そんなあっさり行かれると残された側としてはどうしていいのか。

私がついて行ったらハーティさん怒るだろうし、なんだったら今だって睨んでるし。

けれど彼女もこのままではいけないと思ったんだろう、私に向かってなにかを言いかけてからきゅっと口元を引き結んで、アウラムさんの背を急いで追っていく。

「はー、……あんな美人でもやっぱ嫉妬とかしちゃうんだねえ」

「嫉妬？」

「多分彼女、アウラムさんのことが好きなんだよ。恋愛的な意味で」

二人の後を追う私の呟きに、シルバが不思議そうな声を上げる。

そう、これは私の憶測だけど。幼馴染が知らない子の肩入れをして面白くないっていうのとは別に、ハーティさんはアウラムさんのことが好きなんだろうなって思う。

私を睨んでばっかりの彼女の目線がアウラムさんに向く時だけ、まぶしいものを見るかのような……うん、いやまあ、ただの勘なんだけどさ。

「それって、どんな感情にゃん？」

「嫉妬？　うーん。好きな人に自分だけを見てほしい、他の異性に気を取られないでほしいっていう独占欲っていうの？　それが外に向いちゃうのが嫉妬だと思うよ」

「……愛情を向ける対象が、他に奪われる可能性に対する不快感ってところかにゃん」

「そうだね。そんな感じ？」

シルバはちょっと思うところがあったようで、私の頭に顎を乗せてぺったりとして動かなくなってしまった。なんか、考え込んでるみたい？

私と軽い掛け合い漫才のようにぽんぽん言葉を放つシルバだけど、感情の機微っていうのは難しいらしい。知識はあるけど、目の当たりにするとまだ戸惑うから学んでいる最中なんだとか。

私からすれば、不安に思ったりするのを察してくれるから、十分すぎると思うんだけどね……。


町長さんの家は、とても立派だった。

アウラムさんの連れということで簡単に入ることができて、拍子抜けなくらいだ。

「まもなく、主人がこちらに参りますので、もう少々お待ちくださいませ」

老齢の執事さんに案内された応接室のソファなんてふっかふか！　これには感動しちゃったね‼

まあ感動しているのは私だけで、アウラムさんは落ち着いたものだしシルバは相変わらず静かだ。むしろ住人であるはずのハーティさんは居心地悪そうにそわそわとしている。

なんとなくこの空気に耐えられなくて出されたお茶を飲めば、こんな時に飲むのはもったいないってくらい美味しいお茶だった。落ち着いて飲みたかったなあ。

「お待たせいたしました」

ほどなくして現れた恰幅の良い男性が、私たちを全員を見渡して柔和な笑みを浮かべた。

慌てて立とうとする私を制して、その人は笑みを浮かべたまま向かいに腰を下ろす。

「まずはアウラム様、ご用向きはうちの娘に関してですかな」

「……察しているならば話は早い。少し考えなしの行動をしただけで、咎めるほどのことはないと私は判断する。ただ、懐中時計を持ち出した点はお二人で話し合うべきだろう」

「懐中時計を。成る程……それでそちらのお嬢さんが、最近噂のスバルさんですな」

「は、はい！　スバルです！」

「町長を務めている、セオドアという。ギルド長とデリラさんから話は聞いているよ。大方、娘が君に迷惑をかけたといったところか。すまないね」

困ったように笑みを浮かべる町長……セオドアさんはハーティさんが暴走したことを察したらしい。ちらりと視線を向けて娘を咎めるように見たセオドアさんに、ハーティさんが俯いた。

「妻を早くに亡くし、一人娘ということもあって少し甘くしすぎたのでしょうな。後程よく言い聞かせておきますので、お許し願いたい」

「あ、いえ、それは大丈夫なんです。今日私がここに来たのは、あの、懐中時計のことで」

「……懐中時計をお返しくださるのでは？」

「あっ、はい！　勿論お返しします。でも、そうじゃなくて」

「スバルは懐中時計を直せると言っている。だがそれには貴方の力が必要なのだと」

「……わしの力が？」

「はい。正確には、セオドアさんだけでなくハーティさんの力も必要です」

私は道具箱から懐中時計を取り出して、テーブルの上に置いた。

まだ蝶番《ヒンジ》を直していないから若干歪んでいて、それを見たセオドアさんの目つきが厳しいものになったのがちょっと怖かったけど。

「この歪みは後程直します。このくらいでしたら、すぐ直りますから……でも先に、大事な部分を直したいと思います」

「直してほしいとわしが思っていないとしたら？」

「……依頼を出したのは、私だ」

「アウラム様」

横から出た声に、セオドアさんがなんとも言えない表情をした。

私はこの場にいる人たちを一人ずつゆっくりと見て、深呼吸を一つ、する。

戻した視線の先には、懐中時計を撫でる妖精さんの、泣きそうな顔がある。

「失礼を承知で伺います。この懐中時計型の魔道具が動かなくなったのは、セオドアさんの奥様が亡くなられた年からではありませんか」

「……何故それを？」

「そして同時期から、庭の大きな木が、花をつけなくなったのではありませんか」

「……どうして」

セオドアさんとハーティさんが、驚いた顔のまま私を凝視している。

私はゆっくりと、懐中時計を指先で撫でた。

その指に縋《すが》るようにして、妖精さんが泣いている。

はらはら、はらはらと涙を零しているその姿に私の心が痛んだ。

妖精さんの行動の理由は、優しい、優しいものだった。

誰も悪くない……だけどこのままじゃいけない、それはまるで重たい鎖のようだと思う。

動かないのは、時を進めることを拒んだからだ。

でも、それは時計のせいじゃない。それを教えようとする声は届かなくて、それを守りたくてこの妖精さんは懐中時計を抱きしめて眠ってしまったのだ。

私が直すのは、時計だけじゃだめなのだ。そして、それは私が直すんじゃない。

「その木は、奥様が植えられたのではありませんか」

「……ああ、そうだ」

ここに来る前に、デリラさんに聞いてきた。

セオドアさんは、愛妻家で有名だった。愛する妻と可愛い娘がいて、大変なこともあるけれど町は順調に発展し、人々の生活はある程度保証されていた。これ以上ないほどに、順調だった。

朗らかで優しい雰囲気である奥様は町の人たちからも慕われていたし、夫婦どちらも家族思いで誰もが羨む一家だったという。勿論、一人娘のハーティさんも可愛がられていた。

けれど病には勝てなくて、家族の看病の甲斐なく奥様は帰らぬ人となってしまった。

そして奥様が愛した木は花をつけなくなり、大切な懐中時計は時を止めてしまったのだ。

家族の悲しみを、まるで一手に引き受けたかのように。

「でも、本当にそうでしょうか？」

「なに？」

その内容に私が疑問を呈すれば、セオドアさんから厳しい声が出た。当然だと思う。

初めて会う人間が、ズカズカと繊細なプライベートゾーンに入ってきたら誰だっていやだろう。

「この魔道具に収められた声を、貴方たちは聞こうとしましたか」

「……声はなかった。妻が病で動けぬ時に、わしは彼女の枕元にそれを置いた。お守りとしてわしを守ってくれたそれが、彼女を守ってくれると信じて。……だが」

「奥様は声を残されたはずです」

「いいや。あれは雑音だけだ」

懐中時計は、動かない。

頑なに拒む、セオドアさんの心と同じ。

「どうか、過去に生きないでください。目を逸らさないで、耳を閉ざさないで。ちゃんと聞いてあげてください。貴方たちを見守る存在が、ずっとそれを伝えたいと願っているんです」

私が懐中時計を持ち上げると、セオドアさんが反射的に手を伸ばした。

その手の内に、懐中時計を、思い出を取り戻そうと。

だけど、時計は時を刻まない。

あるのは彼らが前に進む心に鎖をかけてしまった、その時間を示すガラクタだけだ。

セオドアさんの、その手は私に届かない。

私を守るように伸ばされたアウラムさんの手と、シルバがテーブルに飛び乗って威嚇したからだ。

そしてそんな彼らに手助けされて私は、懐中時計に囁いた。

「どうか……お願い、力を貸して。あなたの花を咲かせて！」

私の願いを受けて、ぶわっと風が舞い起こる。締め切られていたはずの窓が開け放たれ、それにぎょっとした全員の目に季節外れの花を満開に咲かせている木が見えた。

「なんて綺麗なのかしら……お母様が好きだった花……ああ、久しぶりに見た……」

ハーティさんの声がする。でも私はセオドアさんから視線を外さない。

彼は舞い込む花びらに、くしゃりと苦しそうに顔を歪めていた。

私の手の中で、懐中時計が熱を持った気がする。

「止めろ、動かすな。止めてくれ！　時間が動き出したって、なにも変わりはしないんだ！」

「お父様……」

「妻は、なにをしても妻は、帰ってこないんだ……‼」

舞い散る花びらも、懐中時計の音も、セオドアさんにとっては辛い思い出だ。

だから、セオドアさんはそこから目を背けた。

辛いことを全部、全部、『懐中時計と一緒に』閉じ込めてしまった。

だけど、妖精さんは知っている。

奥様が、残した声を聞いていたから。セオドアさんが奥様を愛していた姿を。ハーティさんが二人にどれほど愛されていたのかを。全部全部、知っていたから、逃げないでほしかったのだ。

この魔道具は、長い時間声をとどめておけない。だから、妖精さんは声を守るために本来いるべき庭の木から抜け出して、この懐中時計で眠ったのだ。

精一杯の力を使って、大切な声が失われないよう、時間を止めるために。

『どうか　足を止めないで』

まるで、近くで話しているかのような穏やかな女性の声が聞こえる。

花びらが、部屋中に吹き込んでくるくる回る。その光景に、誰も動けない。

『あなたたちの季節が、これからも穏やかに巡りますように。いつでも傍にいるから』

ごめんね、ありがとう。一緒にいたいけれど、それは無理だから。

せめて、心を残していくね。愛しているわ、私の大切な、愛しい人たち。

だから、――だから。

言葉にならない声が、響いて消える。

悲しみで心を止めてしまったセオドアさんに、それは届いただろうか。

部屋中に舞っていた風と花が、声が消えるのと同時に止んだ。

私は、ねじを巻いた覚えもないのに動き始めた懐中時計に視線を落として、呆然とするセオドアさんに差し出した。

「私は、ちょっとした歪みくらいなら、直せます。でも、人の心は、治せません」

のろのろとした動きで、セオドアさんは懐中時計に手を伸ばす。

そんな父親の姿に、躊躇うハーティさんの背中をアウラムさんが押してあげていた。

そっと寄り添う父娘の姿。

これで良かったのか、本当に正しかったのか。それは私にはわからない。

シルバが私の肩に飛び乗ってすりっと頬に顔を寄せてくれて、少しだけほっとした。

「セオドアさん。大切な人を亡くすのは、きっととても辛いことだと思います。……私みたいな若輩者がなにかを言うなんて、おこがましいとも理解しています」

「……」

「でも、思い出はハーティさんと共有できます。これからは、一緒に思い出を刻んではいかがでしょうか。懐中時計の修理は、きっかけです」

おじいちゃんは言っていた。

思い出の品がなくなったからって、思い出が消えるわけでもない。

それでも、思い出の品が直ったら、そこからまた思い出が増えるんだって。

だから、それはきっかけに過ぎない。

「もしお許しいただけるなら、この時計が直るところを見てくれませんか」

私の言葉に、セオドアさんがゆっくりと顔を上げ、そして傍らで泣きそうな顔をするハーティさんを見る。セオドアさんの目から、一筋涙が零れ落ちた。

そして私に、手を伸ばした。包み込むように、懐中時計を私の掌に載せて。

「……よろしく、頼むよ」

「はい、承りました」

妖精さんの姿は、いつの間にか消えていた。

そして物音に慌てたんだろう、バケツを被りモップを構えて飛び込んできた執事さんの姿に私たちが爆笑してしまったのは本当に申し訳ないと思っている。

時計は、綺麗に直った。動かなくなった原因が、何故わかったのか……という問いに、上手く答えられなくて曖昧に笑って誤魔化した私を、セオドアさんもアウラムさんも追及しないでくれた。

「ごめんなさい」

二人はまだ話し合いがあるということで、一人見送りについてきてくれたハーティさんが、私と向き合って頭を下げ、謝罪してくれた。

懐中時計のこと、母親を亡くしてから家庭がおかしくなったこと、仲良さげな家族が羨ましくて仕方なくて、気持ちがささくれ立っていたこと。それを誤魔化すために勉強に打ち込んだこと。

「……お父様が、あんなにすぐ心を開くだなんて思わなかったわ」

「あ、それは私も同感です。アウラムさんが同席していたからですかね……」

あの後、修理を終えた懐中時計からはもう声は聞こえず、雑音が聞こえるだけだった。

それでも、セオドアさんはただ愛し気にそれを胸ポケットに入れて、私に対してお礼を言ってくれた。少しだけ謝礼ももらってしまった。

「……今度、お店に食事に行ってもいいかしら。あの女性にも謝りたいわ」

「あの女性？　ああ、デリラさんならきっとすぐ許してくれますよ。お待ちしてますね！　なんなら今から行きますか？」

「い、今から？　それは気持ちの整理が……って、ちょっと！」

「まあまあ、ほら、夕飯時だとお店も混んじゃいますから！　善は急げです‼」

今を逃したら謝りづらいんじゃないかなって、私は半ば強引にハーティさんを連れて銀の匙亭に戻った。びっくりした様子のデリラさんとセレンちゃんが出迎えてくれたけど、ハーティさんも覚悟が決まったのかきちんと謝罪をしてくれて、彼女たちはそれを受け入れてくれた。

「あたしたちも、ずっと気にしちゃいたんだよ」

「……そうだったんですね、ワタシったらなにも知らなかったんだわ」

奥様を亡くされたセオドアさんは懐中時計を手に周りが心配するくらい仕事に没頭した。だから残されたハーティさんのことを、周りはちゃんと心配していたのだ。一人ぼっちで頑張る彼女に、周囲はハラハラしていたらしい。それを知って、ハーティさんは涙ぐんでいた。

そんなハーティさんの心の拠り所は、幼馴染たちだ。

頑張れば、いつか父親がふり向いてくれるに違いないと努力する彼女を励まし続けてくれていた。

それなのに、ようやく顔を合わせた父親が、自分の努力とか最近のことを話題にするよりも前に『町の食堂で世話になっている記憶喪失の女がいる』とこちらの言葉を遮って話し出した挙げ句に『領主のご子息たちも心砕かれておられる様子だが、お前はなにかお二人から聞いてないか』だったもんだから、プッツーンと来ちゃったらしい。

それを説明しながらとうとう本格的に泣き出して謝罪するハーティさんに、私たちは揃ってオロオロしたけど……まあ、こんな日もあるよね。

それからしばらくして落ち着いたハーティさんは、これからはお客さんとして銀の匙亭を訪れると約束してくれた。

見送りに出た私を睨みつけるようにしてきたけれど、もう怖くない。

「そ、その時は、あ、貴女ともお話ししたいと思っているわ！」

「え？」

「……で、でもアウラム様に関しては馴れ馴れしくしてはだめよ！　本来は貴女みたいな庶民が気安く話をして良い方ではないんだから、あの、つまり、ワタシで我慢なさい‼」

「え？　それって、つまり……えっと？」

「ゆ、友人として特別にハーティと呼び捨てにしてもよろしいわよ？」

ぽっと顔を赤らめたハーティさんはとても可愛かった。

美人がデレた‼　とテンションが上がったところで世界が止まる。

今このタイミングで発動するのか、【桃色ハッピー☆天国《パラダイス》】。

空気を読まない発動具合にげんなりしつつ、選択肢を見て私は思わず笑いたくなってしまった。

何故かって？

選択肢、一つ目：『(ハグする)』

選択肢、二つ目：『じゃあこれからは友達だ、ハーティ！　よろしくね』

この二つしかなくて、どっちも好感度アップマークしかなかったんだからね！

なんだよ、たまには良い選択肢しかない日もあるんだなあ……。

ハーティは、それからすぐにお店の常連になってくれた。

とにかく妖精さんの手伝いもあって今では止まっていた家族の関係も少しずつ歩み寄りを見せて

いるらしく、嬉しそうだ。ついでに、セオドアさんも時々顔を出してくれるようになった。


うんうん、大団円大団円！

でも結局今回の騒動で私は、蝶番《ヒンジ》を修理しただけだよね……。

活躍した妖精さんもたまに遊びに来てくれるようになったので、私は陰の功労者にそっとリボンをプレゼントしたのでした！　めでたしめでたし。

幕間　荷物を少し分けろとぶんどった

スバルが、修理を中心とした装飾品の販売を行うようになって、外に出ることが増えた。

とはいえそれは仕入れが目的の、蚤《のみ》の市《いち》巡りのようなものでしかない。

彼女の視線が町や人に向いているようにはシルバには思えなかったのだ。

（まあ、多少コイツの世界が広がったのは、良い傾向だな）

スバルがこの世界に召喚されたのは、偶然の選別に引っかかってしまったからだ。

それが幸か不幸かを決めるのは本人だが、できる限り彼女がこの世界で不幸にならないようにするのが己の役目だとシルバは考えていた。

だが、最近少し、違うのではないかとシルバは思い始めたのだ。

幸せの形は色々あるのだと人間たちを見て知った。

知識として知ってはいた。

だが、彼らを目の前にして改めて『幸せ』の受け取り方がそれぞれ違うと理解した。

異なる幸せに満ち足りた表情《かお》を見せる人々を見て、スバルにとっての『幸せ』がどこに落ち着くのかを見定めてサポートをするべきではないのかと考えたのだ。

この世界において、彼女の存在は蜃気楼《しんきろう》のようなもの。ここに来た、それだけが重要なのだ。

今ある姿はいつか消えてしまっても、どちらの世界にも影響はない。ただの泡沫《うたかた》の夢。

それを受け入れて謳歌する人間もいたし、いつまでも受け入れられず絶望を感じ戻っていった人間もいた。いずれも彼ら自身の選択であり、彼らについた精霊はそれを手伝ったに違いない。

（……スバルの場合はまあ、往生際が悪いというべきなのか。慎重というか、臆病というか……）

シルバは横を歩くスバルを見て、彼女に気がつかれない程度にため息をついた。

蚤の市であれもこれもと購入して、自分の持てる量を見誤ってよろめく姿を見ていられない。

見かねて人型になり荷物持ちをしたシルバであったが、最初こそ遠慮していたスバルも優秀な荷物持ちがいるならばと開き直ってより買い込む始末。

「うぅーん、この辺のチェーンとかなにかに使えそうなんだけどな……」

「おい」

「あっ、こっちのボタンもいいなあ、ちょっとしたアクセントとかブローチとかにできそう」

「おい」

「この端切れもリボンに縫い直したら」

「おい！」

金銭に余裕が出てきたことは、シルバだって知っている。

依頼が増えている分、修理の際に足りない部品や補修用の品が必要なことも今は理解しているし、そういう意味で部品はいくらあってもかまわないのだろうとはシルバも思う。

だが、忘れてはいけない。あくまでスバルが暮らしているのはデリラとセレンの家であり、家族同然だと言われても彼女は居候状態なのだ。

いずれは独り立ちしたいと彼女自身が言っていたのだし、無駄遣いとまでは言わないがあれもこれもと計画性もなく買い込むのはいかがなものか。

そういうことをこんこんと言って聞かせれば、さすがにスバルもシルバの腕に抱えられる、いつの間にか増えに増えた荷物を見て反省したらしい。うなだれて大人しく話を聞いている。

「……部屋に部品の在庫もあるし、あまり買い込んで貯金を減らすこともないだろう」

「そう、だよね……そうだよねえ……!!」

それをわかっていても止められないのか、苦渋の決断をするかの如く辛そうな顔をするスバルに対しシルバが生温い眼差しを向けているが、幸いにも彼女はそれに気づく様子はなかった。

彼女の様子から、どうやら元の世界でも余分なパーツや材料の買い込みをしていたのだろうとシルバは推察して、ハァ、とため息をつく。

「次の買い出しの時には予算を決めて買え。いつまでも貯められないぞ」

「う、……はい、そうします……」

「荷物持ちくらい、いくらでもしてやるから」

「本当!?」

「ああ」

「やった！　ありがとうシルバ‼」

次はあんな風にしたい、こんな風にしたい、依頼主は喜んでくれるだろうか。

笑顔で話すスバルは、やはり町並みにも、行き交う人にも視線を向けない。

あえてそうしているのだろうということくらい、シルバにはお見通しだ。

（未練ができれば、元の世界に戻ることが辛くなるから、か）

元の世界での彼女の生活がどんなものであったのか、〝カミサマ〟経由で知っているシルバからすると、そこまで急いで戻りたいわけではないのだろうと考える。

この理不尽な召喚に反発する気持ちと、元の世界にいる家族や友人を思う気持ちと、なにも知らない世界で生きる不安の全部が『戻る方法を探したい』という言葉に繋がっているのだろう。

（だけど、こいつはいつか自覚するんだろうな）

デリラやセレンと知り合って、ほかの人間たちと触れ合って、もう情が湧いているのが現実だ。

むしろやりたいことを見つけた今、彼女はとても生き生きしている。

元の世界に戻る方法が見つかったところで、未練とやらはとっくの昔に生じている。

（その時、お前はどんな決断を下すんだろうな）

たとえどんな選択をしようとも、シルバは彼女の傍らにあり続けるだけだ。

しかし、自分の気持ちから目を背けることで理不尽な状況をなんとか受け止めたであろうスバルがそれを自覚した時、きっとそれなりにショックを受けるだろうとシルバは予想している。

「……面倒な奴だ」

「えっ」

「不器用で、おっちょこちょいで、泣き虫のくせに意地っ張りで」

「ちょ、ちょっと唐突な暴言の嵐なんだけど⁉　どうした⁉　っていうかこれ私怒っていいと思うんだけど、いやその前にシルバが怒ってる……？　荷物持たせたから⁉」

「おまけに落ち着きも足りないし、臆病で周りが見えなくなるところもあって」

「ちょっとシルバさん⁉」

「あと、素直さが足りない」

「ほんと私なんかしたかな⁉」

つらつらと短所を挙げていくシルバに、スバルが文句を言いながらちょっとずつ泣きそうな顔になっていく。それを見てやりすぎたと彼は思った。

いらついたのは、確かだった。この感情も、スバルと共にいて知ったものだ。

「……お前は、他人を頼らなすぎる」

「シルバ？」

「おれは、知っているだろう」

彼女がどこの誰で、どうしてここにいて、暮らしているのか。

誰にも言えず、孤独に喘《あえ》ぐ彼女の傍にいて、すべてを知っていて支えるために存在するというのに、彼女は決して助けを求めて手を伸ばしてこない。

それが、シルバにはたまらなく悔しかった。

周りに頼らなくてもいいから、自分にだけは素直になればいいのにとシルバは思ったのだ。

「お前は背負いすぎだ。少しぐらい、よこせ」

「ちょ、ちょっと待って速い速い……！」

言葉にすると、気恥ずかしい。

どうしてか、そんな風に思ったシルバは彼女を気にかけつつ、なんだか顔を見られたくなくて僅かに追いつかれない程度の速度で前を歩く。

「待ってよ、シルバ！」

「荷物を持ってやってるんだ、頑張れ」

「それはありがたいけどー‼」

人混みをするする抜けていくシルバは、ちらりと後方に目線を向ける。

すみませんごめんなさいを連呼しながら必死に追ってくる姿を認めて、どこか満足感を覚える。

(追いかけてくればいい)

自分のいる方角へ。決して置いて行かないから。

そんな風に考えたことに、シルバは眉間に皺を寄せた。

だがその理由が見つけられなくて、結局彼は立ち止まる。

「スバルはどんくさいな、相変わらず」

「相変わらずってひどくない⁉　どんどん前に行ったのはシルバじゃない！」

憎まれ口を叩きながら、シルバは彼女の顔を覗き込む。

ぷりぷりと怒りながらも真っ直ぐに彼を見上げてくるスバルに、なんだか人間でもないのに心臓が早鐘を打つような感覚がして、シルバはそっと目を逸らす。

ああ、でもきっと、答えは彼女そのものなのだろう。

だけれど、決定打が足りない。

「着いたぞ」

「え、あれほんとだ」

「ほら荷物だ」

ぐいっと荷物を押しやって路地に姿を消したシルバは、猫に姿を変えてスバルの元へと戻る。

そして当たり前のように彼女の頭へとよじ登ってふんすとふんぞり返るのだった。

幕間　次期領主のオシゴト

ハーティの一件以降、アウラムはあまりレニウムの様子を見に行かなくなった。

レニウムからも過保護だと苦情を言われていたことも理由の一つだが、主な理由としてはスバルと顔を合わせづらくなったからだった。

身分を隠して接していたこと、彼ら兄弟が彼女のことを不用意に褒めたためにハーティが暴走したことが後ろめたくてしょうがない。そんなつもりはなかったというのは言い訳にしかならない。

スバルは彼らの事情を理解し許してくれたので、レニウムはいつもの生活に戻ったと言っていた。

だが、アウラムは簡単にそれを受け入れることができなかった。

領主の長男として生まれ、次期領主として生きてきたせいか、いささか責任感が強すぎるのだ。

その日も彼は自分の執務室で書類を片付けながら、何度目かのため息を吐き出していた。

秘書官たちも当初は心配そうに彼を見ていたが、今では慣れてなにも言わない。

何度聞いてもアウラムは「なんでもない」としか言わないし、とりあえず健康に問題はなさそうであるし、書類を終える速度に影響があるわけでもない。

アウラムは知らないが、父親である領主から見守るよう指示が出ている。

「これで本日の業務は終了であったな」

「はい。さようにございます」

「……レニウムは？」

「先程、お部屋にお戻りになられたようですが」

「そうか」

アウラムは今、次期領主として父親からいくつかの仕事を任されている。

その中には、ドラゴンの鱗を発見した娘――スバルについても含まれていた。

幸いにも、スバルは賢い選択ができる娘だから、平穏な生活を乱さないように配慮してやれというのが領主の見解であり、鱗問題に関わったギルド長のダーシャも彼女の人柄については『ただのまっとうな人間』という判断だったようだ。

確かに、アウラムも彼女のことは真面目で、誠実な人間であると思っている。

レニウムの兄である、ただのアウラムを彼女は朗らかに出迎えてくれた人でもある。

最初の頃こそ、記憶喪失の人間と聞いてどこかの間諜《スパイ》かあるいは逃亡者かなどと勘繰りもしたが、接してみればみるほど、ただの平凡な女性だった。

（……それにしても、軽率な発言をしてしまった）

笑顔で出迎えてくれる彼女に、いつしか絆された自覚はある。

疲れていた時に一枚クッキーが余分に添えられていたり、書類が多すぎてげんなりしている時に「なんとなく目が疲れてそうだったので」と温かなおしぼりをくれて、目元を温めると楽になると教えてくれたり。

いうなればささやかな気遣いだ。それが心地良かった。

それはなにも、スバルだけの話ではない。

あの町ですれ違う人間たちは、みんな温かい人たちだった。

スバルが気遣いを見せたら隣のテーブルに座っていた老人から『若いやつがこれからを担うんだから、しっかり食えよ』なんて伝言つきで、代金をいつの間にか払ってくれていたり。

店の主人であるデリラの娘セレンが、スバルを真似てなのか「疲れている時には甘いものがいいんだって！」なんて言いながら砂糖をコーヒーに添えてくれたり。

弟が心配で店に通っていたものの、それまで町の人間や店員と交流するなんて頭にはなかったアウラムには想像できないような温かい世界が、そこには広がっていた。

すべて、弟とスバルという接点から生まれた新しい世界だった。

（……レニウムが、町で生きたいと願う気持ちも、わからないではないな……）

領主の息子として裕福な暮らしをする中、その地位にすり寄ってこようとする大人を何度も見たし、父親にも注意を受けたことがある。父親が幼い子どもに向かって油断をすれば妙な虫に食い殺されるぞとまで脅すものだから、幼いアウラムだって人間不信にもなるというものだ。

王都に学業で赴いていた時も、次期領主という立場に寄ってくる女性たちに辟易《へきえき》したものだ。

同じような立場の連中と何回乾いた笑いを浮かべただろうか。

まあ、逆の立場で女性陣を品定めしている連中もいたので、その辺りはどっちもどっちというところなのだろうとアウラムも理解している。

貴族として、世襲制の立場から見て良い関係性を築けそうな同格の相手と誼《よしみ》を結び、次代を儲け、領民の幸せのために努力せねばならない立場なのだ。

アウラムは、自分が未熟だからとその一点張りでなんとかやり過ごしてきた。

だがいつまでもその言い訳は通用しない。

「よう兄貴！　お疲れさん」

「レニウム、今日も怪我はないか」

「大丈夫だって。兄貴は心配性だなあ」

苦笑するレニウムは、アウラムに比べれば自由に過ごしてきた。

とはいえ、身分や立場、そういったものに群がる人間の姿は彼も知っているので兄の苦労も良く理解してくれるのが幸いだろうか。

「……ここんとこ見合い話が舞い込んでるって話聞いたぞ。いいのか？」

「いいもなにも、私は次期領主として……」

「兄貴はスバルのこと意識してんのかとおれっち思ったんだけどなあ～」

「……もしそうだとして、許されるはずもない」

「そりゃ、誰にさ？」

「誰にって」

レニウムの言葉に、アウラムは次の言葉が出てこなかった。

父である領主に？　それはある。周囲だって認めないはずだ。

彼女は記憶がない。即ち素性がわからない。それは彼女の落ち度ではないが、領主という立場にある人間にとって近づけるには好ましくない存在なのだ。

だが、彼女には功績がある。

真面目な人柄も好ましい。年齢はわからないが、そう離れてもいないはずだと思われる。

(なにより……私が、一緒にいたいと思ったんだ。だけど)

ハーティの問題の時も、身分を知られ言い訳したことも、それは全部、好意があったからだ。

「……彼女に対する気持ちは、そういう意味合いでは、ないよ」

「また兄貴は飲み込んでばっかだなあ。領主だって人間だぜ？」

「自由に振る舞う前に、義務を遂行せねばならないものなんだ」

「相変わらずお堅い頭してんな⁉」

レニウムの呆れた声に、苦笑を返すしかアウラムにはできない。

彼が言いたいことはよくわかる。

それでも、とアウラムは弟をひたりと見据えて、口を開いた。

「王家に献上したドラゴンの鱗、やはりあれだけでは納得しない者がいるそうだ」

「……そうかよ」

「発見者も呼ぶべきだという声を静めるために、父上も王城に上がっているが……近いうちに調査団が来るだろう。森に立ち入ることを名目に、発見者を探すかもしれない」

ドラゴンの鱗を見つけた人間は、その加護を受けているのではないのか。

だとすれば、その人間を保護した者にはドラゴンからの恩恵があるのではないのか。

そんな噂まで出ていると耳にした以上、アウラムは自分からスバルのところに行くのは躊躇われてしょうがなかったのだ。

加護目当ての人間たちと同じ扱いを、彼女にはされたくない。

どうしようもなく不器用だという自覚は、アウラムにもある。

だから、せめてスバルが町で暮らしていきやすいように便宜を図ってやりたいと思っている。

そのくらいしか、アウラムには誠意の示し方が思いつかなかったのだ。

「……彼女に、被害が及ばないように努めよう。噂程度でしかないが、あまり良くない噂のある商会が彼女のことを聞きつけたという。レニウムも商人たちの動きを見張ってくれるか」

「了解、町の中なら任せとけ！」

アウラムは思うのだ。

彼女は今、自分のやれることをやっている。だから自分もやれることをやって、そうしてそれに対して自信が持てたなら胸を張って会いに行こう。

少なくとも、妙な噂があって、調査団なんてものがやってくるかもしれないうちはホイホイ会いになど行けない。彼女の生活が脅かされることがあってはならない。

「……レニウム」

「なんだよ」

「彼女は、その……もう、怒っていなかったか？」

「怒ってないって！　びっくりしただけだってスバルも言ってただろ？　あーもー、兄貴は相変わらず見た目に反して心配性だよな」

「す、すまない……」

「ちょっ、まっ、泣くなって！　な⁉」

「泣いてない」

レニウムが慌ててアウラムの背を押し、テラスへと追いやった。勿論、彼も一緒だ。

よくできた兄であり、優れた次期領主であるアウラムだが、本当は優しく気弱なところがあり、幼い頃それはそれは泣き虫だったのだ。レニウムの方が兄を守らなくちゃと思ったほどに。

成長するにつれ『次期領主』という柔和な笑顔の仮面で誤魔化すアウラムを、レニウムはずっと案じていた。アウラムも、それを知っている。

なまじ優秀なだけに、その被った仮面の下でアウラムが苦しんでもほとんどの人間が気づかない。

（もし、スバルが受け入れてくれるなら……きっと、楽しいのだろうな）

彼女は身分差には委縮しても、彼自身のことをちゃんと見てくれる。

スバルはそういう人間だとアウラムは感じている。だからこそ、迷惑をかけたくない。

そんな兄の考えを、レニウムは察していた。気づいているからこそ、歯痒くてたまらない。

アウラムは言いたいことを飲み込んでしまう人だから、心配でしょうがないのだ。

「スバルはいいやつだよ。頑張り屋だし、親しみ持てるし。おれっちは、好きだぜ」

「そうだな。……私もそう思うよ」

「だからさ、調査団が来るにしろ来ないにしろ、その件が片付いたらまた銀の匙亭に行こうぜ！　ハーティも今じゃすっかりスバルと仲良しなんだ、みんなでメシ食おう‼」

「……そうだな、それもいいな」

弟の気遣いにアウラムは小さく笑みを返した。

いつ行こうかなんて兄弟で笑い合いながら、彼は思う。

（レニウムは、立派になった。私も、しっかりしないと）

レニウムがスバルに対して好意を見せるのは、先程の発言通り、彼女の人柄を好ましく思っているからだろう。今は、その素直さが羨ましい。

アウラムはこっそりとため息を吐き出して、いつかは自分の弱気な部分も隠さずに話すことができたらいいな……そう思うのだった。

第四章　新しいものが、見えてくる

「そ、それで今日はどんな御用で私はこちらに呼ばれたんでしょうか……？」

黒い革張りのソファ、季節外れの花が満開に咲き誇る木が見える応接室。

つい最近ここで懐中時計を挟んでやり取りをしたハーティの父親で町長のセオドアさんが、しかめっ面のまま、黙って私を真正面から見てくる。その顔怖いですごめんなさい！

そろそろ私の胃が限界なんで、なにか言ってもらえませんか！

何故私がここにいるのか。それはほんの少し前のこと……。

セレンちゃんがすっかり元気になって活躍してくれるおかげで、私は午前は修理工の仕事、お昼の忙しい時間からウェイトレスとして働く生活になった。

おかげで少しずつだけど、確実に貯金箱の中身も増えていっているのが最近の楽しみです！

……で、そんな折りだった。

今日も怒涛のランチラッシュを三人で乗り越えてへとへとになったところに町長さんの使いがやって来て、あれよあれよとシルバを頭に乗っけたままこうして町長さんのお宅へとご招待され、今に至るわけ。

（……沈黙が、長い……‼）

セオドアさんがしかめっ面のまま黙っているものだから、私も執事さんも困ってしまった。

それで私が！　勇気を振り絞って！　声をかけたっていうね‼

若干泣きそうである。良い大人なので泣かないけど。

私の頭の上で暢気にあくびなんてしているシルバにいらっとする気持ちの方が強い。コノヤロウ、可愛いと思って好き勝手しやがって……いや尻尾が視界の端でゆらゆらしてるの可愛いな。

「先日は」

「は、はいぃ！」

「先日は、見苦しいところをお見せした。そして娘からも、色々と話を聞いて親として反省せねばならないところを痛感した。君のおかげだと、あの子も言っていた」

「……いえ」

「謝罪も礼も遅くなって、大変に申し訳なく思う。この通りだ」

しかめっ面がさらにしかめっ面に！

それで頭を下げられても正直怖い。

（とりあえず態度で示さないといけないけど内心はすごい怒ってるんじゃないですか、だったら私としてはちゃんとお仕事としてやっただけなのでできたら気にならさらないでそっとしておいていただけたらそれで結構です……！）

心の中では一生懸命遠慮してみるものの、セオドアさんの顔があまりにも怖かったもんだから私は情けない声を出さないようにして手を振るだけで必死だった。

さすがに私の様子を気の毒に思ったのか、執事さんがおずおずと声をかけてセオドアさんに耳打ちすると落ち着きを取り戻したらしく、セオドアさんは咳払いをして居住まいを正した。

もう怖い顔はしていなかった。良かった。安心した！

「すまん、この間の醜態を思い出して少し恥ずかしくなってしまってね」

「い、いえ……」

恥ずかしいとあんな鬼みたいな顔になるってそれもどうなのか……。

こうして落ち着いていると割とダンディなのに。

「確認したいのだが、君がドラゴンの鱗の発見者だというのは本当なんだね？」

「はい。確かに鱗を見つけたのは、私です」

領主様との話で発見者の話題が出たらしいし、素直に頷くとセオドアさんは私の答えに、頷きを返してくれた。やはりただの確認だったようだ。

「そうか。……近いうちに、鱗の件で王城から調査団がやってくるらしい」

「……王城から、調査団……？」

「そうだ。君もドラゴンの伝説は耳にしたこともあるだろう」

「は、はい。過去に王様がドラゴンの鱗を欲して怒りを買ったっていうアレですよね？」

「そう、それだ」

セオドアさんに言わせれば、それらは脚色が多分に含まれているが、その話自体は国の正式な歴史書に教訓として大々的に記されている……つまり真実なのだという。

だからこそドラゴンの出現という話題には毎回、神経質になる。

ところが今回は普段の噂に留まらず、なんと鱗という現物が出てきてしまったから大騒ぎ。

これは凶兆なのか吉兆なのか、ドラゴンの姿そのものはないのか、前兆はどうだとそりゃもう王都は蜂の巣を突いたかのような騒ぎだったと領主様が呆れていたらしい。

「その鱗が本物であるという報告を受けて、国としてもそれを発見した森を調査するために調査団を送ることにした……というわけだ」

「はあ、なるほど……。それにしても鑑定魔法への信頼度って高いんですね」

「そうだな、基本的に魔法は欺けないからな。……そうか、君は記憶喪失だったな。勉強をしている真っ最中だったか」

「はい、そうです」

「それなら知らないのも仕方ない。鑑定魔法は他の魔法とは少し性質が違って、反発するんだ」

「……反発、ですか？」

「そうだ、幻術や偽装といったような魔法がないわけじゃないが、そういう類は鑑定を阻害するものとして反発した結果、『不明』になるからすぐわかるというわけだ」

ちなみに鑑定レベルが高ければそういう『不明』の部分も、正しくわかるらしい。

そしてアウラムさんの鑑定レベルは国内でも有数なんじゃないかっていう話で、幼い頃に王都にある大きな学校を首席で卒業したとか伝説レベルの人だった。

「アウラム様が鑑定し報告書を上げている以上、本物であることを疑う者はいないだろう。だからこそ、発見者については調査団が探そうとするかもしれんのだ」

「えっ、でも私は特になにかしたわけじゃないですよ」

「だが、あちらさんも手ぶらでは帰れないだろう？　……こう言ってはなんだが、王都の連中は辺境の人間を田舎者と馬鹿にして高圧的に接してくる可能性もあるから、特に装飾品の修理を請け負う君は目立つ可能性がある」

「そんな……」

愕然とする私に、セオドアさんが口をへの字に曲げて腕を組む。

ただ静かに、平穏に暮らしたいだけなのに目立つって言われても困る！

「現状としては領主様もわしも、発見者が誰であるか調査団に告げるつもりはない。だから君も自分からぽろっと口走ったりしないよう、気をつけてくれればと思う」

「は、はい」

「近日中に領主様から正式なお触れも出るが、調査団の規模も滞在期間も不明だ。そうしたことも含め暫《しばら》くは町も騒がしくなるだろう」

「……わかりました」

そんな話を聞いて、私はため息が出るのを止めることができなかった。

アクセサリーとか装飾品に、抵抗を感じる人は今も一定数存在する。

だけど、少なくとも……私がお店を構えて感じた限りでだけど、思い出の品が修理されたり、中古品がリメイクされたりする分にはそこまで抵抗がないようだと思う。

思い出の品が直ると嬉しかったり再利用してくれる人がいたら、やっぱり持ち主としては嬉しいんじゃないかな。

だけど、メタラムの町じゃない、よそから来た人はどうだろうか。

近隣の村や町でも私の修理・販売について評判になっているらしいし、実際お客さんも来てくれていることから悪い反応じゃないと思うけど……王都から来る人たちの目にどう映るか。

多分セオドアさんもそこを心配してくれているんだと思う。

(それにしても、調査団かぁ～……)

ドラゴンの鱗が見つかった時もギルドであんな反応をされたんだから、こうなることは予想できたのかもしれない。私の手を離れたし、トレジャー・ボックスもらえたやったー‼ で終わったと思っていたのが甘かったんだよなあ。

銀の匙亭に戻ると、夕方の営業に向けてデリラさんたちが店内を掃除しているところだった。

お昼の営業終了には少し時間があるけど、もうほとんどお客さんもいない状況だからだろう。

二人には調査団が王都から来るから、アクセサリーの修理・販売が目立つかもしれないとセオドアさんから忠告された旨だけ伝えることにした。

「うぅん、町長さんの心配もわかるねえ……そう意地の悪い連中ばかりとは限らないけれど、辺境じゃあまだまだ装飾品系統の修理販売は目立つからねえ」

「調査団がいる間だけでも、あそこのコーナーを片付けた方がいいのかなあ……」

デリラさんの言葉も受けて、私は頭を悩ませた。

修理の依頼は受け付けても、コーナーがなければある程度は目立たないんじゃないだろうか。

ただ、わざわざ近隣の村や町から来てくださる方には申し訳ないことになるかな、直前まで貼り紙でもしといた方がいいのかもしれない。

ふとコーナーの方に目をやると、しげしげと商品を見ている男性がいることに気がついた。

お土産を物色している雰囲気ではないし、かといって惹きこまれたという風でもない。

なんというか……観察している、というか？

私の視線に気がついたセレンちゃんもそちらに目を向けて、小首を傾げる。

「商人さんかなぁ」

「でも商用になりそうな豪勢なやつは置いてないけど……」

あそこに置いてあるのはシュシュやヘアピン、ブローチ、ハットクリップの類だ。

どれもこれも古着や飾りが壊れたとか金具がなくなったとか、そういうものをリメイクして置いたものだから一点ものと言えば一点ものだけど、商人の人が『目利きで仕入れてまいりました！』とかやるようなものじゃないと思う。

本当に普段使いにどうですか、みたいなささやかなものばかり。

（……値踏みしてるって感じではあるけどね）

「スバルちゃんの噂を耳にしてやってきたのかもよ」

デリラさんがのほほんとそう言うと、まるでこちらの会話が耳に届いていたかのように男性がこちらを向いた。私たちを見てにっこりと笑うその顔は、割と整っているんじゃなかろうか。

「こんにちは」

「……いらっしゃいませ」

「ああ、こちらの食堂の方でしたか。まだ営業してらっしゃいますか？」

「はい、お好きな席へどうぞ」

店内を見回すようにしてニコニコ笑うその男性は、入口付近の席に座った。

パッと見、清潔感もあるし穏やかそうな人だ。

彼は私の肩にまだ乗っかったままのシルバを見て驚いたようで、まじまじと見ていた。

「襟巻かと思ったら本物の猫ちゃんなんですねえ」

「甘えん坊なもので」

「撫でても？」

「止めておいた方がいいです……えっと、あの、大人の男性が苦手みたいで……」

問われて即座に断った。特に深い理由はないけれど、シルバが嫌がっている気がしたから。

というか、基本的にシルバは大人相手に撫でられるのって好きじゃないしね。

子どもとか女性は仕方がないなっていう雰囲気があるから許容範囲の問題なんだろう。

まあ中身がね、猫じゃないしね……！　そこは仕方がないんだと思う。

「それは残念です。いやあ、最近他の村でこちらに美味しい食堂があって、そこに別の小さな店もあるって噂を聞いたんでやってきたんですよ」

「……そうですか、それはありがとうございます。ご注文はいかがなさいますか？」

「お勧めはなにが？」

「……今の時間帯でしたら、軽食と飲み物のセットがお勧めですよ」

「ではそれで」

人当たりの良さそうな笑顔を浮かべたその人から注文を受け、デリラさんはすぐキッチンに戻ってクロワッサンにハムとレタス、トマトを挟んだものとスープを出してきた。

その間にいつの間にかセレンちゃんがコーヒーを淹れてくれていて、あれ？　私なにもやってないんですけれども。

「いやあ実に美味しそうだ！」

「それは良かったです」

「そうそう、わたしは行商人なんですけどね、あのアクセサリーの修理を請け負っておられる方をご紹介いただけませんかね？」

「……どうしてですか？」

「ああ、いえ、近隣の評判を耳にした上で、先程あちらの品を見させていただいたところ大変良い出来栄えのものでしたから、是非うちの店で専属の職人として働いてもらえないかなと……」

悪びれることなく言ってくるこの人に、私は目を瞬かせる。

ああでもそうか、一般的に見たら自力で店を構えることもできない職人が間借りをさせてもらっているように見えるのだから、悪い話じゃないんだろう。実際そうだし。

だから勧誘が来るのは逆に言えばすごく評価された、みたいな？

とはいえ私の答えは決まっている。

この町が好きだし、なによりまだデリラさんたちに恩返しを一つもしていない。

「大変申し訳ないんですが、私は今の状況で満足しているので」

「……え？」

「私が、その修理工なんです。ここでウェイトレスとして働かせていただきながら、ああやって商品を置かせてもらっているんです」

すみません、そう付け加えて私は頭を下げる。

相手の反応を待たずに顔を上げて、さっさとこの場を後にしようとして、失敗した。

あちらは私が修理工だったことはちょっと意外だったようだけれど、驚きで呆気にとられるまではいかなかったらしい。立ち去ろうとする私の手を掴んで引き留めた。

「失礼しました。ですがまずはきちんとお話をさせていただきたいなと思って……」

「……お料理冷めちゃいますよ。是非温かいうちにお召し上がりください」

ああーこの人、絶対引かない面倒なタイプだなあと私は頭の中でため息をついた。

良い返事を引き出すまで粘るタイプのセールスマンに似ている。ブラック会社勤務中、そういうセールスが来て貴重な休日の睡眠時間が削られたあの日……あっ、ちょっと思い出したくないや。

（だからって、ここで私が完全拒否の態度をとって機嫌を損ねて変な噂になっても困るし……）

頭の中で、いくつか損得を瞬時に考える。

その結果、私は他にお客さんが来るまでだと覚悟を決めてその人の向かい側に腰かけた。

「わかりました、お話を伺います。その上で私の考えが変わらない場合は、それで納得していただけますか？」

「ありがとうございます！」

デリラさんは小さく苦笑をしてから、セレンちゃんを連れて奥に行ってしまった。

私を信じて、この場を任せてくれたに違いない。空気の読める、かっこいい女性だよね！

「どうぞ食事をしながらで。当店の料理は皆様にご好評いただいておりますので、是非、温かいうちにお召し上がりいただきたいなと思います」

「では、失礼して」

すっかり商談の場に客を迎えたかのような笑顔を浮かべる相手に、私も笑顔を浮かべてみせる。

そっちばっかりが百戦錬磨だと思うなよと言いたいところだけど、正直私は営業職とか販売職じゃなかったからなー、名目上販売職だったけど。

やってたことは先輩のパシりと、雑用と、事務処理ばっかだったし。

おかげであの頃はいっつもパソコンとにらめっこだったし電話の音がすると一時期は吐き気を覚えるくらいに……いやいやそれは今、関係なかった。そしてこれからも。

にゃぅん。

鳴き声と共に、シルバが私の肩から飛び降りて、店の中の定位置に移動する。

それでも視線がじっとこちらに向いているところをみると、見守っている……？　のか？

別にそのまま一緒でも良かったのにと思ったけど、シルバなりに気を遣ったのかもしれない。

ほら、お食事する人によっては猫が近くにいたら落ち着かないかもしれないからね！

「まずは、自己紹介をさせていただきましょう。わたしの名前はメルルシャンと申します」

「私の名前はスバルです」

「スバルさんですね。可愛らしいお名前だ。聞きなれない響きですが、この辺りの方では……？」

「申し訳ありません、私は記憶喪失で過去のことはなにも」

「そうでしたか、それは失礼いたしました」

メルルシャンさんというのかぁ、なんだかちょっと可愛い名前だなあ。

私の名前が珍しいというけれど、私からすればこちらの世界の人の名前はみんな珍しいけどね。

（……なんて言えるわけないし、記憶喪失で過去を探しているような素振りを見せるわけにはいかない。それを餌に自分の店に来いとか勧誘されるのめんどくさいもの）

確かに商人さんと繋がりが持てるというのは悪い話じゃないと思う。

私のように『珍しい名前』を持つ人物の噂とかを耳にしていることもあるだろうしね。

「普段は王都の方にある商店の人間でして、地方を行商しながら良い物を仕入れたり人材を見つけて斡旋《あっせん》したりすることを担っております」

「そうなんですね」

「近年、王都では装飾品に対する考え方が見直されています。新しい宝飾品は作り手も少なく、需要に追いついていないのが現状です。尊き方々は古いアクセサリーを持て余しているので、修理ができる方というのは大変重宝するのです」

「……そうですか」

だけどなんとなく、メルルシャンさんの言い方に引っかかる。

それがなにかわからなくて、モヤッとしたものを覚えるのだけれど……その正体を捕まえる前に、彼はニコニコと笑顔を浮かべたまま、私に言葉を続ける。

「新しいデザインでアクセサリーを作る職人というのはなかなか難しい試験を突破しないといけないらしいですからねえ。苦労して資格を取ってもあまり歓迎される職でもありませんし、そうそうなりたい人もいないしでこちらとしても困っているんですよ」

「……」

「修理工な上に、再生までこなす、特に女性の気持ちがわかる職人となると大変貴重です。きっと多くのお客様がスバルさんの作品を手に入れたいと思うはずですよ？　地方より王都で活動する方が有益かと思いますが」

要するに、いつまでも古いデザインを愛用しているのは沽券《こけん》に関わるっていうタイプの顧客に対して、宝飾品を作ることが許可された職人を育成するのは手間だしリメイクできる職人がいれば大儲けできるよってことなんだろうと思う。

私の考えすぎかもしれないけれど、『作品を手に入れたい』って言い方をするってことは〝持っていることに価値がある〟っていう、ある種のステイタスみたいな扱いなんじゃなかろうか。

王都で見直されていると言っても、まだ地方では質素にするべきだという考えが深く根付いているのも確かだから、王都で活動する方が私にとって自由度が高いのは本当なんだろうけれど……。

「わたしと一緒に来てくだされば、ここのような小さなコーナーではなく、大きなショーケースで貴女の作品を多く置くことができますよ？」

「……お誘い、ありがとうございます。けれど私自身まだ未熟な身ですし、ここのお店に置かせていただく形で今は十分満足しているんです」

「ここでウェイトレスをせずとも作業に専念できる環境を整えることができますし、わたしどもがとってきた依頼の品を貴女のセンスで蘇らせる。それは持ち主にとっても修理工である貴女にとっても悪い話ではないと思いますが……、なにより富と名声も夢ではありません」

「いえ。大丈夫です！　ありがとうございます」

この人は、勧誘に慣れている。そう感じた。

何故なら、メリットばかりを口にするからだ。そして私が優秀だと思わせるような口調と、柔らかな笑顔。褒められ慣れていない人なら、きっと浮足立ってあっさり頷いてしまうに違いない。

けれど、そう。

修理するっていうのは、確かに持ち主も喜ぶし私だって嬉しいのは事実だけど。


――地位や名誉なんてぇものよりもね、お客さんがああやって笑ってくれたら、いっとう嬉しいじゃァないか。なあ、昴――


笑って教えてくれた、あの優しさが、私の原点。

おじいちゃんみたいに、大切な思い出を、その持ち主と共に喜べる人間でありたい。

それには、誰かに用意された場所でぬくぬくやるんじゃ多分だめなのだ。

私自身がお客さんと対話して、その人の想いを汲み取って、そしてお返しできるように。

綺麗事だけじゃやっていけない業界だってわかっていたからこそ私も就職しつつ兼業で頑張ろうとしてたわけだし、ここが異世界だからって夢見がちになったつもりもない。

（それに……）

私の言葉を受けて、メルルシャンさんは残念そうな顔をして立ち上がる。

そしてお代をテーブルに置き、行商用の箱を背負って、笑顔を見せた。

「今回は性急でしたから、また日を改めてお話をさせていただきたいと思います」

「……答えは、変わらないと思います」

きっとこの人は、商人としては腕の良い人なのだろう。

そして私がここで彼の誘いを断るのは、賢くないことなのかもしれない。

だけど、私の直感が告げている。この人とは、きっと相容れない。

前に私の頭をファイルで叩いた先輩だって、外面は良くて取引先からは『あんな優しい先輩がついてるなんて貴女ラッキーね！』とか言われて思わず真顔になった記憶は忘れない。

この人は、あの先輩と同じ匂いがする。私の本能がそう言っているんだから間違いない……‼

「まあそう仰らず。それではまた」

それともう一つ、メルルシャンさんのことが気に食わない理由がある。

結局、彼は食事にはろくに手を付けなかった。注文だって彼にとっては交渉のための道具でしかない。その態度に修理工《わたし》への扱いが透けて見えたから、だと思う。

私は去って行くメルルシャンさんに「ありがとうございました」と店員として声をかけながら、残されたスープとコーヒーに悔しい気持ちを抱いて、そして手を付けてもらえなかったサンドイッチに申し訳なさすら覚えて。

「……食べないなら、注文しなきゃいいのにさ」

ぽつりと、不満を口にしたのだった。


メルルシャンさんが現れたその翌日、セオドアさんが言っていたように領主様のお触れが大々的に町に張り出され、役人さんたちが町中を駆け回って国の調査団が来ることを説明して回った。

ドラゴンの鱗がこの町の近くで見つかったので安全を確認するため……というもので、問題を大きくしないためにも基本的には普段通り過ごしてくれて構わないというものだった。

勿論、銀の匙亭にも来たよ！

デリラさんが応対するのをこっそり物陰から私とセレンちゃんも見ておりましたとも。

町の人たちの反応は、なんともいえないという感じだろうか？

宿屋さんや飲食店などが彼らが良いお客さんであれば千客万来だと喜ぶ一方、調査団という物々しさに眉を顰める人もいる。

なんせ調査対象がドラゴンだって大々的に宣言してたしね。

ドラゴンの呪いを恐れる人たちからしたら、あまり歓迎できる話じゃないんだろう。

でもそれよりもなによりも、みんな驚きが先に立ってそれどころじゃないんだと思う。

だって、まずドラゴンってどういうこと⁉　ってなったところで、数日後に到着とかじゃなくてもう到着するけど気にしないで！　っていうお触れだよ。

そんなのアリ⁉　って私でも思ったもの。

お触れって数日前から出してトラブルを未然に防ぐために注意喚起するものなんだろうなって考えていたから、自分の認識が間違っているのかって思ったよね。

でもデリラさんが微妙な顔をしていたので私は間違っていないらしい。

「スバルちゃん、とりあえず商品どうする？」

「……それなんですよねえ」

王都なら修理工もそれなりにいるし、今は需要があるらしいってのはメルルシャンさんの発言でも理解できた。でも、やっぱり地方で修理工を好んでやっている人は少ないっていうのも事実なのできっと調査団からすれば、私は目立つに違いない。

（悪目立ちは私も望むところじゃないし、デリラさんたちだけじゃなくて町の人にも迷惑がかかるかもしれない……だけど、遠方からわざわざ買いに来てくれる人もいるし……）

頭の中で天秤にかけて、どちらがよりお客さんのためになるのかを考えるべきだ。

とはいえ、調査団の人たちが『地方では珍しい修理工がいる』程度で認識を収めてくれて終わりになるっていうだけのオチだってあり得るわけで。

最悪は想定してもいいけど、それを前提に撤去ってのは違うと思うし……。

「デリラさん、あのコーナーもっとお店の奥に移動しちゃってもいいですかね？」

「そうだねえ、その方が良いとあたしも思うよ。奥の方が広いしね、そろそろ手狭だったろう？」

最初は品数も少ないし、目立つようにと入り口側の狭いところにコーナーを構えたけど、位置を変えれば店内に入らないと完全に見えなくなるからそれで対応しよう。

デリラさんとセレンちゃんも手伝ってくれて、奥にコーナーを作り直す。

(確かに最近、ちょっと手狭になってたからなあ)

調子に乗ったわけでもないんだけど、シュシュとか人気だから、ついたくさん作っちゃって……。

私自身も使っているから良い宣伝ではあるんだけど……。

これを機にちょっと作る商品の数ってものを考えることにしよう。

「あ、そうそう悪いんだけどスバルちゃん、お酒が思ったよりも減ってたから酒屋さん行って配達依頼出しておいてくれないかい？　支払いは来月まとめてするって言えば伝わるからさ」

「わかりました」

「お母さん、あたしもお手伝いする！」

「勿論よ、セレンは雑貨屋のばあちゃんとこ行って、頼んでおいたテーブルクロス受け取ってきて頂戴。そっちの代金は支払済みだから、受け取るだけでいいはずよ」

「はあい！」

セレンちゃんと私は揃って銀の匙亭を後にした。向かう方向は別だったけどね！

しかしドラゴンの調査団かあ。見つからないとか痕跡がなかったんなら、どうして鱗が出たのかって話になるんだろうなあ。そうなるとやっぱり発見者に言及するんだろうか。

町中へ足を運べば、調査団が到着したというざわめきがあり、どうやら私が行く方向にいるらしいことがわかってちょっと躊躇いが生まれた。

別に発見者については秘密にしてくれるって約束されているけど、なんとなく……みたいな？

「ご主人様、大丈夫かにゃん？」

「うん……大丈夫」

商業地区にはすでに調査団の姿があった。どうやら調査に向かうための物資を注文するチームと、この町自体に理由があるかどうかをチェックするチームに分かれているらしい。

というか、野次馬をしている町の人たちがそう言っていたから多分そうなんだろう、というのが隙間からなんとか覗き見た私の感想だ。

それにしても調査団というのは結構大掛かりなものだった。

いるかどうかもわからないドラゴンに対し、ぱっと見たところ二十人くらい、もしかしてこの場にいないだけでもっといるかもしれない人数が来ているのだと思うと不思議な感じ。

（鱗の発見者って言っても私自身ドラゴンの姿は見てないしなあ。いたのは確かなんだろうけどさ……あ、あそこにいるのはアウラムさんだ。次期領主として来てるのかな？）

大勢いる調査団はみんな似たような服を着ていたから、きっとあれは制服なのだろう。

その中でも偉そうな人物の横に、いつもよりも立派な服を着たアウラムさんの姿があってなんだかすごく凛々しかった。きっとあれは、調査団の人たちが町の人に迷惑をかけないように色々手を尽くしてくれているに違いない。周りの商人さんとかの顔が物語っている。

最近お仕事が忙しいとかでめっきり銀の匙亭には来なくなったけど、レニウムのあの態度から察するに私に対して遠慮してくれてるんだろうなあ。優しい人なんだって改めて思う。

（気にしなくていいのに）

仕事のできるイケメンかあ、ハーティさんじゃないけど、あれは見惚《みと》れちゃうよね！

それにしても調査団っていうだけあって、学者さんとかそういう人たちが多いのかと思っていたけど、護衛っぽい人がいない。あれか。肉体派学者ってやつなんだろうか？

そんな人たちに紛れて、見知った顔を見つけた私は思わず二度見した。

（あれは、メルルシャンさん？）

にこやかに調査団員らしい人物と話しているのは、間違いなくメルルシャンさんだ。

あの人は調査団に協力している人だったんだろうか。だとしたら銀の匙亭に来たのは偶然？　そうじゃなかったとしたら、私が鱗の発見者だと知っての行動？

考えすぎかもしれないけれど、あんまり近寄らないようにした方がいいなとなんとなく思った。

やっぱりデリラさんたちに迷惑がかかるのはいやだし。

そうと決まればいつまでも野次馬をしていてもしょうがないし、とっとと用事を済ませようと目的の酒屋さんに向かう。

酒屋さんは勝手知ったるもので他の飲食店にも配送をしているから、予定外の追加依頼をしても二つ返事で応じてくれた。必要な酒量は配送の時にデリラさんに聞くから大丈夫らしい。

無事お使いも終わったし、どうせだったらなにか果物でも買って部屋で食べようかとシルバに声をかけようとしたら、がくんと体が揺れた。

「スバルさん！」

それが腕を掴まれたからだとわかって振り返れば、メルルシャンさんの姿があった。

さっきまで調査団の人と話していた彼は、いつの間に私を見つけてここに来たんだろうか。

避けようと考えていた矢先に見つかってしまってなんだかばつが悪い思いだ。

「いやぁ、姿をお見かけしたものだから思わず追ってきてしまいました。すみません、突然のことで驚かれたでしょう?」

「は、はい。びっくりしました」

「本当にすみません、驚かせるつもりはなかったんですよ」

ぱっと掴んでいた私の腕から手を離したメルルシャンさんが、にっこりと笑った。

でもその目は笑っていない気がして、ぞっとする。

「折角会えたんですから、どこかでお茶を飲みながらお話しでもいかがです?」

「い、いえ。結構です。私……あの、お店に、戻らないといけないので」

「では歩きながらでも。昨日は性急にことを進めすぎて、困らせたと反省しているんですよ」

「……私の考えは、変わりません」

「そうおっしゃらず」

割と塩対応しているという自覚はある。

にこにこ笑って悪いことなんて一つも言わずに話をしようとしている人と、それを無下にする人間ではどうしてもこちらに非があるように感じてしまうのは、良心が咎めているからかもしれない。

それと、人の目が気になるというのも大きい。ここは町中だもの。

「昨日もお話しいたしましたが、悪い条件じゃないと思うんですよね。ですがスバルさんにとってはこの土地が好きだということであれば、品だけ用意していただければこちらでお預かりして王都で販売するという形にもできると思うんですよ」

「……とても魅力的なお話だと思います」

「ですが、そこまで労力を払っていただくほどの価値ある品を、自分が生み出せるとは思えません。……少なくとも、今はまだ。私はまだ、半人前だと、自分をそう思っていますから」

「そうでしょう？」

魅力的な話に飛びつけるほど、私はがっついて見えるんだろうか？

いやいや、普通に考えたら飛びつきたくなるような条件だよね。

断っている人間に好条件を出して振り向かせるなんてよくある方法だ。

ただ、その後の使い道なんてものがちょっと気になるのは元の世界のブラック企業で使い潰された人たちを見たことがあったからかな。

捻《ひね》くれていると自分でも思うけれど、不安があるなら自分の判断を信じる。本当の好条件だったとしても私はこの土地で、まずはきちんと自分で満足できるくらいの実力を身につけたい。

（……少なくとも、一人暮らしできる程度に！）

だってほら、私って住み込みのアルバイト生活してる人間だもの……。住む場所を用意してもらって、働く場所を用意してもらって、ご飯は賄いでしょ？　その上で修理工をやる時はウェイトレスの方を休んでいてもいいよって協力までしてもらってる状況ですよ。

これが修理工として一人前の稼ぎがあって、生活費も納めてなお貯金する余裕まであるってんなら話は別だ。メルルシャンさんが嘘をついていようがいまいがそういう別の所で働く選択肢だって視野に入れていいと思う。

だけど今、なにもかもが中途半端な私が、博打《ばくち》に出る理由がない。

信頼できる修理工の下で修業を兼ねて住み込みで働いてみないかっていう話なら悩んだと思う。

でも、そうじゃない。

この人は、私が『修理・リメイクしたものを販売する』ことを前提で物を言っている。

(勿論、評価されるのは、嬉しいけど。……でも、宣言した通り、私は半人前だ)

時計とか、機械仕掛けの物を持ち込まれても、難しい部分は直せない。

だって元々職人じゃないんだもの。少しずつ、近所の職人さんの所で指導を受けたりして幅は広げているつもりではあるけど……全然足りない。

そんな中で好条件に目がくらんで、自分の未熟さを忘れるようなことをするのはよくないって思うのだ。おじいちゃんもそう言っていた……ような気がするし！

(大体、わざわざ王都から離れたこの町まで修理品持ってきて持ち帰って……って作業を悠長に許してくれるんなら、近場の職人探した方が早いよね。いくら争奪戦でもその品物の行き来を考えたら輸送量分賃金上乗せできるんだから人が探せそうなもんじゃない？)

そこが引っかかる。物を知らない小娘だから、報酬を安くして使い倒そうとしているんじゃないかってのが妥当な線だと考えている。

勿論、そうじゃなかった時は私自身の見る目がないってだけの話なので反省するけど。

「まあまあ、そうおっしゃらず。そうだ、一度見学に来ていただくのはどうでしょう」

「メルルシャンさん……！」

それまで紳士的に笑って話をするだけのメルルシャンさんが、人通りが少なくなった瞬間に私の腕を掴んで路地裏に入り込む。

ぎょっとした私の抵抗などものともせず「まあまあ」とか普通に誘拐じゃないか。

私はざぁっと血の気が引いていくのが自分でもわかった。

「ひ、人を呼びますよっ！」

「強情な人だなあ、折角育ててやろうって言ってやってるのに。少し大人しいくらいが女は可愛げがあるってもんだよ。あ、そっちの猫は邪魔だから置いて行こうな」

「にゃうん！」

「シルバ……‼」

にんまりと、笑ったその顔が。他人の目が消えた瞬間に変わった口調が。過去、私が怖くて怖くてたまらなかった先輩を彷彿とさせてくるものだから、勝手に体が震え始める。

抵抗しなくちゃ、この手を振り払わなくちゃ、人を、誰か叫んで、助けてって。

そう頭では思うのに、その考えすべてが恐怖に塗りつぶされるだなんて！

シルバを乱暴に捕まえて放り投げたメルルシャンさんを前に、私はガタガタ震えて動けなくて、ああ、なんでどうして動いてよ、私の足！　手！

悔しくて、怖くて、目の奥が熱くなって、泣いちゃダメだって思うのにどうにもできなくて。

じわりと滲《にじ》む視界に、また悔しくなった。

そんな私を見て、メルルシャンさんは嘲笑《あざわら》う。

「大人しくついて来れば、そんな条件悪くなく飼いならしてやろうと思ったのに。こんな田舎がいいだなんて志ばっか高くて、現実が見えてないから怖い目に遭うんだよ」

おそらくはこちらが素なんだろう。乱暴な口調で嘲《あざけ》って私を見下す表情。

直感は正しかった。むしろ、もっと警戒すべきだったんだと余計に悔しくなった。

「鱗の発見者なんだって？　ドラゴンの加護とかなんとか言って好事家に売りつけりゃ大儲けだってできるだろうに、これだから世間知らずは。折角だから世の中ってものをしっかり教えて――」

「おい」

ぺらぺらと饒舌《じょうぜつ》に話すメルルシャンさんは私を容赦なく引きずって歩く。足を踏ん張って抵抗するだけで精一杯の私が、とうとう涙が零れ落ちるかもなんて思った瞬間だった。

低い声が聞こえて、私を捕まえている男の手が、別の人の手に掴まれた。

ぎょっとしたように振り返ったメルルシャンさんが慌てて手を離したところで、私は思わずその場にへたり込んでしまった。

そしてゆるゆると顔を上げてその手の持ち主を見れば、そこには赤い目をさつく……きつく釣りあげたシルバの姿があった。

「……そいつに、触れるな」

「な、なにか誤解をなさっておいでては？　彼女はちょっとこちらの職場見学にですね……」

「二度は言わない」

「ひっ、わ、わかりました、わかりましたから手を……！」

シルバの言葉に、人当たりの良い笑顔を浮かべたメルルシャンさんだったがそれでどうにかなるはずがなかった。シルバは彼を睨み付けたままだ。

そりゃそうだ、その言葉が嘘だっていうのは私の傍にいたシルバがよく知っている。

シルバがぱっと手を離すと、メルルシャンさんは顔をこれでもかってくらい歪めて私たちを睨んでいた。シルバに掴まれた腕を、痛そうに摩《さす》りながら。

だけど、分が悪いと思ったのか、言い訳をするでもなく背を向けて去って行った。それはもう、呆気ないほどに。まあ人攫《ひとさら》いをしようとしていたなんて騒がれたら困るだろう。

シルバはそれを追うこともなく、私を優しく立たせてくれる。

「……大丈夫か。すぐに助けられなくてすまなかった」

「う、ううん……ごめん、なにも、できなくて」

「いい。……おれの判断ミスだ。いやな空気の男だと、警戒していたんだが」

そんなことない、そう言ってシルバを安心させてあげたかったのに、上手くできなくて。

私の笑顔はきっと歪《いびつ》だったに違いない。シルバが眉を顰めたから、間違いない。

足はがくがく震えて今にも崩れちゃいそうで、シルバに支えられてやっと立っている状態だし、いくら強がってもバレバレに違いなかった。

「……ごめん、シルバ……」

「頼れ」

「えっ？」

「おれはお前のサポート役だ、いくらでも頼れ。……おれを、頼ってくれ」

「……シルバ……？」

赤い目が、なんだか熱を持っているような気がして目が離せない。

あれ、おかしい。だって、シルバは精霊で、私のサポート役で、人間じゃなくて……私が、この世界で、幸せになるために。

私の一番の理解者で、応援してくれて、辛辣だけどちゃんとだめなことはだめだって言ってくれて、……いつだって傍にいてくれて。

普段は猫の姿でだらけているくせに、こうやって人間の姿で現れた時にはかっこよくて、時々零すように笑う姿が優しくって。

でも、こんな。

まるで、そんな。

「どう、したの……？　変よ、いつものシルバじゃないみたい……」

「お前のせいだろう。……鈍感でドジで要領が悪いくせに意地っ張りで」

「オイコラ、ちょっと待て」

唐突に始まったディスり具合につい突っ込んだけど、私の声などまるで無視してシルバが支える手とは反対の手を私の頬に添えて親指の腹でするりと撫でるから、不覚にもドキッとした。

私は思わずシルバの支えから逃げようとしたけれど、びくともしない。

「一生懸命で、他人のために必死になって、辛いことを抱え込んで一人で解決しようとする……始めは危なっかしいだけだと思った。だが、そんなお前が好ましい。だから目が離せない」

「シ、シルバさん……!?　ちょっ、あの、ちょっと待って落ち着こう‼」

「お前が幸せになるなら、誰でもいいと思った。だがもう止めだ、わかったからな」

「な、なにがわかったの？　いやいい！　やっぱ言わなくていい‼」

「なんだ、聞かないのか？」

くつくつ笑う、その声はいつもの調子に戻っている。そうだ、シルバの冗談だ。きっと冗談に違いない。さっきまで必死だった私から、恐怖を取り除くためにしてくれているに違いない。

「も、大丈夫だから……手を離して。ありがとう」

「……こっちを向け」

「な、に」

「誰でもいいなら、おれにしろ」

赤い目が、まっすぐに私を見下ろしていて目が離せなくなった。

どこか熱を伴ったそれがなにかわからない……なんていうほど私は子どもじゃなくて、だけど諸手を挙げて嬉しいというわけにもいかなくて、ただ痛いほどに胸が、ああ、どうしよう。

シルバ。彼の名前を呼ぼうとして、言葉は声にならなかった。

(この世界で私は大切な人を作りたくないって、前に話したのに)

もし戻れた時にお別れが辛くなってしまうから。

未練ができてしまえば、迷いが生まれるから。

ああ、でもシルバは精霊だから違うし、いいんだろうか。

いや待って精霊なのに。私のサポート役なのに。

「サポートの、延長、に、しては、あの、笑えない、よ?」

そうだ、シルバはサポート役だ。私のためを思って行動する。

だから、そう……きっと、これも、私のため、だったりするんじゃないかって。

「このわからず屋め」

「あっ」

抱きしめられて、ため息をつかれて。

優しいその拘束を、私は振りほどくことができない。

（あったかい）

「……お前を幸せにするのは、おれでいい。他のヤツなんぞ必要ない」

「シルバ……それはちょっと傲慢っていうか」

私を見る目が優しい。

いつもの猫の時みたいに、目を細めて笑うその顔は、ズルい。

「昴」

囁くみたいに、シルバが私の名前を呼んだ。ただ、それだけ。

自動翻訳スキルのおかげで、この世界の人たちが私を呼ぶ声も言葉も、なんの違和感もない。

それなのにシルバの声は、違った。元の世界の言葉で私を呼んだと、なんでかすぐわかった。

シルバだけに備わっている、特別ななにか……なんだと思う。よくわからないけれど。

（ズルい）

このタイミングで、なんてズルい男だろうと思った。

もしその発音を耳にしたなら、元の世界がより恋しくなるかと思ったこともあった。

でも、今はただ胸がひたすら痛くなっただけだ。

ドキドキしすぎて破裂しそうなくらいで、痛い。

そこまで元の世界に執着しているかと聞かれると、そうじゃないんだけど……だからって、しょうがないなで切り捨てられないし、家族もいるし、そういう感じなのだけど。

シルバだけが、この異世界で唯一、私の名前を元の世界の音で呼べる。

もしかしたら、どこかにいるかもしれない同じ世界の人に出会えるまで、孤独なのかと覚悟すらしていたのに。それを知っていて覆してくるシルバは、なんてズルくてひどいやつなんだろう。

でも、私は素直でも可愛くも、か弱くもないただの意地っ張りだ。

一夜の夢みたいな人生が送れるって言われた異世界転移。私はまだ納得したわけじゃない。

死に戻りをしたらそれは夢でしたっていう、私にとって都合の良いシステムだと説明されても怖くてたまらない。私は、怖がりだから。

だけど、これが本当に一夜の夢なら。

「……一夜の夢だから、私に良い夢を見せようって、私を幸せにしようってしてない？」

シルバが、私を……サポート対象を、幸せにするために。

自己犠牲とかじゃなくて、私のための存在だから。私のことを見守って、私のために行動する。

全部、そう。それが、彼にとっての当たり前だとしたら？

ならそれは、恋なのだろうか。義務なのだろうか。

そんな裏側を知らなければ、シルバの言葉を素直に嬉しいって受け止められたのだろうか。

「馬鹿か。いや馬鹿だったな、究極にわからず屋で頑固だな」

「ひどくない⁉」

「お前は」

先程よりも遥かに酷いディスりっぷりに、思わず感傷的になった気持ちが吹っ飛ぶ。

言いすぎだと文句を言おうと顔を上げて、ひゅっと息を呑んだ。

（え、なに、これ）

怒ってる。いやもうなんか、目線で人が殺せるってこういうことをいうんじゃなかろうか。

そういうレベルで私を見下ろす赤い目は綺麗だし、眉間に皺を寄せてもイイオトコってのはイイオトコなのだ、なんて的外れなことを思って現実逃避しようとしても、それは許されそうにない。

「おれが、いつお前のために犠牲になろうとしてるって？　お前を幸せにするのは確かに役目の一つだが、それを他のやつに任せるのがいやだからこうしてお前にもわかるようにはっきり言っているんだろうが！　そのくらい理解しろ！」

「横暴すぎない⁉」

声も言葉も乱暴なのに、私を抱きしめて離さない手はひどく優しい。

そのアンバランスさが、その内容が本物だっていやでも思い知らせてくる。

でもだからって、そんな急に告白されたって答えなんて出てこない！

「昴。悩むくらいなら、おれにしろ。いやってほど、愛してやる。お前だけだ」

「……し、るば」

なんて答えよう。なんて答えるのが正解なのだろう。

わからなくて、なんだか呼吸を忘れたみたいにただ目の前のシルバを見つめる。

何度となく彼が人の姿で助けてくれたこともあったし会話だってこんなにしていて見慣れているはずなのに、まるで初めて会った男の人みたいだなんて、そんな陳腐な感想しか出てこない。

私の唇を指でなぞるようにして、シルバが眉間の皺を緩めてふっと笑った。

ああ、その表情《かお》。反則じゃない？

雰囲気に流されているのか、それともシルバが私の好みだからなのか……それともいつも一緒にいてくれる彼に、私自身がいつの間にか絆されたのか。あるいは全部がそうさせているのか。

ドキドキする気持ちに、ああ、これは恋なのかしらなんて思ってしまった。

その瞬間だった。

どぉん、と太鼓みたいな音が、遠くで聞こえた気がして、私は思わず周りを見る。

えっと思った瞬間には、表通りの……さっき、調査隊の人たちがいた方角から人の悲鳴が聞こえた後に、空気が震えるような衝撃が私たちを襲った。

「な、なに⁉」

「……わからない。が、魔力の波動だな」

「まりょくのはどう⁉」

またよくわからない言葉が出てきてオウム返ししかできない。

シルバはそんな私を庇いつつ、元来た方角を睨みつけるようにして、呟いた。

「どうやら、捕獲用かそれに似た術式が込められた魔道具が暴走をしたようだな」

「よくわかるね……」

私の呆れ気味な感心の言葉に、シルバはただ軽く肩を竦めただけだ。

とりあえず、どうしたらいいのだろう。

私はスリルを楽しんだりするようなタイプじゃないので、わざわざ原因がありそうな方に行く気にはなれない。となると、やっぱりここは大人しく避難するべきなんだと思う。

なにが起こったのか道行く人たちもわからないらしく、何事かと動揺しているのが見えた。

「シ、シルバ、とりあえず銀の匙亭に戻らない？　二人が心配だし……」

「そうだな」

やはりまずはデリラさんとセレンちゃんの安否を確認しなくては。

あちらでもきっと私のことを心配して、もしかしたら探しているかもしれない。

そんな風に思った瞬間、視線を感じて私は先程の路地裏へなんとはなしに目を向けた。

「――えっ、あ……」

そこに、森の中で見かけたあの人影みたいなモノがいた。

あの時に見たあれと同じ人影だって思ったのは、まあ、直感みたいなものだったけど。

それでもあの赤い頭巾とスカートは、見間違えるはずもない。

(やっぱり人間じゃなかった)

ぞっとするような恐怖はそこにはない。

今はそれどころじゃないとわかっているのに目が離せないのはなんでだろうか。

隣で私の様子を不審に思ったシルバが気づいて、安心させるように私の頭を撫でた。

「あれは、キキーモラだ」

「……あれが?」

セレンちゃんが持ってた不気味な……じゃなかった、個性的なぬいぐるみのアレ?

たしか『働き者には褒美を、怠け者には罰を』っていう妖精みたいなもので、子どもたちの躾けとか教訓めいたものなんだと思うけどやっぱり実在してたんだ、そうか……。

それよりも、割とぬいぐるみのビジュアルそのままで戦慄を覚えるんだけど……。

(なんで写実的に作った……‼)

顔を上げたキキーモラはセレンちゃんよりも小さいかなってくらいの身長で、クチバシを持った不可思議な姿をした存在だった。いや、うん。可愛いと言えば可愛いか……？

人間とは違うキョロリとした目が私の方を向いていて、ゆっくりとした動きで騒ぎの元凶である方角を指さしている。

「えっ、まさか行けってこと……？」

「どうやらそのようだ。キキーモラは昴になにかをさせたいらしい」

「なにかってなに」

「知るか」

「雑!!」

「どうする」

シルバに問われて私は思わず彼を見て、それからまたキキーモラを見た。

キキーモラはただこちらをじっと見ていて、なにかを語りかけてくることはない。

なにもわからなくて、でもそれを無視してはいけないんじゃないかってそう思った。

どうしてかなんてわからない。いうなれば、直感だ。

「……行きたいって言ったら、シルバは……私を助けてくれる？」

私が小さく聞けば、鼻で笑われた。当たり前だというその態度！

それがまたムカつくんだけど、シルバと私らしくて、笑えた。

「行ってみる。……鱗を見つけた時もキキーモラがいた。きっと、なにか意味があるんだよ」

「わかった」

私の決断を見ていたキキーモラが、小さく瞬きした気がする。えっ、瞼《まぶた》あるんだ⁉

まるで人形みたいな目をしてるからちょっとびっくりしちゃった。

そんなくだらないことを考えた瞬間、キキーモラの姿が路地裏の影に溶けていく。

止める暇もなく、本当にスゥーッと消えた。

それに対して驚く私になにかを言うでもなく、シルバは私の手を取って歩き始める。

逃げる人の波に逆らうように歩き始めてすぐに騒動の元を目にすることができた。

（なにあれ……巨大な、えっと……触手？　みたいなものが、空に向かって伸びている……）

高層ビル並の高さにいくつもいくつも伸びるそれは紫色をしていて、なんだこれどこのＳＦ映画だって思わず声に出しそうになったけど、現実はもうそれどころじゃなかった。

「あれは、ニオブ先生？」

調査団の人とニオブ先生の姿が、逃げ惑う人々の向こうに見えた。

言い争っているのが見えるけれど、なんでだろうか。

いつも穏やかなニオブ先生が怖い顔をして相手の胸倉を掴み、触手を指さしている。

「ニ、ニオブ先生‼」

「……スバルさん？」

「逃げてー‼」

人が多くて近づけない中、大きな声を出したのはどうにか届いたようだった。

だけど、私の願いは届かない。

「ニオブ先生ーー‼」

ニオブ先生だけじゃない、ニオブ先生が話していた調査団の人もまとめて上空から迫った触手が捕まえて高い位置に宙吊りにしてしまったのだ。

よく見れば他にも似たような宙吊りの人たちがたくさんいる。

「もしかしてキキーモラが言ってたの、みんなを助けろとか……まさかね⁉」

「そうかもしれないぞ、どうする？」

「どうするったって……ねえ、捕まってる人たちみんなぐったりしてない？」

捕まったばかりだけどニオブ先生もぐんにゃりとしている。気を失っているのかもしれない。

シルバの見立てだとなにかを捕まえる系の魔道具だというから、まず間違いなく生きてはいるんだろうけど……それでも心配になってしまう光景だ。

町の警備隊や冒険者たちが出動しているのが見える。怒声が飛び交い、逃げ惑う人たちの姿。

ついさっきまで、いつも通りみんなが笑って買い物をしたりそこらへんで立ち話をして、お店からは人を呼び込む声がして、食べ物の露店から良い香りがして、子どもたちが笑って……日常だったはずのそれが、唐突に崩れた瞬間を目にする日が来るなんて思わなかった。

あんな怪獣映画も真っ青なモノが出てくるなんて、誰が想像できるだろうか⁉

「ほんとにキキーモラは私になにしろっていうの？　あれはどう見ても無理でしょ……」

どう考えたって非力な一般人の出番じゃない。

戦う術も特別なチートもなんにもないんですけど⁉

「……まあ、普通に考えたらどうしようもないな。おれなら解決も可能だが、キキーモラが行けと告げたのは昴にだろう。なら、なにか意味があるはずだ」

「だよね……」

警備隊に避難しろと怒鳴られる前に物陰に隠れつつ、どうしたもんかと作戦会議をする私たちはまるでどこぞの秘密工作員にでもなったかのようだ。

あ、それちょっと面白いなんて思っちゃった余裕は、きっと隣にシルバがいるからだろう。

癪だから決して言ってやらないけどね。

「……やっぱ、問題になってる魔道具の暴走？　それを止めるのが現実的かなって」

「魔道具だと思うが、もしかしたら魔術師でもいるのかもしれない」

「どっちにしろ私にどうにかできるとは思えないんだけど⁉」

正直、魔道具なんてちんぷんかんぷんだ！　魔法使いと魔術師もなにが違うのやら。

なんにしろ私の手に負えないし、そこは冒険者のみんな頑張って‼

でも……できることが、ない。その言葉に、引っかかる。

（できることがない、本当に？）

考えろ、そう自分を叱咤するつもりで頬をパチンと両手で叩く。

キキーモラがわざわざ私に行けと告げたのなら、なにかしら意味があるはずなのだ。

（あれ待って、行けって言ったんじゃなくてもしかして単に『行かなくていいの？』くらいのニュアンスだった可能性？）

それか、ただニオブ先生とか町の人たちがヤバい状況だよって教えてくれただけとかそういう可能性もあったんじゃない？

いやいや、だとしたらどんだけ親切なのかと。

「くだらないことを考えている時間はないぞ」

「くだらないとか言うな、あと考えてること読むな」

「それならその考えがだだ漏れな間抜け面をなんとかしろ。それで、どうする」

「もうちょっと私に優しく！　今考えてるんだから‼」

やっぱりどう考えたって、大元をなんとかしなきゃならないって結論になる。

あの触手相手に、ひっ掴んでニオブ先生たちを助けるとかそんな超人的なことができるわけないし、そんなことできても逆に私が人外とか危険人物認定されちゃうかもしれないじゃない。

じゃあ魔法で対抗とかそんなことも考えたけど、正直私の魔法って私が使い勝手良い感じに変化しただけで相変わらず大したことはできないんだよね！

洗浄とか乾燥とか、軽度の鑑定がようやく最近それっぽくなってきたぐらい。

（ん？　……鑑定？）

ふと思い立って、魔法を展開してみる。

シルバに教わった通り、全身に流れる魔力を指先から求める形に思い描けば情報が脳内に出てくるらしいんだけど、正直よくわからない。私の場合はゲーム画面を見るみたいな感覚だ。

それで触手を鑑定してみたら【捕縛用魔法式：暴走状態】と出た。

いやさっぱりわかんないや。もしかしたら弱点とか、直し方とか……そういうのが出るかと思ったんだけどね、世の中そんな甘くなかった！

「……ちなみにシルバ、大元の魔道具まで行ったら直せたりとか……」

「できると思うがお前を守りながらやれと？」

「デスヨネー……」

「おれが教えるからやってみろ」

「まあまずそこにたどり着かないといけないんだけどね」

「そうだな」

警備隊の目を盗み、触手（っぽいもの）に捕まらず、問題の暴走している魔道具の元へ行く。

うん、どんな形かもわからないのに大丈夫？　あれ？　結構詰んでないかな、この状況？

人間できることとできないことがあって、割とこれって難易度高めのミッションどころか最高難易度で一般的にクリアができないレベルだと思うんだよ。

あくまで平凡が服を着て歩いているような私から見たら、っていうことだけど。

（ええい、ままよ！）

キキーモラが望んだことがなんなのかわからないけど、なんにせよ見知った人が捕まっているんだしやれることをやれるだけやってみて、だめならだめで考える！

その上でどうしようもなかったら、シルバの能力《チカラ》でごり押しとか！　いや冗談でなく。

シルバがぎゅっと私の手を握る。

私が覚悟を決めたと理解しての行動なのか。そうだとしたらどこまでコイツは私のことを知っているんだろうと思うと笑いそうになってしまった。こんな状況なのにね。

「それじゃ、行くか」

「そうだね、行こう！」

とはいえ現実は案の定、私がお荷物なのは間違いなかった。

シルバが色々フォローというより全部やってくれなければ、多分問題地点なんてどこかわからないままに触手に捕まって今頃助けを待つばっかりだったと思う。

……そのくらい、すごかった。触手の猛攻が。情けない声を途中何回か上げたけどそれくらいで済んだんだから許してほしい！　よく立ち止まらなかった、偉いぞ私‼

立ち止まることも許されない雰囲気だったとか言えない。決して。

「見つけたぞ――あそこだ」

シルバが指し示した先は、そう遠くなかった。

お店が立ち並ぶエリアの中心にある噴水、そこがわかりやすく発光していた。

いや、わかりやすいけども。……わかりやすいけど、それはそれで問題が発生した。

「……噴水が魔道具ってことはないだろうから、結局それってつまり水の中……」

「そうなるな。あそこに行けばやつらの標的になる」

しれっと言うシルバは視線でどうするのかと私に問う。

私がいやだと言えば、それを受けてきっとシルバは私を連れて、ここを離脱するだろう。

でもここに来たいと言ったのは私だし、ニオブ先生やその他の……顔見知りでもある町の住人をそのままになんてできない。警備隊や冒険者たちに任せたら、最後はなんとかなるのかもしれない。

でも、なんともならないのかもしれない。

ただ、なにもしなかったという後悔が残って良いとは、今の私には思えなかった。

「ええい、ままよ！　男は度胸、女も度胸だ！」

ぱんっと顔を叩いて気合を入れ直す。

そんな私に、シルバが呆れたように笑う。

「そこは愛嬌じゃないのか」

「細かいことは気にしない！」

「……了解。おれから離れるなよ」

「言われなくても」

触手は動くものに反応するらしく、走る私たちに反応して襲ってくる。

それの気持ち悪いこと、気持ち悪いこと！

もうここに来るまでに何度も見ているけど、悲鳴は上げなくなっただけ褒めてほしい。

シルバが空中でくるりと円を描くように手を揺らしただけで、噴水の前で立ち止まった私たちの周りになにかが張り巡らされたのがわかる。

「……動き回らないことを前提にした術式だ。安心して作業しろ」

「う、うん」

シルバの言葉を信じて噴水を覗き込む。

噴水を中心にまばゆい光を放っているのに、特に眩しくはない。不思議だ。

(魔法なんだからそういうものだって言われたらそうなんだとしか言いようがないんだけど)

水の中を妙にゆらゆらと光があちこちに動き回っている感じで、透明度があるはずなのに中はあまり見えない。チカチカと明滅するそれは水中イルミネーションみたいにも見える。

「どうやら魔道具から捕縛の触手が出る術式のようだが、暴走してあちらこちらに出てきているようだな。基本的には実体のある幻影のようなものだ」

「さっぱり意味がわからないんだけど」

「とにかく、本体を直さないとあっちこっちに出現した触手は消えないということだ」

「成る程、わかった」

シルバがご丁寧に解説してくれたけど、理解は追いつかない。

とりあえず直せば大丈夫、そこだけはわかった。言葉と魔法って難しいね。

「おい！　そこのお前らなにしてんだ、早く避難しろ……ってスバル⁉」

「ちっ、うるさいのが来た」

「あん？　あんた誰だ？」

声をかけてきたのはレニウムだった。どうやら民間人の避難誘導にあたっているらしい。

シルバは私の視線を受けてため息をつくと、レニウムの前に手を伸ばす。瞬間的にレニウムはそれを避けようとしたけれど、かくんと糸の切れた人形みたいに倒れてしまった。

「面倒だから眠らせた」

「……根本的解決になってない気がする……！」

「昴がとっとと解決するか、それともコイツと一緒に逃げるか決めれば問題ない」

「問題大ありだわ！　どう言い訳するか考えておいてよ⁉」

「他の連中に声をかけられても面倒だ。とりあえず、早くやれ」

「早くやれって言われても……」

そもそも魔道具の元の形を知らないし、噴水の中を覗いても見えないしでさっぱりだ。

箱みたいなものなのか、時計みたいなものなのか。

今まで私が見た魔道具で最小サイズといえば懐中時計。水中で見えないんだから小さいかと思ったけど、でもあんな大きな捕縛の触手が出てくるんだから考え方そのものが違うんだろうか。

（魔法はイメージっていったって……目の前にあったらそれが固定観念になっちゃうわけで）

混乱と焦りで考えがまとまらない私がどうするかオロオロしていると、不意に、世界が止まる。

ああ、これはいつものアレだ。

そう思った瞬間に、いつもとは少しだけカラーリングの違う【桃色はっぴー☆天国《パラダイス》】が現れる。

世界がまるで赤いフィルムを通したかのようなこの視界、不安でたまらないんですけど⁉

そう文句を言うこともできず、出てきたのは、大きな選択画面のど真ん中に、一行だけ。


『（水の中に手を突っ込む）』


マジか！　真っ赤な画面もだけど選択肢が一つしか出てこないとか、こんな緊迫する場面で初見なものが出てくるのは情報過多でパニックになるんで勘弁してほしいんだけど‼

しかも選択画面の両端が導火線みたいに走るって、まさかの時間制限。だから止めて、初めてのことには戸惑う……戸惑わせる気がなかった！　早《は》っや⁉

思わず選択してしまったけれど、それは正しかったんだろうか？

もし時間制限に間に合わなかったら別の選択肢が出たのかもしれない。そちらが正解だったら。

不安に駆られる私をよそに例の如く自動で動いて、噴水の中に手を突っ込む。

ただ、ここでおかしいのがいつもなら選択肢の行動がなされた段階で私の自由が戻るのに、赤い視界と、なにも表示がない選択画面がそのままで私は再び止まりぴくりとも動けない。

（なんだこれ）

今までこんな状況になったことがない。

選択肢に続きがある？　そう思った私の指先に、なにかが触れる。

キラキラ、キラキラ、水の中で光が跳ねるのをよく見ればそれはなにかの模様を描いているのだと、ようやく気がついた。その途端、選択肢が現れる。


選択肢、一つ目：『これが原因なら、この光の流れを止めればいいんじゃない？』

何故かドクロマークが二つもついてるんですけど⁉

一つで私が死ぬのが確定なら、二つってどうなるのさ。試す気には絶対になれない。

選択肢、二つ目：『これヤバいから逃げるべきじゃない？』

枠からはみ出すほどの下矢印が大量についてるんですがこれは誰のと言わず色んな人の好感度ですかね。ちょっとしたバグなのかホラーなのかどっちだ、こういう仕様は正直要らないんですけど。

選択肢、三つ目：『直そう』

……いや、うん。直球で嫌いじゃないよ？

嫌いじゃないけど、直そうって言ってもそもそもこれがなにかまだ私わかってないんだけど⁉

そして、これもまた時間制限があるらしい。赤い画面は時間制限付き選択ってことなのか。

残り時間がものっすごくゆっくりと、ゆっくりと動いているこの選択肢の後に、奇妙な空白がある。ってことはもしかしてこれ、途中で選択肢が出てくるのかな？

　不自然すぎる空欄だし。

（……待ってみる？）

この妙にゲームみたいな選択肢、ゲームなら時間切れっていう選択肢を含むこういう隠し、もしくは時間経過で今ある選択肢が減るとか色々バリエーションが考えられるけど……。

なんにせよ選択するのは、私、だ。

（より良い選択肢を見つけられれば大団円、そうじゃなければ……なければ？）

わからない。当たり前だけど、普通に生きていたら選択肢なんて見えないし、そういう意味では私は間違った選択肢を選んで選んで、今、異世界にいる。だから、また間違えるのかもしれない。

ぐるぐると巡る考えは答えを叩きだせないポンコツな自分そのままで、そうこうしている間にもゆっくりと迫る時間制限に、私は吐くんじゃないかっていうくらい追い詰められながら、待った。

（出た！　……や、違う、なんだこれ？）

すべての選択肢が、消えた。

そして新しい選択肢が、一つだけ出てきた。


『歯車を、見つけよう』。ただ、それだけ。


誰かの好感度が上がるわけでも下がるわけでもない。

私の死亡フラグにあたるドクロマークもない。

ただ、それだけで、ゆっくりゆっくり時間制限は動いてる。

でもとっさに、私はそれを選んでいた。迷いはもう、なかった。

「『歯車を、見つけよう』」

私の口が、言葉を紡ぐ。

指先がなにかに触れて、私はそれを両手で持ち上げる。それは正方形の箱だった。

映写機みたいに光が飛び出ていてこれが魔法陣の一部を描いてる？

大きさが不明瞭で、変な風に展開している……つまり、ちゃんと映せていないのが暴走の原因？

だけど、原因がわかるだけじゃ足りない。選択肢通りなら歯車があるはずなんだ。

私の手は再び水の中へ。キラキラ光るそれは、魔法陣だったんだ。

改めてあの触手は魔法なんだって思った。理屈はわからないけど、それだけで十分だ。

(見つけた！)

そりゃもうちっぽけなちっぽけな。私の親指の爪ほどの歯車が三つ。

なかなか届かないような位置にあるのをどうにかこうにか拾い上げて、手のひらにころりと転がるそれを見下ろして、ほっと一息つく。

一息ついて、顔が引き攣《つ》る。これを見つけたからって、その先を私は知らない。

「……どうしろっていうのさ」

「魔道具を鑑定してみろ」

「え？」

シルバが早くしろと言わんばかりに脇に置いておいた魔道具の箱に視線を向ける。

一生懸命水の中から小さな歯車を見つけた私に労りの言葉一つないのかって言いたくもなるけど、今はそういう状況でないことは理解しているので、大人しく従うことにした。

鑑定魔法をかけると、さっきと同じように【捕縛用術式の魔道具（部品）：暴走状態】と出た。

それと同時に何ヶ所かキラキラしてて、小首を傾げる。

「なんか、光ってる……？」

「それが見えれば十分だ。後は手伝ってやる」

シルバがしゃがむ私に合わせてぐっと身を屈めたかと思うと、歯車を持つ私の掌に、彼の手が重ねられた。その瞬間、かぁっと掌が熱くなる。正確には、歯車が熱くなった。

なにをしているのかって問われたら理屈はわからない。ただ多分、魔力を注いでそれが壊れている部分と呼び合って、糸みたいなものが見えたと思ったらキラキラしていた部分に吸い込まれて、というなにを言っているかわからないって？　私もやっぱりよくわからない。

「やり方は単純だ。修復のための魔法は、まず対象物を鑑定する。……そして、壊れた個所は魔道具が教えてくれる。そこに魔力の糸を通して」

「ちょ、ちょっと待ってそんな一気に、急に言われてもわかんない！」

「視えるだろう、糸が。おれの魔力をお前は感じ取っているだろう」

「……な、なんとなく？」

「再教育が必要だな」

「ひぇっ」

この状況でジト目とかひどくないですかねっていう。若干の恐怖を覚えた‼

とはいえ、吸い込まれた歯車がなんで吸い込まれたのかとか魔法ってすごいで全部終わらせていいのかという問題はあるんだけど、その辺もシルバの言う『教育』に含まれているんだろうか……興味はあるんだけど恐ろしいような……。

「まあ、いい。今は時間が惜しい。集中しろ」

「扱いが雑だね⁉　いやわかってるけど‼　……この次はどうしたらいいの」

「単純だ、修復するイメージで魔法を膨らませろ。術式はおれの方で操る。感覚だけ覚えろ」

「え？　うん。……え？」

簡単に言われたから思わず頷いたけど、それ簡単じゃないですよっていうツッコミはできないままに私は集中を余儀なくされる。

だって、こんなおかしな会話をしている間も暴走している捕縛術式とやらはニオブ先生他大勢を捕まえたまま振り回し続けているのだ。

不本意な漫才みたいな会話をいつまでもしていて良いはずがない。

(でもさ、ほらあれだよ？　……よくよく考えたら、告白された後にこう、手を繋いでいるんですけど⁉　これ意識するなって方が難しいんですけど……‼)

ぶわっと顔に熱が集まっているような気がする。

違う、今そんなこと考えてる場合じゃないんだって！　現実逃避してる場合じゃないんだって‼

「集中しろ、気を散らすな」

「わかってるからちょっと黙っててくれる⁉」

——それから。

魔道具の暴走が止まって、シルバは猫の姿になって私の頭の上にいつものように乗っかった。
それを合図に眠っていたレニウムが目を覚まして、魔道具を手に持った状態の私を見て修理して
この場を収めたのは私なのだと大きな声で宣伝し始めたのだ。
間違いじゃないけどね⁉　なんか様子がおかしいなって思ったらどうやらシルバがなにかしたら
しい。私とまるで視線を合わせないあたり、怪しい。
（いやまあ、どう説明したもんかって思ってたから、それが省けて助かったっていえば助かったん
だけどさ……都合よくレニウムを使ってる感も拭えない。シルバめ……）
とにかく、大声で宣伝してくれたおかげというか……我が身を顧みず人々を助けるために奔走し
た聖女みたいな修理工っていう笑っていいのかわからない賛辞から、名を上げるために自作自演し
たんじゃないか説まで一気に膨れ上がったのは本当にもう、笑うしかなかった。
その辺は、レニウムに付き添われて（？）銀の匙亭に戻った私は疲れ切って泥のように眠ってし
まったから、起きた後に聞いた話だったしね……。
けれどお役所はそうもいかない。翌日には驚いたことに事実が明らかにされた。
町の人たちに対しては『対ドラゴン用に準備してあった魔道具に粗悪品が交じっていた。これは
調査団のミスであるので国から慰謝料が出る』という正式なお触れでの説明だった。

被害に遭った店舗や怪我をした住人らは勿論のこと、救助などで駆り出された冒険者たちも無給にならないと知って喜びの声が上がったのは致し方ない。お金は大事。

それで一件落着！　そう思ってたんだけど……。

私たち当事者はちゃんとした説明を受けるようにと冒険者ギルドの応接室に呼び出されたのだ。

（……正直来たくなかったけど、さすがに拒否もできないし、ね……）

ギルドの応接室に呼ばれたのはニオブ先生とレニウム、私。

それからセオドアさんとハーティ父娘《おやこ》、ギルド長であるダーシャさんとその秘書さん。

「ハーティ？　どうしてここに……」

「そんなの貴女が心配だったからじゃないの！　お父様にお願いして同行したのよ！」

「静かにすると約束しただろう、ハーティ。スバルさんも怪我がないようでなによりだ」

「全員揃ったようだな」

そこにいつもの服装ではなく立派な、貴族の若様らしい恰好をしたアウラムさんが颯爽と現れて、私たちを見回した。彼は上座の椅子に腰を落ち着けると、全員に座るようジェスチャーする。

普段とは違う、威厳たっぷりの姿はまるで別人のようだと思わず目を丸くしてしまった。

「忙しい中、集まってもらってすまない。ここに呼ばれた者は今回の顛末を知ってもらうべき人間であると判断した上で呼ばせてもらった」

アウラムさんは連れてきた部下に目配せをすると、この場に二人の人間を連れてこさせた。

そのうちの一人がメルルシャンさんで、私はぎょっとする。

さらにもう一人は調査団の制服を着た人物で、縄でぐるぐるに縛られて、猿轡《さるぐつわ》もされている。

私以外にもハーティと秘書さんがぎょっとしたけれど、ニオブ先生は苦々しい顔をしていた。

「まず今回の原因だが、ニオブ、お前が狙われていた。自覚はあるな？」

「……はい、申し訳ございません」

ニオブ先生が、アウラムさんの言葉に頭を下げる。

状況がわからなくて驚いている私に、ニオブ先生が苦い顔で事情を説明してくれた。

「実を言うと、ぼくは貴族家の嫡男なんですよ。ですがぼくと父では意見が合わず家を出たんですが、跡取り息子を連れ戻そうと、父が彼らに依頼したようで……」

「あ、じゃああの時……調査団員さんと言い争っていたのは」

「はい。ぼくを説得というか連れ帰るためになんという騒ぎを起こしてくれたんだと……」

領主様はニオブ先生の考えに協力的で、後ろ盾になってくれているらしい。

おかげで居場所バレした後も実家からは戻ってくるようにという手紙がくるだけで、今まで強引に仕掛けてくることはなかったんだとか。

「……これからもそうだろうと、甘い考えでした」

結果として調査団員さんがニオブ先生を強制的に連れ帰るために捕縛用の魔道具を使ったらそれがなんと粗悪品で大暴走。

挙げ句、町にも人にも甚大な被害が出てしまった、という……。

「更にそちらの者は、問題となった魔道具を売りつけた商人だ。現場の目撃者も確保した以上、言い逃れはできないだろう」

アウラムさんの言葉に、縛られた二人が項垂《うなだ》れた。よっぽど心当たりがあるんだろう。

「兄貴のやつ、調査団員の身元調査どころかその関係者についてまで王都の伝手とか全部使って調べ上げたらしいぜ……」

「ひえ」

こっそりとレニウムに耳打ちされたその内容に私は情けない声を上げてしまった。

だって、たった一日だよ。むしろ一日かかってないよ。

馬車で何日もかかる王都の情報含むあんな大勢の調査団員の身元調査をし、接触した行商人の中から怪しい人間をピックアップして、特定からの捕縛とか……どんだけアウラムさん有能なんだっていう。

私の視線を受けてにっこりと笑みを浮かべたアウラムさんの目が笑っていなくて怖い。

あれはお疲れモードですね、三徹とか四徹してた会社の先輩があんな顔だった。怖い。

「この件に関しては、我々領主側とダーシャ率いる冒険者ギルドの手落ちだと言える」

「え？」

「鱗の発見者であるスバルのことをその商人は耳にしていた。情報が漏れていたということだ」

「……」

「ニオブが実家と折り合いが悪いことは本人の問題であるが、そこに身分や利権が絡んだ結果、町の人間が危険に晒《さら》されたことはすでに起こってしまった事実として重く受け止めねばならない」

「……」

「捕縛用魔道具を使い誘拐を企てる人間も問題だが、欠陥品を売りつけ暴走させ、危険品を処分すると同時に責任から逃れ、その混乱に乗じスバルを連れて行こうとする企みであったという。こんなことになってすまない。このアウラム、領主代理として謝罪する」

立ち上がったアウラムさんが、私に向かって綺麗な所作で頭を下げた。

そして、それに続くように隣にいたレニウムも、私に頭を下げた。

「おれっちは特になにかあるわけじゃねえけど、だけど……。領主が次男レニウムも、重ねてお詫び申し上げる。冒険者としてもカッコ悪いとこ見せちまったし……ごめんな」

「や、止めてくださいよ！　たまたま……たまたま、こういうことが重なって怪我人は出てしまったけど、死人は出ていないんでしょう？　国も、責任を負ってくださるんでしょう？　ならこれ以上、大事《おおごと》には」

「そうもいかないさね、スバル」

ダーシャさんが私に向かってすまなそうにへにょりと眉を下げた。

そして縛られた二人を冷たい目で見下ろして、再び私に視線を戻す。

「あいつらが知っているってことはね、アンタのことがもう世間に知れているってことさ。ドラゴンの加護だのなんだの、信じてる連中は少ないだろうが……利用価値があると思って行動する連中は、確実にいるだろう」

「そんな……‼」

いや、でもその通りだと頭の中の、冷静な私が考える。

実際、ダーシャさんが言う通りメルルシャンさんだって、粗悪品のアクセサリーでも『ドラゴンの加護がある修理工が直した』とか言って高額で売り捌こうとかそんな悪徳な雰囲気出していたし、確かにこれからもそういった人間が現れないとは限らない。

むしろ、もっとあくどい人が現れる可能性の方が高いだろう。

それにドラゴンの研究をしているとかいう調査団関連の人や、ドラゴンを危険視している人からすれば私は観察対象という扱いになってもおかしくない。だって、この世界でドラゴンは実在するけれど幻のようなもので、その証である鱗を見つけることすら稀で……。

「じゃあ、……じゃあどうしたらいいんですか」

ぽつりと零れた言葉は、私がただ平穏に暮らしたい、その願いを知るこの場の人たちに答えられるものではなかったと思う。だけど、誰かに教えてもらいたかった。

明確に大丈夫だという証なんてどこにもないってわかっているけれど、誰かに『大丈夫だ』って言われたかった。息の仕方を忘れてしまったみたいに、苦しくて。

にゃおん。

暗い空気になってしまった室内で、私の頭の上から鳴き声が一つ。

そんなの勿論シルバしかいなくて、猫の姿のくせにあの時と同じで「おれを頼れ」って言ってるみたいで、ああ、もうかっこいいなあ、今はすっごい可愛いくせに。

思わず抱え直してぎゅぅっと強く抱きしめてしまったけれど、シルバは爪を立てることも抗議の鳴き声を上げるでもなく、そして腕から抜け出す素振りもなかった。

「そのことで、スバルに対しニオブの実家側から婚約の打診が来ている」

「……は⁉」

「貴族の後ろ盾があれば確かにスバルに手を出そうとする人間は減るだろう。スバルの保護を名目にニオブを実家に連れ戻せる可能性と、『ドラゴンの加護』狙いでもあるが。どうする？」

「お断りして下さい。あ、決してニオブ先生が嫌いとかじゃないですよ⁉」

「わかってます、すみません……ぼくの実家問題でご迷惑をおかけして」

私の言葉にニオブ先生は疲れたように笑っただけだ。

アウラムさんは私の返答を予測していたのか、頷いた。

「では断りの手紙をこちらで出しておこう。ニオブに関しても今後はこちらを経由して連絡を取る。さすがにこれらの事情を表に出すわけにはいかないが、ニオブの実家に関しては国にも報告済みだ。今回、民衆に払う慰謝料の大半をあちらに負担させることで落ち着いた。異議のある者は？」

アウラムさんの言葉に誰もなにも言わない。それが答えなのだろうし、アウラムさんもそれがわかっているのだろうからもう一度確認することもなかった。

「あの者たちは法に基づき処罰する。商人に関しては危険物と知って売りつけていたこともあるしな、余罪もきっとあるだろう」

アウラムさんの言葉にメルルシャンさんが目に見えて萎《しお》れていった。でも仕方ない。

調査団の人はなんの罪になるのか、その辺についてはわからないけど、お任せで良いんだろう。

「……スバルの生活を脅かさない程度に、銀の匙亭周辺の警備体制を見直す予定だ」

「おれっちもなるべく毎日顔出すからさ、困ったことがあったら言えよ！」

アウラムさんとレニウムが、私を心配してくれて。

ニオブ先生も優しく笑ってくれて。

ハーティが寄り添ってくれて、セオドアさんも、なにも言わないけど頷いてくれて。

多少不安は残っても、……シルバもいてくれるし大丈夫な気がする。

そう感じてほっとする私に、ダーシャさんが悪戯っ子のような笑みを見せた。

「けどよかったのかい、ニオブの坊やもちょぃと困ったところはあるが、基本的には見た目も含め良い男じゃあないか。結婚相手としちゃ割とお勧めだよ？」

「ダ、ダーシャさん⁉」

「なんだったらレニウムの坊やだって猪突猛進で考えなしなところはあるが、裏表のない男だし将来有望株だろう。アウラム様が良いならもっと礼儀作法だのなんだの必要だろうけどさ」

からかわれているだけだと知っているけど、顔が熱くなる。

みんなこっち見んな。注目するな。

レニウムはニヤニヤすんな！

「私はまだ！　今のところ、誰ともお付き合いする気はありません‼」

修理工としての未熟さも、独り立ちの途中なのと併せて半人前過ぎてそれどころじゃないもの。

私の宣言に、ダーシャさんが呆れた顔をしながら「応援するよ」と笑ってくれた。

ほかのみんなはなんとも言えない顔をしたけど、知りません。

ハーティも笑ってるけど、そっちも頑張れ？

「……なによ」

腕の中のシルバが恨めしそうに見上げてきたけど。

私は知らんぷりを決め込んで、ぎゅっと抱きしめる腕の力を強めるのだった。

幕間　いつかはと思っていた

診察の帰りに、知らない男性に話しかけられた。

調査団の制服を着たその人物は物腰は穏やかに実家からの使いであることを告げ、戻るようにと聞き飽きた言葉を伝えてきた。だからぼくもいつものように拒否を示した。

実家はそれなりに高位の貴族であり、医師の家系だ。なんでも何代か前のご先祖様が王族に連なる方の治療に成功し、その褒美として領地と爵位を与えられたのだという。

そしてぼくの父親にとってその過去の栄華がなによりの誇りらしく、延々と聞かされたものだ。

別にそこは構わないと思う。誇りを持つのは良いことだ。

それに、貴族だから悪だとは思わない。領民のために頑張る貴族は大勢いる。

父親が良き領主かどうかは身内だけに判断しづらいが、悪い領主ではないと思う。

（ただ、ぼくとはまるで意見の合わない人だけれどね）

こちらの意見を無視して「とにかく黙って従え」と言ってくる父親に反発したかったというのはある。話し合いという名の押しつけに、耐えきれなくなって家を出たのだ。

養子をとるなりして、望む通りの跡取りを得て家が繁栄しますようにと書き置きを残した。

反発するだけして家出をするなんて、あまり良い方法じゃないと自覚はしている。

しかし両親は、特に父親は今でもぼくを跡目だと言い続けているらしく、驚きだ。

（実子が継ぐべき、か……）

宮廷医師である父親の跡を継ぐために医師となって、その中の頂点を目指せ……。

そう延々と聞かされて育った幼少期。期待に沿うべく努力して医師になったぼくの目指すところは医師の頂点などではなく、多くの民衆を癒やす道だった。

それを両親に告げた結果、大きく反対されたわけだけれど。

（……あの時は、馬鹿なことを言っていないで現実を見ろって相手にもされませんでしたね）

家を出た後も居場所を突き止めては延々と戻ってこいと手紙を寄越してきたり、時には金を、時には人を寄越すなどしてきたものだ。

そこから逃れるようにして次から次へ移動を繰り返す生活はなかなか大変だった。

（……今思い出してもうんざりする生活だった）

王都の学校で知り合ったアウラムがこの地に誘ってくれて、領主様の庇護下に入ったことによって手紙が時々寄越される程度に落ち着いたのは、とても……とてもありがたかった。

（町での暮らしは、ぼくが願った通りになっているしね）

勿論、医師として生きる中で常に最上の結果が得られたわけではない。

セレンちゃんが病弱で心配だというデリラさんの願いに、できることはほんの些細なことだったり、冒険者たちがモンスターと戦った怪我の治療に来ても傷跡が残ってしまったり。

それでも、ぼくが願った通り、患者と寄り添って生きていくことができる環境。

自分の無力さを悔やむことがあっても、共に良かったと手を取り合える環境だ。

（しかしまあ、ぼくの見通しは甘かったってことですよねえ。いつかはと思っていましたが）

いつかは父も諦めてくれるかもしれない。そう思っていた結果は最悪だ。

父からの申し出という名の命令を断った途端に調査団員が魔道具を見せて脅してきた挙げ句、その魔道具が暴走して町の人々にまで迷惑がかかるだなんて。

たまたまそこに居合わせたスバルさんが、暴走した魔道具を修理してくれなかったら一体どうなっていたことか！

助かって嬉しいやら、情けないところを見られて恥ずかしいやらで彼女の顔が真っ向から見られなかった上に、顛末を聞いた父親から届いた提案とやらにぼくはその場で卒倒するかと思った。

（まさか詫びと称して婚約の打診をするなんて‼）

素っ頓狂な声を上げるスバルさんには、本当に申し訳ないと思った。

巻き込んだ挙げ句に変なことを言い出す父親で本当に申し訳ない。

出世欲も強い父に彼女を差し出す気は絶対に、ない。

優しくて、頑張り屋さんの彼女は……権力欲に塗《まみ》れた人々が触れて良いような人じゃない。

自由に、穏やかに暮らすのが彼女にはお似合いだ。

「お断りして下さい。あ、決してニオブ先生が嫌いとかじゃないですよ⁉」

きっぱり断りつつ、ぼく自身を嫌ってはいないという彼女の言葉に安心した。

個人的に嫌われていないことに安堵したぼく自身に驚きを覚えつつ、素直に安堵して詰めていた息を吐く。

（……実家問題はなんとかしないといけませんね）

アウラムが、こちらを見ていたような気がしたけれど、ぼくは気がつかないふりをした。

自分の気持ち的なものもあるけれど、これ以上周囲の人々を巻き込むわけにはいかない。

いつかは決着をつけるべきだと思っていたのに、なあなあに先延ばししたことを反省しなければ。これは良いきっかけだったのかもしれない。医師として、個人として、独立するために。

「スバルさん」

「ニオブ先生、いらっしゃいませ！」

あの事件の後も、ぼくは銀の匙亭へ行く。まだ事件の爪痕残る町で、往診に忙しい日々だ。もうセレンちゃんは元気だから、ぼくがここに来るのは純粋に食事のためだけ。

「今日はなんにしますか？」

「そうですねえ……ちょっと食欲がないので、軽めの物を」

「また徹夜したんですか？　医者の不養生ってまたレニウムに笑われちゃいますよ！」

「ははは、つい気になる医学書を見つけたもので……気をつけます」

「それじゃあ胃に優しいものをデリラさんにお願いしてみます。ハーブティーでいいですか？」

「ありがとうございます、いただきます」

スバルさんがこの町にやってきてから、この町に変化が起きていると思う。

ドラゴンの出現、セレンちゃんの回復、町長父娘の関係、そして今回のこと。

単純に、偶然なんだろう。でも、彼女は常にその中心にいる。

決してトラブルを起こすとかではなくて、むしろ巻き込まれている側で可哀想だなと思うこともあるけど、彼女はまっすぐに、常に一生懸命だ。

それがなんとなく、目が離せなかった。

（一日の終わりに、今みたいに笑顔で迎えてくれる人がいてくれたらいいなあ、なんて思うのは

(……ぼくも結構、疲れてるんですかね)

セレンちゃんを通じて、その人柄の良さから気安く会話をするようになったスバルさんに情けないところも見られたせいか構えることもなくなったというか。

元々そんなものは大してなかったはずだけれど。

(それとも、ぼくが彼女に近づくことで表情を変化させるアウラムと、それを心配するレニウム君の様子が面白いから、ですかねえ)

ちょっぴり自身の性格が捻くれているということは自覚しているが、まあそこは仲の良い友人関係だからこそ、ということで許してもらいたい。

柔和で誰からも嫌われないようにと作った仮面の脱ぎ方をすっかり忘れてしまった。

(……そういうのも、いいかな。まあ実家の件を片付けてから、ですが……)

スバルさんならこんなぼくの本性もちょっと驚きつつ、それでも受け入れてくれそうな気がする。

そんな風に思ったところで、自分のテーブルに乗ってきた黒猫に、ぼくの方が驚いた。

「おや、シルバ君」

じぃっと見つめてくる赤い目に、なんだか普段大人しいこの猫から睨まれているような気がして居心地が悪く思えたのは、気のせいだろうか?

曖昧に笑っていつものように撫でようとしたところでふいっと避けられる。

それでも外されない視線に、ぼくはただ目を瞬かせた。

なあーおぉう。

低い鳴き声に、ぞくりと背筋が震えた。そんなぼくの様子に満足したのか、黒猫は去って行く。

「あれ？　ニオブ先生どうかしました？」

「……いえ」

スバルさんの向こうで、黒猫がこちらを見ている。

赤い目を細めるようにして、間違いなく……こちらを見ている。

それに気がつかないまま、スバルさんはぼくに向けて笑顔を見せてくれた。

「はい、ハーブティーおまちどおさまです！　これ、気分が落ち着くお茶なんですよ」

（……あなたの猫が睨んでくるもので、落ち着けないいんですが……）

当たり前と言えば当たり前だけど、そんなことは言えるはずもない。

にゃおん。

満足そうな鳴き声が、聞こえた気がした。

第五章　はじまりのうた

魔道具暴走事件と共に調査団は一時撤退し、改めてその後、国から被害者への慰謝料の他に、救助に協力した冒険者たちへの報酬が支払われてようやく町は平和を取り戻した。

その後、新しく来た調査団によって例の森はくまなく調査が行われたし、町の中でも聞き取りだとか色々あった。今度は、トラブルもなにもなく、穏やかなものだったので安心だ。

そしてドラゴンについては『もうここにはいないのだろう』という結論に落ち着いたようだった。

調査団の存在が暴走事件のことも相俟《ま》って話が近隣に広がり、一時的にドラゴンブームみたいなものが到来した。おかげで町が賑わったのにはちょっと、笑ってしまった。

ドラゴンクッキーやドラゴンパン、ドラゴンの鱗を模した護符なんて物まで売られるようになって、どこに行ってもこういうのって売り物になるんだなあって思ったね！

私はいつも通りシュシュとかを作っていただけだから関係ないんだけど。

銀の匙亭もその賑わいのおかげなのか、ありがたいことに連日満席が続いている。

「ありがとうございました、またのご来店をお待ちしております」

「スバルちゃん、お疲れ様。もうお昼の客もはけたし、あんたもゆっくりしなさいよ？　ここのところ、依頼も増えてるみたいだし……無理してるんじゃないかい？」

「そんなことないですよ！」

「そんなことあるから言っているんだろ？」

私はといえば、あの暴走事件で『装飾品だけでなく魔道具もきちんと修理できる修理工』と世間で噂になったらしく、依頼がどっと増えてしまった。

嬉しい悲鳴を上げつつも、だからといってなんでも引き受けるような真似はしていない。

一応自分の限界ラインは把握しているつもりだし。まあ、若干オーバーワーク気味になると、シルバがジト目で見てくるから、そこで判断もできているっていうか。

（……私よりも私の作業限界をシルバの方が知っている気がする……なんでだ……？）

とにかく、今の所、修理依頼は予約でいっぱいだ。

その上で息抜きと称してシュシュだのヘアゴムなどのリメイク品は作っているから、確かに第三者が見たら働きすぎだと思うのかもしれない。

（でも、早く独り立ちしたいしなあ）

独り立ちっていうのはがむしゃらに仕事をすることではないと私もわかっているし、この状況で一人暮らししても毎日が外食の不経済極まりない感じになるのが目に見えている。

（……そんなことないって言ったけど、そんなことあるかも……）

デリラさんの言葉は、そんな私の性格を見抜いている……というよりも、純粋に心配してくれているんだろう。それがちょっぴりくすぐったい気持ちになった。

「今日はもういいから、修理工の方もお休みしてのんびり遊びにでも行っといで！」

「ええ？　いや、大丈夫ですよデリラさん。ちゃんと休んでるしお店も忙しいし……」

「いいからいいから！　たまには気分転換だと思ってお休みしなさい。あんたを見てると倒れちまわないか心配でしょうがないんだよ。……頼むからさ」

どことなくしょんぼりとした顔で笑みを浮かべるデリラさんに、私は言葉に詰まってしまった。

そんなに心配かけているのかと思うと、私の良心を罪悪感がちくちくと突っついてくるものだから私がそれ以上断れるはずもなく……。

順番待ちの、修理予定の品々に対しても申し訳ない気持ちになるけど、家族みたいな存在になっているデリラさんにあそこまで心配をかけていたとなるとどうしても、こう……はい。

（たまには、……いいかな）

夜にやればいいかって気持ちを切り替えて、私はデリラさんの言葉に甘えることにした。

お財布を持って外に出た私の頭の上には、当たり前のようにシルバが顎を載せるようにして乗っかっていて、温かい。もふもふ。

「ゆっくり羽を伸ばしておいで」

「……すいません、ありがとうございます」

「いいんだよ、セレンにはあたしから言っておくから安心しな。さ、行った行った！」

まだ少し後ろ髪を引かれる気分の私だったけど、デリラさんは朗らかに手を振ってくれている。

その姿に後押しされるように歩き出した私へ、シルバが小声で話しかけてきた。

「ご主人様はここの所働きすぎだったからにゃぁ～、デリラさんさすがにゃん」

「ええ？　だってシルバが止めないからちゃんとできてると思ってたんだけど」

「まあ、ぎりぎりのラインだったにゃん。もうそろそろ止めようと思ってたにゃん」

「にゃんにゃんうるさいよ」

「ハイハイ。痛いところを衝かれるとご主人様はいっつも辛辣になるにゃんねー」

「……うるさい」

それにしても、昼間に外を歩くのってお使いや仕入れの時以外では久しぶりかもしれない。

セレンちゃんがかなり戦力になっているので、余裕がある時は修理の日々。

食事はデリラさんが作ってくれる賄いを食べるから問題ないし、食材は突発的に足りなくならない限り、配達の時に注文するので私が出向くこともあんまりないし……。

おや？　なんだろう、今の生活って基本籠りがちな不健康生活……？

（デリラさんが心配するのも無理はなかった……⁉）

ちょっぴりショックを受けていると、シルバがひょいっと私の頭から飛び退いて路地裏に消えたかと思うと人型になって現れた。

何度見てもかっこいいなチクショウと心の中で悪態をつくのは、単純に負けたくない気持ちだ。なんに負けているのかはわからない。でもなんだか負けた気がする。

いやまだ負けてない。負けてないんだぞう⁉

「このまま放っておいてもお前は無駄に歩き回って一日潰して疲れ果てるだけだろう。行くぞ」

「ええ？　行くってどこによ……ってちょっと聞き捨てならないんだけど⁉　誰が無駄に歩き回って疲れ果てるっていうのさ！」

「いいから行くぞ」

ぐいっと手を取られて、私はシルバの横に引き寄せられる。

そのまま指が絡められて、いわゆる恋人繋ぎじゃないかって気づいて咄嗟に振り払おうと思ったんだけど、離れやしない。

「……シルバ、この繋ぎ方はちょっと」

「こうでもしないとはぐれるだろう」

「誰が子どもだ」

「自覚はあるんだな」

「ないから文句を言っているの！」

「はいはい。……あそこの串焼きでも食べるか？」

「おなかが空いているわけじゃないからね⁉」

言いながらもしっかり串焼きは受け取りましたけどね。美味しい串焼きに罪はない。

シルバは私の分しか買わなかったらしく、……やっぱこれ子ども扱いじゃないのか。

それに対してモヤッとしたのは別にほら、この間の告白めいた発言のせいとかじゃなくて私が大人の女性だからその扱いをしてもらいたいっていうか。

いや、シルバが普段と違う態度をとってきても困るかな？　……うん、困るな。

「……そういやシルバお金持ってたんだ」

「まあその出所は秘密だがな。……やっぱり旨そうだ、一口貰うぞ」

「え、ちょっとま……っあ、あー⁉」

私の返事も待たずに串焼きを持つ手を掴んだかと思うと、顔を寄せてかぶりつくシルバ。

その距離に思わず私も変な声が出てしまった。

シルバはそんな私をよそに、口に含んだ肉を咀嚼《そしゃく》して飲み込んで満足そうに笑った。

でもその目が楽しげに歪められていることを私は知っている！

ぺろ、と唇を舐めるその仕草とか、わざとだよな？　わざとだろう‼

「なかなか旨いな。後でセレンたちに土産で買っていくか？」

「えっ？　あ、ああ、うん。そうだね……ってそうじゃないでしょ……」

なんで自然とリードなんかしちゃうのかね、普段猫のくせに……美猫のくせに……。

歩調を合わせてくるとか、人にぶつかりそうな時は庇《かば》ってくるとか。

どういうことなの……いや、答えをはぐらかしたのは私だって自覚はありますが、こんな甘ったるい雰囲気を作られても今更どうしたらいいんだ……。

（違う！　今更とかそうじゃなくてそもそも私は恋人とかが欲しいわけじゃなくって！）

思わず意識しそうになったもんだから、それを誤魔化すように残った串焼きを頬張った。

口の中がいっぱいになって、少し苦しくて、でも確かに美味しい。

シルバと一緒に並んで歩くのは、これが初めてじゃない。

それなのに緊張するのは、この間の件があったせいだ。

なにかが変わったわけじゃない。

だけど、なにも変化がなかったわけじゃないってことくらい、わかっている。

（でも、認めちゃったら……）

戻りたい気持ちは本物だ。ただ、それは切羽詰まったものではない。

もし本当にこの世界で人生を終えてもそれは一瞬の出来事で、元の世界に戻れるなら……シルバと共に生きていくのは、素敵なことに違いない。

シルバはなにもかも知っている。その上で、私を裏切らず、ずっと傍にいてくれるだろう。

私から恋愛感情がなくなっても……きっと相棒として、傍にいてくれるだろう。

私の境遇に同情してあんなことを言ったなんて、今はもう思っていない。

（だけど、それを受け入れるには……まだ、私はなにも成せていないんじゃない？）

私は、弱い人間だから。

負けず嫌いでポジティブなのが売りだと思っているけど、それは表面上だ。

中身は甘ったれで、泣き虫で、寂しいのが嫌いで、見放されるのが怖いだけの、弱虫だ。

だから、この世界で大事な人ができるのは怖かった。

この世界を居心地よく思ってしまったら、元の世界に戻るのが怖くなるのではと不安だった。元の世界の人たちが、私を忘れていたらとか。元に戻ったら、仕事を探さなきゃいけないとか。あれもこれも夢だったら……とか。ただの、漠然とした不安ばかり。

元の世界へ戻る方法が死ぬなんて、そんなのごめんだって思ったのは本当の本当だけど、どこかで私自身が『方法が他にない』ということを証明して言い訳にしたかったんじゃないのかって。

帰らないんじゃない。帰れないから、仕方がないって。

私自身の決めたことを疑うような感情が拭えなかった。そしてそれに気づかないように、埒も明かないことに悩んで、それを全部『ポジティブな自分』ってやつで蓋をした。

「どうした、ため息なんかついて」

「あ、いや、……これからどうしようかなって」

「これから、か」

シルバが顎に手を当てて少し考える。

うっわ、そんなポーズですら絵になるとか卑怯。

「昴は、どうしたい？」

「……それが、わかんないんだよねえ」

「今、おれとどこに行きたいかを考えるのと、将来を考えるために話をするのと、どっちがいい」

選択肢を突き付けられる。でも、優しい選択肢だと思った。

シルバはやっぱり、私にとことん甘い。

どちらも、私が決めることが前提だ。私が選ぶことができるのだ。

私がどちらを選んでも、シルバは傍にいて、話を聞いてくれて、一緒に楽しんでくれるんだ。

「……甘やかされるばっかりは、いやだなあ」

「なら、お前もおれを甘やかせばいい」

「ちょっとなに言ってるのかわからないですね」

「照れるな照れるな」

くすくす笑うシルバの表情は、出会った頃に比べれば随分と柔らかいと思う。

なにもかもわからないままにこの世界に連れてこられて、その『連れてくる』という事実だけが必要だったという意味のわからない状況で必死だった中、シルバは何度も私に呆れたことだろう。

（いや、文句を言わせてもらえるなら説明もなんもなく一方的に連れてきてよくわからないスキルを押しつけた挙げ句にそれがチートっぽいようなそうでもないような、あの使い勝手の悪さとかほんとあり得ないんだけどね!?）

始まりの頃を思い返して脳内でワンブレスで文句を言い募るが、まあ、今となってそれをシルバにぶつけるような真似はしない。そもそもシルバに責任はないし。

あの頃は呆然としてそれどころじゃなかったから、直接カミサマとやらに文句を言わずに終わったのが痛恨のミスだ。今でも悔やまれる。

「私はさ、……この町で活動は続けたいなと思う」

「ああ」

「それと、当初の目的通りデリラさんたちの所から独立して、ちゃんと一人暮らしもしたいと思うんだ。セレンちゃんもすっかり良くなったし、修理工としてまあ、知名度も上がってきたしね」

「……ああ」

「そんでもって、情報収集も、諦めるつもりはないかな」

ゆっくりと町の中を歩く。

行き交う人たちで見知った人がいれば手を振ったり挨拶をしたり、そうやって歩いていると……

私もすっかりこの町の住人なんだなあって実感して、くすぐったかった。

もう、私にとってここは、大切な場所になっているんだって、認めなくてはいけない。

戻る方法が見つかったら、間違いなく迷ってしまうに違いない。

死んだら戻るんだから……っていうのが本当かどうかなんて死んでみないとわからない。

それはまるで物理学で習った『シュレディンガーの猫』みたいだなって思った。

「まだ銀の匙亭を出ていく踏ん切りそのものもついてないけどね！　……それでもいい？」

「ん？」

「それからでも、いいかな。私とシルバの未来を、考えるの……私の中でまだ、色々、落ち着いてなくて。選びきれないいんだ」

「それでいい」

「……即答なんだね」

「当然だろう」

シルバが、目を細めて笑う。

ああ、そんなところは猫の姿の時と同じだなんて思うと、おかしくて。

私が笑えば、シルバは不思議そうにしながらも嬉しそうに笑った。

「あれ、町のこっち側来るのってそういえば初めてだっけ」

「そうだな」

「町のはずれって本当に景色が違うねえ」

「ここから少し進んだところは牧場だしな。あの大きな木の辺りまで足を延ばしてみるか？」

町の出入り口から続く道、その先に見える大きな木。あれがこの町の目印の一つらしい。

冒険者ギルドがある王都方面の出入り口とは違って、こちらから先は広大な草原地帯だ。

主に牧畜の地域で、警備隊が定期的に巡回しているっていうのは聞いている。

「大きな木だねえ」

「昔からある木らしい」

「シルバはよく知ってるよね……」

「食堂で暢気に話している連中の話を耳にしているからな」

「それって盗み聞きでは……？」

「勝手に聞こえてくるんだ」

出入り口にいる警備隊の人にシルバが挨拶をすると、警備のおじさんが「シルバ君とスバルちゃんじゃあないか、デートかい？　行ってらっしゃい！」なんてにこやかに言ってくるから私は目を白黒させる。

それに対してシルバはゆるく手を振っただけだ。

「えっ、ちょっ、どういうこと⁉」

「なにがだ」

「なんでシルバが……警備隊のおじさん……え、普段人間の姿でみんなに挨拶して回って……？」

「そんなわけあるか」

混乱する私をよそに、シルバは当たり前みたいな態度をしている。え、私がおかしい？

警備隊のおじさんはまるでよく見知った相手であるかのような挨拶をして……どういうことだ！

「ちょっと〝細工〟をしただけだ」

「……細工ぅ？　あっ、もしかして前にレニウムにやったやつ⁉」

私の質問にシルバは鼻で笑った。うわ、態度悪い。

咎める視線にわざとらしく顔を逸らすその態度ったら！

「悪用しているわけじゃない。おれが人の姿で活動する時間が増えるなら、違和感は減らしていくべきだろう。違うか？」

「……なにそれ」

「お前の手伝いをするなら、猫の手よりも人間の手の方が便利ってだけだ」

ぎゅ、と存在を示すように、シルバが握った手の力を少しだけ強めた。

そのまま一緒にゆっくり、無言で坂道を上る。手は、繋いだまま。

広い草原に、大きな木。そこから先は下り坂になっていて、広がる草原に牛や羊が見えた。

さあさあと吹きつける風が、気持ちいい。

「うわぁ……いいね、ここ！　ピクニックとか来たい！」

「まあ悪くはないな。多少モンスターは出るかもしれないが」

「えっ、こんな町の近くなのに」

「町の近くだろうがなんだろうが、あいつらだって生きているんだ。人間に遠慮して暮らす道理はないぞ。だからこそ警備隊が巡回もしているだろう？」

「いや、まあそうだけど」

もっともな意見に次の言葉が見つからなくて、黙って二人で木の根元まで歩いた。

ゆっくりと、木を見上げる。見上げた大きな木は、遠くから見た通り大きくて。

なんかもう大木を通り越して大樹だよこれ。

よく伐採されずにずっとあるなあ……なんてちょっと思うくらいには大きかった。

思わずシルバと繋いでいた手を離して、両腕を広げてみる。

それでも全然足りない。それがなんだかおかしくて、笑いがこみあげてきた。

子どもみたいなことをしているって自覚はある。それでもなんでかすごく楽しい。

見上げれば木漏れ日がキラキラと輝いていて、柔らかな風に揺れる葉擦れの音が心地いい。

モンスターが出るかもって言われたもんだから、ちょっとおっかなびっくりだったけど……そんな気持ちが吹き飛ぶくらい、綺麗だ。

「すごい……！」

「ああ、見事なものだな」

人の姿もなくて穏やかな風が吹いて、町の中とはまるで別世界だ。

世界に二人だけ……なんて、そこまでロマンチストじゃないけど、すごく気分がいい。

なんとはなしに幹の周りを回ってみる。

ごつごつと地面から出ている根っこを避けながら前を向いたところで、私は思わず飛び上がった。

「ひぇっ」

「どうした！　……キキーモラ？」

シルバが心配して私を支えてくれたから転ばずに済んだけど、いや、もう驚かされた！

根っこに気をつけながら幹の周りを回っていたところ、いきなり目の前にキキーモラがいたら誰だって驚くから！　ぶつかる前に止まった私を誰か褒めてくれ。

そう思いながら、バクバクする心臓を宥めるために深呼吸をする。

キキーモラの方はそんな私の様子が不思議なのか、小首を傾げていた。

(見た目は決してゆるキャラとかそういうんじゃないけど、これはこれで愛嬌があるな……？)

キキーモラは、私が落ち着くのを待っているようだった。

なんて声をかけたら良いのかわからない私だけど、キキーモラは私たちに用があるってことくらいはわかる。

「え、ええと……あっ、そういえばこの間は、ありがとう」

挨拶でもしようかと思ったところで、私は先日のことを思い出した。

触手のことを教えてくれたのは、キキーモラだ。

たとえばあそこで私がなにもしなかったとしても、最終的には誰かが解決してくれたに違いない。

だけど……私はあの時の行動を、後悔していなかった。

後悔しないで済んだのはキキーモラのおかげだ。

「教えてもらわなかったら、きっと私はなにも知らないままだった。魔道具を止めることができてね、町の人たちを早く救出できたのはキキーモラのおかげだよ」

私を連れ去ろうとしたメルルシャンさんが用意した魔道具で、ニオブ先生やほかの町の人が迷惑を被った。それを知らずに逃げるところだった。

逃げてもきっと、誰もなにも言わなかった。むしろ私のせいじゃないって言ってくれるって思う。

(だけど……もしあの時逃げて、後で事実を知ったなら。私は、私を許せただろうか?)

申し訳ないと思う気持ちに、潰されてしまわなかっただろうか。

それを思うと、キキーモラが教えてくれて本当に良かったと感じている。

私が悪いわけじゃない、利用しようとした人が悪いのかもしれない。

あるいは、実家との問題を放置し続けたニオブ先生にも責任があったのかもしれない。

でも、誰が悪いかの追及を始めたら、きっと終わりなんて見えないに違いない。

それなら自分が後悔しない行動を、誰かのためにできるかどうかの方が大事だと思う。

「ありがとう、キキーモラ」

そのきっかけをくれたことに、感謝を。

私の言葉に、キキーモラが目を細めた。多分笑ったんだと思う。

そして目の前に、小さな箱が差し出された。

「……え?」

「お前に直してほしいんだそうだ」

「これを?」

差し出されたのは、装飾が施された小箱だった。

猫足のついているその小箱の材質は木材で、しっかりした造りのようだけど塗装が所々剥げていたし、ついている金具もガタがきているのがすぐにわかった。

「これは、オルゴール？」

私が問いかけると、キキーモラは小さく頷く。

きっと、大事なものなのだろう。小箱を見る目はどこか心配そうだ。

私が手にしている小箱にキキーモラの指先が伸びてそっと撫で、私を見上げる。

大事なものなのだ、お願いだから直してほしいと、そう言われている気がした。

「……うん、やってみる。預からせて」

「いいのか、いくつか順番待ちしてるだろう」

「オルゴールは何回か扱ったことがあるし、キキーモラにお礼ができると思えば」

シルバの言葉にそう答えて、私はそっとそのオルゴールを抱きしめる。

大事に、大事に持って帰って綺麗にしよう。そんな私の気持ちが伝わったのか、キキーモラは安心したらしく一歩下がったかと思うとまたすぐに姿を消してしまった。

信頼して預けてくれたんだろうなって思うと、胸の奥が温かくなる。

じわり、じんわり。ぽかぽかと。それは何回味わってもクセになる、そんな心の温かさだ。

「シルバ、帰ろう！　すぐ！　今すぐ‼」

「わかったわかった、いいから落ち着け。……転ぶなよ」

すぐにでも、このオルゴールを直したい。

心の奥底からそう思った。そう思ったらもう矢も楯もたまらなくて、私はシルバを急かす言葉しか口から紡げなくなっていた。

シルバは急かす私を呆れたように笑いながら頷いてくれた。それがまた、じんわりと別の熱をもって私の胸を温かくするのだ。


私が急いで帰ると、デリラさんは目を丸くして私を迎えてくれた。

気がつくとシルバは銀の匙亭手前で猫の姿に戻って、いつものように私の頭の上にいる。

「おやまあ、もう戻って来たのかい」

「ただいまです、デリラさん！　ちょっと部屋に籠もりますね‼」

「え？　あ、ああ、わかったよ……」

呆気に取られている感じがしたけど、今の私にそれを気にする余裕はなかった。

正直に言えば、私は今すぐこのオルゴールの修理に取り掛かりたくて他に構ってられないというか、とにかくやりたかったのだ。

とはいえ落ち着いて自分の態度を顧みると褒められたもんじゃないなと思うので、オルゴールの調子を確認したら後で謝りに行こうと心に決める。

机に座ってオルゴールのあちこちを眺めて、細かい部分も覗いてみて私はほっと息を吐いた。

「特に変わったところはないね、普通のシリンダーオルゴールだ」

「魔法の気配はないにゃん……シリンダーオルゴールって？」

「シリンダーオルゴールはね、ほら見える？　細かい説明は省くけど、ここのねじを巻くとこの太い部分、これシリンダーっていうんだけどこれが回るようになるの。で、これが回るとその横の櫛《くし》みたいなとこあるでしょ？　それがシリンダーの出っ張りに引っかかって音が鳴るの」

そしてそこで生まれた小さな音を、金属の板が振動を箱全体に広める仕組みなのだ。

よくこんなの考えたっていつも思う。

仕組みを知れば理解できるけど、それを生み出したことはやはり偉大な発明だ。

「うーん、ネジもバネも大丈夫そうだし、シリンダーの方は……」

ネジを回してみた所、ちゃんと動いているようだ。

でもなんだか音が飛んでいる気がするから、これはシリンダーの方に問題があるのかもしれない。

「これ、なんて曲だろう。……いい曲だね」

「……そうにゃんね」

箱自体が小さな音を大きく響かせる共鳴体になっているので、シリンダーを取り出すにも箱を傷つけるわけにはいかず細心の注意を払う。

箱自体、元の造りがしっかりしているおかげで、特にこちらは大きな修理の必要がなさそうだった。金具の交換や、装飾の塗りなおしだけで済むかもしれない。

「あ、ここかあ……」

シリンダーに、錆の酷い部分がある。

これがきっと音と動きを乱していたに違いない。

それに櫛の方も歪んでいるものがあったので、そこも調整が必要だ。

でも完全に壊れた部品はなさそうで、そのことに私はほっとする。

（……できたら、私が全部、やってあげたい）

底板や部品がだめであれば専門職を頼るのが筋なのだということくらい、私だってわかっている。私は修理工ではあるけれど、なんでもできるわけじゃないのだから当然だ。

「ねえ、シルバ」

「なんだにゃん」

「魔道具の修理の時にやった魔法って、魔道具じゃないものには使えないの？」

「使えることは使えるけど、基本的には魔力のない無機物相手だし、熟練度が必要だにゃあ。そういう意味ではご主人様が使えるとしたら晩年にゃんね！」

「晩年とかほぼ使えないと言ってるのと同じでは」

「わからないにゃん、ご主人様が血反吐を吐きながらでも修練したいって言うならもっと早めることが可能だと思うし、ボクも協力するにゃんよ？」

「謹んで遠慮いたします」

笑いを含んだその言い方にイラッとしたけど、ちゃんとお断りしておく。

血反吐を吐きながらの修練ってどんだけ……シルバが教える『勉強』は今でも胃が痛くなるくらいしんどいのに、それが血反吐レベルになるって私、それこそ元の世界に戻っちゃうんでは。

（……まあ、結局のところどこにいようが人生、常に勉強ってことかな……）

覚えることが多すぎて、眩暈《めまい》がしそう。

とはいえ、おじいちゃんもよく言っていた。『学ぶことは大変だけど、知ることは楽しいことだ』って。私はまだまだそういう意味でも未熟なんだろうなあ、あの域に達したい。

「スバルおねえちゃん、今、大丈夫？」

「あっ、セレンちゃん。どうしたの？」

「ううん、あの、……帰ってきてからずっとお部屋にいるから、ちょっと心配になって。あのね、蜂蜜入りのホットミルク淹れてきたの」

「わあ、ありがとう！」

「シルバちゃんにもあるからね」

「にゃおん」

セレンちゃん……なんていい子なんだ！　将来良いお嫁さんになれるよ……っていうか立候補者続出で、デリラさんが蹴散らして歩く未来が見えた。

この子をお嫁さんにしたいならそれ相応の覚悟を持ってきてもらわないといけないね！

その時には私もセレンちゃんになにかプレゼントできるくらいレベルアップしていたいなあ。

（あれ……今、ずっと先まで、この世界で暮らしていること前提になってなかった？）

自分でそんな風に思ったことにびっくりする。

元の世界に戻りたい。そう口にしていたくせに、これはもう誤魔化しようがない。

もう、きっと、限界なんだ。

隠していることは、もうできないところまで来ていると自覚した。

「……ありがとうセレンちゃん。大好きよ」

「セレンもおねえちゃん大好き！」

ぱっと華やぐ笑顔を見せてくれるセレンちゃんが、ぎゅっと私に抱き着いてくる。

それを抱きしめ返して、なんだか鼻の奥がツンと痛んだ。

(元の世界に戻る方法については、ちゃんと探そう)

見つかっても、見つからなくても、その上できちんと向き合おう。

この世界を、私の周りにいる人を、大切に思っていることを認めてしまおう。

だって、こんなにも温かくて、愛おしい。

「おねえちゃん……?」

「んーん、幸せだなあって思っただけ。セレンちゃんに出会えて良かったなあ」

「……セレンもね、おねえちゃんがこうして一緒にいてくれるの、嬉しい」

「ありがと」

「どういたしまして！　……今度はオルゴール直してるの？」

「あ、うん。ちょっとお世話になった人から預かったものだから。順番を守らなきゃとは思ったんだけど……」

「音は鳴るの？　ねえ、どんなの？」

目をキラキラさせて、期待の籠った眼差しを向けられて私は思わず笑ってしまった。

ああ、そうだ。子どもの頃の私もきっと、おじいちゃんが修理をしている横でこんな目を向けていたに違いない。

「ちょうどね、修理が終わったから」

——ちょうどね、修理が終わったよ——

おじいちゃんと、今の私。そしてセレンちゃん。

あの日の、思い出が、重なった気がする。

「一緒に、聞いてみようか」

――一緒に、見てみようかね――

おいで、と手招きされて膝に乗っけてくれたおじいちゃんの、優しい眼差しに見守られて覗き込んだ時計の針が動き出すその様を見ていた私。

今は、私の傍らで楽しげに笑うセレンちゃんがネジを巻く私の指先を見つめている。

(……この世界に来て、良かった)

優しい人たちに会えて、自分がやりたかったことを思い出して、それに手を伸ばした時に背中を押してもらえて。そんな人たちと、一緒にいられて幸せにならないはずがない。

流れ出す、私の知らない、優しい音楽。

セレンちゃんの顔が、より笑顔になるのを見て私も笑顔になった。

(私にも、人を笑顔にさせることができるんだ)

原点だったおじいちゃん。

でもそれは、おじいちゃんが『人を笑顔にした』からだ。

忘れていたわけじゃないのに、なんでだろう。

「これ『はじまりのうた』だね!」

「……『はじまりのうた』?」

「おねえちゃんは覚えていないのかもしれないけど、昔からある歌だってお母さんが言ってたよ」

誰もが知っている古い歌。

お祭りの時に、誰かに感謝や思いやりを伝えたい時に歌うのだとセレンちゃんが続ける。

子守歌にしたり、お葬式の時にも歌うのだと言われて、私は自然とシルバの方を見ていた。

(……これは、本当に偶然なのだろうか?)

この世界に来て、私は忘れてしまっていた子どもの頃の原点を思い出した。

それは過去への決別のようなもので、そして未来への一歩。それは……それは、まるで。

まるで、死んで、生まれ変わったようなものじゃないだろうか。

そしてこの世界で死んだ時に、私は新しい人生を元の世界で歩む……なんて、考えすぎだろうか。

私の視線を受けてもシルバは知らんぷりでベッドの上で丸まっている。

知ってるんだからな? お前そんな可愛い真似してるけど人型の時かっこいいお兄さんなんだからな? お兄さんがミルク飲んでたんだからな⁉

「とっても綺麗な音だね、おねえちゃん」

「……うん、そうだね」

セレンちゃんがふわっと笑って私に言う。

それに少し遅れて、私も笑って頷いた。

(笑えた、よね?)

なんだか、こう。胸がきゅっとして、泣きたくなったんだ。

悲しいとかじゃなくて、ただただ、なんだか胸が締め付けられたんだ。

綺麗に直った音はズレの一つもなくて、錆をしっかり落としたからかノイズ一つなくクリアな音が優しく部屋の中で響くそれが、ああ、そうだね。

「幸せな音だね」

そんなどこかで聞き古したような言葉しか出てこなかったけど。

でもそれが、一番しっくりくるんだなって、思った。


次の日。

なんと次の日だ。私は修理を終えたオルゴールを持って、あの木の根元にやってきていた。

勿論、シルバも一緒に。

とんでもない集中力を発揮して、一晩で私は外装まで直してしまった。自分でも驚きだ。

ちょっと寝不足な感じはするし、もしかしたら髪の毛もボサボサかもしれない。

若干シルバの視線は呆れと蔑みを含んでいるような気がしないでもない。

自分を大事にしろ的な話が出た後にこれなので、私自身ちょっと目が合わせられない。ごめん。

「いるかな」

「いるだろう、お前が来たことは向こうも気づいているはずだ」

「……そういえばキキーモラってなんで私の前に現れるんだろう。よく出てくるものなの？」

「珍しいという程ではないんだろうな、人間たちの間で子どもに聞かせる話になるくらいだ」

「そっか、そうだよね……」

「来たぞ」

言われて顔を上げると、ひょっこりと木の幹の陰から顔半分を覗かせてこちらの様子を窺うキキーモラの姿があった。

（なんだろう、おちゃめさんかな……？）

昨日も私を驚かすように出てきたし。

そう思ったけどがっかりした様子もなければ、近づいてくる様子もない。

「あの……これ」

とりあえず距離を詰めて良いかもわからなかったから、私は鞄の中に入れて持ってきたオルゴールを取り出して差し出した。

自分でも会心の出来だと言い切れるくらい、今回の修理は上手くいったと思う。

「任せてくれて、ありがとう」

私の顔とオルゴールを何度か見比べて、キキーモラがちょこちょことこちらに歩み寄ってくる。

（なんだろう、ちょっと可愛く見えてきた……）

どうやらキキーモラは戸惑っているみたいだった。

そりゃそうだよね、昨日の今日で持ってくるとは思わないよね‼　申し訳ない。

でもオルゴールの小箱を受け取ったキキーモラは持ち上げて下から見上げたり、ひっくり返してあちこち確認したりして段々とテンションが上がってきたんだろう。

ぴょいぴょいと跳ねて、まるで踊っているみたいに喜びを表現してくれていた。

そして落ち着いたのか、動きを止めたかと思うとネジを巻いて、箱を開ける。

流れ出す『はじまりのうた』に、キキーモラが聞き入っている。

大樹の下で、風に乗るそのメロディ。

きっとキキーモラにとって、その音楽もまた大事な思い出の一部なんだと思った。

(ちゃんと、届けられて良かった)

思い出を、大切にしている人の元へ戻せて良かった。

キキーモラの様子から、満足してくれたらしいことがわかったからほっとする。

オルゴールを大事そうにスカートのポケットにしまったキキーモラは……いや待って、そのポケットどうなってるの。どう考えても小箱より小さくって入れた後もぺったんこなんだけど。そっちの方が気になるんだけど。

ぎょっとする私をよそに、キキーモラはもう片方のポケットに手を突っ込んでなにかを探し、そして目当ての物を見つけたらしい。

取り出したのは……やっぱり物理法則を無視したサイズの物だった。

いや、それはもういい。どうでも良くはないけど、そこはそれ、魔法だってことにしとく。

でも問題はそこじゃない。

「ドラゴンの、鱗……と、鍵?」

差し出されたのは前に拾ったのと同じような、綺麗な緑色をしたドラゴンの鱗。

そしてその上に置かれた、くすんだ金色のシンプルな鍵。

有無を言わさぬ勢いでぐいぐい押しつけられたので、仕方なしに受け取るとキキーモラは鼻息荒く満足そうに腕組みなんかしていた。なんだ、可愛いぞコイツ……。

「どうしてキキーモラがドラゴンの鱗を持ってるの? まさかドラゴンってキキーモラ?」

「そんなわけあるか。キキーモラはドラゴンと人を繋ぐ役目を担ってくれているんだ」

「えっ、そんなの初耳」

「人間は忘れてしまったんだろう。そういう生き物だから仕方がない」

シルバの声が、少しだけ寂しそうなのは気のせいだろうか？

今、彼がどんな顔をしているのか見たくてそちらを向いたけれど、シルバが私の頭を乱暴に撫でてきたせいでなにも見えなかった。

「ちょ、っと、やめてよ、なに？　なに⁉」

「良かったな、昴」

「え？」

「キキーモラが二回も鱗を渡したんだ、お前はドラゴンに認められたんだろう」

どこかぶっきらぼうにそう告げるシルバが、私の肩を抱き寄せる。

そして鱗の上に載っている鍵をつまみ上げて、しげしげと眺めていたかと思うと私の手から鱗を奪い取って、代わりに鍵を押しつけてきた。

「え、どういうことかさっぱりわかんないんだけど……」

「その木に鍵を向けろ」

「……こう？」

なにが起こるのかわからないというのは、ちょっとだけ及び腰になってしまう。だけどそれが許される雰囲気でもないので、私も空気を読んで大人しくシルバの指示に従った。

くすんだ金色の鍵を木に向けるとか、なんだかオママゴトしているように見えないかって無駄な心配をしてしまった私をよそに、鍵は突然私の手から飛び出して木の中に吸い込まれていった。

「ええ⁉」

そして、驚いている合間にも目の前の木がブレて見えたかと思うと、サイズがぐんぐんと変わって、いやもう形状そのものが変わって、見る見るうちにそこには立派な一軒家が！

木から家が生えているのか、家から木が生えているのか？

どちらかわからないけれど、いつの間にか私の手には鍵が戻ってきている。

「働き者にはそれ相応の報酬があるんだと言っていただろう」

驚きで言葉が出ない私に、シルバが告げる。

え、いや、淡々と言われてもちょっとスケールが違いすぎるといいますか、なんというか。

これがキキーモラからの『働き者へのご褒美』だとしたら、ちょっと過分な気が……。

「良かったな昴、念願の一人暮らし先ができたぞ」

「い、いやいやいや⁉　そんなあっさり簡単に言われても、これ色々問題ありまくりでしょ⁉」

「とりあえず中を見てみたらどうだ」

「え、いや、だからね」

「二階建てみたいだな」

「……み、見るだけなら、いいかな？　うん……」

そんな場合じゃないとか突然家が出てきたんだから目立っちゃうとか、色々あったんだけどね。

あったんだけどね‼

有り体に言うならば、誘惑に負けました。

だって目の前には見事なツリーハウス（?）があって、目の前には低めの階段。その先にある玄関ドアが『さあどうぞ』と言わんばかりに開いて、中を見せているんだよ⁉

見えているだけでもまるで物語の中に入り込んだかのような空間。

綺麗なカーテンも、木製の家具も、中央にある暖炉も、まるで私のために誂えたかのような好みのデザインばかりだ。テーブルの上には木のカトラリーと、綺麗な模様の入ったランチョンマットまでご丁寧に用意されている。

リビング兼ダイニングであろう暖炉前の床は石材で、その奥にはキッチンがあった。何故か鍋やフライパンまで完備されているではないか。

それどころかなんと奥には井戸まであって、驚いてしまった。

どこがどう繋がってるんだって思わず呆然としていたら、キキーモラがどうだと言わんばかりに胸を張っていたので多分私が暮らしやすいようにしてくれた……のかな？

なんだろうね、この可愛い生き物。

「……すごい、なにこれ……」

他にもお風呂場や洗面所、トイレなどが完備されているだけでなく、一階には作業部屋に大きな本棚まである。作業台以外に物を書くための机と小物を入れるための戸棚まで。

二階は寝室を兼ねた私室になっていて、なんとアルコーヴベッドだった。木の幹の一部が窪んでそこがベッドになっているなんて、とんでもない贅沢な雰囲気だ！

しかもテラスまである。どこまでいっても至れり尽くせりで、私は感激した。

「素敵……‼」

二階には空いている部屋がいくつか、それぞれにベッドが置かれている。

お客さんがいつ来ても大丈夫ってことだろうか？

随所にある出窓には大きな釣り鐘型の花が咲く鉢植えがあって、それと似た形のランプが要所要所に吊るされている。

窓の外からは町が一望できる。ああ、本当になんて素敵な空間なんだろう！

うっとりする私に、シルバもあちこち見てきたようだ。

なんでか知らないけれど、キキーモラと頷き合っていた。

「昴が住みやすいよう考えてくれたらしい」

「え、いや、うん。それはすごくありがたいけど……」

だって正直私の好みが詰まりすぎていて、今すぐここで暮らしたいって確かに思ったし。

けれど、いきなり町のみんなが日々見てきた大樹に家ができて、新参者の私が暮らすことになりましたって言ったら、どういうことだってなるのが目に見えているじゃない。

そこんところをどうにかしてからでないと、いやでもどうにかできるものなんだろうか？

（しかもまたドラゴンの鱗をもらっちゃったし……）

キキーモラは、きっと私を『働き者』と認めてくれたんだろう。

認めてもらえるのは、正直嬉しい。

（でも）

前回鱗一枚発見されただけであんな大騒ぎになったばかりなのに、新たに鱗を手に入れて、それがキキーモラ経由だと知られたら……私の扱いはもっと難しいものになるんじゃないだろうか。

今は私のことを伏せて、暮らしやすいようにと気を遣ってくれている状態なのに……。

「ねえ、シルバ」

「うん？」

シルバに意見を聞こう、そう思って彼を呼んだ時に世界が止まった。

あっと思っている間に世界は止まり、いつものように【桃色ハッピー☆天国《パラダイス》】が発動する。

でも、私は動揺してしまった。

だって今までシルバが止まったことなんてなかったからだ。

初めて発動した時は説明してくれたし、それ以外の時でも見守っていたりする、そう……サポート役なんだからその影響がシルバには及ばなくて当然なんだろうって、私は考えていた。

（シルバが真正面に立ってウィンドウが出るとかリアル乙女ゲームか……⁉）

動揺のあまりくだらないことが頭をよぎったけれど、ウィンドウを見て私はハッとした。

出てきたのは、三つの選択肢だ。時間制限はないらしい。

選択肢、一つ目：『キキーモラと一緒に行って、公に領主様に認めてもらおうと思う』
好感度がものすごく上がる矢印が二つ。
選択肢、二つ目：『どうして良いのかわからないから、セオドアさんに相談しようと思う』
こちらも好感度が上がる矢印が一つと、下がる矢印が一つ。
選択肢、三つ目：『誰にもなにも言わず、ここで二人で閉じこもって生きていこう』
上矢印がいっぱい。……なんでこれで好感度が爆上がりするのか誰か教えてください。

どう考えても三つ目ヤンデレとか闇落ちエンドだよね⁉

むしろ私のキャラじゃないよねどう考えてもね‼

だとすると残り二つから選ばないといけない。

時間制限がないってことはこの二つから選べってことだものね。じっくり考えることにする。

(領主様に認めてもらうって、まず会えるのかって問題があるんだけど……どうなんだろう？)

セオドアさんに相談するのはとても現実的だけど、同時にキキーモラのことをなんて説明するのかって考えたら一つ目が良いように思える。

(……ただ、その場合は『公に』って部分が引っかかるんだよなあ)

公にってことは、私が例の〝ドラゴンの加護〟とやらを受けている……っていうのを認めるようなものじゃないのかな。実際に加護とかはないと思うんだけど、それはあくまで主観であって他の人がどう思うかってハナシ。

そして好感度。

二人分あるってことは……一人はまあ、シルバだろう。

ってことは、もう一人はキキーモラ？　キキーモラも好感度とかあるの？

だとしたら下がるのはマズい気もするし……だけど下がるのはちょっぴりだから大丈夫……？

(どうしよう)

いや待てよ、冷静に考えたらセオドアさんだってドラゴンの鱗がまた出てきたら、結局は領主様に相談しに行くよね？　そうなったらまたお前かって話になるよね。

それならそれを見越して一つ目の選択肢を選ぶ方がいいのかもしれない。結局行きつく先が同じなら、自分から行動をする方が責任の所在がはっきりしている分、気が楽だもの。

「『キキーモラと一緒に行って、公に領主様に認めてもらおうと思う』」

私の口が、選ばれた言葉をするする紡ぐ。

その言葉を受けて、シルバが目をぱちくりさせた。

彼の横で、キキーモラも目をパチパチさせていた。

「もう一枚鱗が見つかって、同じ人物がそれを持ち込んだとなれば、もう偶然では済ませられないと思うの。もうすでに、一枚目の発見者が私だってことは知られているってこともある」

そしてきっと、それを利用したい人は、どうしても出てくるんだろう。

だとすれば、それに怯えるよりも良い方法がきっとあるはずで。

でもそれは、私一人ではどうにもできないこと。

「だから、公にして領主様に私を守ってもらう。ドラゴンの加護なんてないのは私が一番知っているけど、他の人がそう思わないなら……ドラゴンの加護を持つ娘がこの地に留まることが利になるんだって思ってもらえばいいじゃない？」

精いっぱい強気に笑う。

私一人じゃどうにもならないし、シルバにばっかり頼れないし。今のままじゃ、足りないから。

シルバは私の言葉を聞いて、じっと私を見下ろして、それからふっと零すように笑った。

「ああ、わかった。……お前も、それでいいな」

シルバが尋ねれば、わかっているのかいないのか、キキーモラは頷いた。

どういう感情なのかちょっとわからないけれど、とりあえず協力はしてくれるらしい。

「確かにキキーモラを含め、妖精たちはドラゴンとの関係が密接だ。そのことを人間たちは忘れていると言ったが、すべての人間がそうじゃない」

「……どういうこと？」

「キキーモラが人間の世界と密接なことと、ドラゴンとの件は人間たちの間でも記録は残されているだろう。ただそれを公にしないのは、それだけ過去のことを恐れているからだ」

シルバの言葉を肯定するかのように、キキーモラがまた頷いた。

働き者には褒美を、……じゃあ、怠け者には？

キキーモラがもたらす災厄は、ドラゴンのことなのか。

私がその真意を測りかねて二人を見れば、シルバはただ笑っただけ。

そして私の頭をくしゃりと、優しく撫でたのだった。


キキーモラと一緒に領主様に認めてもらう。

そう決めたのはいいけれどどうやって会えばいいのか、そう迷う私にシルバは町に戻ってレニウムを見つければいいとあっさりと提案をしてきた。

そんな単純な……と思ったものの、まあ一番手っ取り早いのも確かだったので私たちが町に戻ったところであっさりとレニウムを見つけた。しかもアウラムさんまで一緒。

彼らに鱗を新たに手に入れたことを告げ、もう隠し通せるものでもないだろうから公にしてもらって構わない代わりに保護を求めたい旨を領主様に伝えてもらうことにした。

そしたら、なんとあれよあれよという間にそのまま領主様の館まで連れていかれたのだ。

(どうしてこうなった)

いやまあ、面談は覚悟を決めてましたけどね⁉

自分の責任で行動しようって決めたからこそ、あの選択肢を選んだわけだし。

だけどこう、奇妙なまでのとんとん拍子は……と思ったところで私の横に座るシルバを見る。

「なんでシルバはずっと人の姿のままなの……」

「悪いか」

「いや、別に悪くないけど。領主様にあれこれ聞かれた時にフォローしてもらえたら助かるし」

「なら別にいいだろう。猫の姿だとアウラムがお前にまとわりついた際の対処も遅れるしな」

「変な冗談言ってる場合じゃないよ。上手く乗り切れるかどうかの瀬戸際なんだからね？」

「大丈夫だろう、キキーモラが昴の味方なのだから」

いつの間にか姿を消していたのに、今ではちゃっかり私の横に座って待機中に用意されたクッキーを頬張るキキーモラ。

(……この状況だと入って来た人がすごいびっくりしない？　それだけで私が不審者扱いされない？　これから色んな人が遠巻きに私と接するようになったらどうしよう)

これが最善だと思ったから行動したけれど、どうにも目の前の不安が私を苛《さいな》んでしまうのは、私が弱いからだろうか。なんでこいつらこんなに寛いでるの。

「スバル！　待たせた……な……？」

「ノックもせずに開けた上にそこで立ち止まるな、レニウ……ム……」

見慣れた二人の登場にほっとした瞬間、二人の視線が私の横にいるキキーモラに注がれていることに気がついて「やっぱり」という気持ちになった。

そうですよね、そうですよね！　見ちゃうよね‼

当のキキーモラは美味しそうにクッキーを頬張っているんだけど……なんていうんだろう、食べ方が怖いのは気のせいなのか……。

茫然とするアウラムさんとレニウムを押しのけるようにして、落ち着いた雰囲気の男性が現れた。どことなく厳しい眼差しを私たちに向けてくるので、なんとなく居心地が悪い。

けれど、その人はキキーモラをしばらく見つめていたかと思うと、深く深くため息を吐き出した。

「……確かに、伝承にあるようにキキーモラで間違いないな。お前はそこな妖精から褒美としてドラゴンの鱗を与えられたというわけか……」

「一枚目に関しては、その、よくわかりませんが……」

「そうか」

男性は重々しく頷いて、それからそこまでの厳しい表情が嘘かのように穏やかに笑う。

笑った顔は、その人の両脇にいるアウラムさんとレニウムとよく似ていた。

「用件は息子たちから聞いた。その鱗を取り上げるような真似もせん。キキーモラの存在をこの目で見ることになったしな、取り上げてはこちらが叱られよう」

「ではもう一つ了承していただきたい旨が」

「む、なんだ？　申してみよ。……そなたは確か、シルバであったな」

「不躾なる申し出にも寛大なるお言葉、感謝いたします。……彼女がキキーモラより得たものは鱗だけではございません。町を見下ろす丘の大樹に館を一つ、それこそが真の褒美でございます」

「ほう」

面白そうに笑った領主様はアウラムさんに手で合図して、なんだか立派な紙を持ってこさせた。

そしてサラサラとなにかを書き加えたかと思うと、私に差し出す。

「これより領主の名において大樹の下に暮らすドラゴンの加護を持つ娘、スバルを保護する。そなたの暮らしを脅かすような振る舞いはドラゴンの勘気を被ることとなるであろうこと、その旨をきちんと諸侯に伝えその暮らしを保証しよう」

「領主様……、ありがとうございます‼」

「なに、普段から愚息共の相手をしてもらっている礼でもある。……とはいえドラゴンの加護、その恩恵にあやかろうとする者どもは絶えぬであろうが……まあ、ある程度の身分ある人間であればこちらを介させるようにしよう。そのことを国王陛下にも願い出ておく」

「重ね重ね、ありがとうございます……！」

要するに私に無理やりなにかをさせようとしたり困らせると、ドラゴンが黙ってないぞ……という風にするってことだと思う。

まあ実際ドラゴン被害ってものがあったという話だからそれを危惧して当然……なのか？

「それに、お前には一つ権利を与えよう。ドラゴンに気に入られる人間が出るということは、この国が……許された証でもある。だからこの国の人間からの、感謝の印として受け取ってほしい」

「え……？」

「お前に装飾品を作る工房主の資格を与えよう。新たなるものを生み出すも良し、これまでと同じく修理工としてのみ活動し研鑽《けんさん》を積むも良し、……いずれにせよ、スバルの道が輝かんことを」

にっと笑った領主様が、今度は後ろに控えていた秘書官らしい人の手から許可証と一緒にメダルのようなものを私にくれた。

呆気にとられる私をよそに、笑いながら領主様が去った後はアウラムさんとレニウムが盛大に祝ってくれて、ようやく実感が湧いたくらいだ。

だけど、二人も私の件で決まったことを方々《ほうぼう》に連絡したりしなければならないって大慌てで出て行ってしまって、また呆気にとられる。

相変わらずキキーモラはクッキーに夢中だし！

さっきまでのバタバタした空気が嘘のように静かになった部屋に、キキーモラがクッキーを咀嚼する音だけが響いた。

「ね、ねえ、シルバ……あんな風に領主様にまで人型でしゃべっちゃって、平気なの？　あの、ずっと猫の姿でいたのに……っていうかなんで知り合いっぽいの⁉」

「人型の方がなにかと便利だからな。お前も知っての通り、人間の記憶の改ざんくらいなんてことはない。色々都合がいいから、これからはこちらの姿で過ごすことにした」

「あくどい……‼」

「なんだ、猫の姿の方が良かったか？」

「そ、そうじゃないけど。でももう撫でられないのは残念だなって」

「フン、諦めろ。おれはおれのやり方でお前を守ると決めた」

「……そ、そんなの、ときめいちゃうじゃん。反則だぁ……!!」

「それはいいことを聞いた」

「!? あっ、嘘! 嘘嘘!!」

シルバとこっそりとかわした会話に、つい本音が混じって慌てて否定する。

だけどもう口から零れ出てしまった言葉は戻らなくて、顔がじわじわと熱くなる。

彼はそんな私に対して楽しそうに喉を鳴らして笑っていて、それが猫の時と同じだなんて思うと、あの艶やかな黒い毛並みが撫でられなくなるのは、ちょっぴり寂しい。

それでも、……それでも、私を守るって言ってくれたのは、すごく嬉しかった。

「……お前が望むなら、時々は猫になってやってもいい」

「ほんと!?」

それから、シルバはやっぱり私になんだかんだと甘いんだと確信したのだった。


領主様からのお墨付きをもらったからって、その日のうちに引っ越しはしなかった。

お世話になった人たちに、銀の匙亭から出て大樹の根元で暮らすことになりましたっていう挨拶回り、機材や依頼品、それ以外の品などを運ぶのに数日を必要としたからだ。

セレンちゃんは話を聞いた時に泣いて嫌がったけど、最終的にはいつでも遊びに来てくれて構わないことと、私自身が銀の匙亭に食事にちょいちょい行くってことで落ち着いた。

「まあ、あたしもセレンもいつだってあんたのことを待ってるからさ、いつでも帰っておいで。なぁに、店のことは大丈夫さ！」

「……デリラさん。いえ、しばらくは働きに来ます！　来させてください‼」

「まったく困った娘だねぇ、いいんだよこっちのことばっかり気にしないで」

「む、娘ですか！　……ありがとう、ございます」

「セレンも、おねえちゃんのこと、おねえちゃんだって思ってるからね！」

「セレンちゃん……」

「あたしがいるから、お店のことは大丈夫だからね‼」

からから笑うデリラさんも、半べそかきながら寂しいと言うセレンちゃんも、私の門出を応援してくれた。これで一人前だねって褒められて嬉しかった。

嬉しくて、嬉しくて。それでもって、少しだけ、寂しくなった。

最後の最後に持って出た工具箱を抱きしめて、家へと向かう道を、泣いて歩く。

ご近所さんも含めてなんだか色んなものをもらっちゃって、すぐ会える距離での引っ越しなのに。

みんなの優しさが嬉しいやら、これからは今までみたいに甘えていられないんだなって。

まあ、工具箱以外の荷物は全部シルバが持ってるんだけどね！

「……まったく。これが今生の別れでもないだろうに」

「いいじゃない」

ずび、と情けない音をさせて私はシルバを見る。

今、めちゃくちゃ情けない顔だってことは自覚はある。

だけど、嬉しいから泣けるなんて最高じゃない？

大樹の下に辿り着けば、キキーモラが脚立に立ってなにかしているのが見えた。

「え、なにしてるのキキーモラ」

「……看板か？」

「えっ、ちょっと待ってそれドラゴンの鱗じゃないの⁉」

緑色の鱗が、日の光を反射してキラキラ光る。

そこにはドラゴンのレリーフが刻まれていて、その下にはアクセサリー工房とも記されていた。

こんな細工までできるキキーモラって一体……？

でも取り付けが終わった看板が、風に揺られて光るのは、なんだかとても綺麗だ。

「……ドラゴンの鱗って貴重品じゃないっけ」

「そうだな」

「それを看板としてぶら下げてる工房ってどうなんだろうね」

「大丈夫だ、あれに手を出そうとする愚か者はキキーモラが呪うだろうからな」

「怖いな⁉」

シルバと一緒に見上げて、他愛ない話で笑う。いや、割と笑えない内容だった。

いつの間にかシルバは猫ではなくなって、代わりにキキーモラが同居人のようになったし、私たちの関係はどんどん変化している。

私はまだ、この感情に名前は付けないと決めた。

もう少しだけ待ってほしい。ずるいと思われるかもしれないけど、私自身のけじめのために。

そんな気持ちを込めて、看板を見上げたまま隣に立つシルバの手を握る。

……そして彼も、それに応えるように握り返してくれた。

ゆらゆら揺れる、ドラゴンが描かれた看板がこれからの私たちを見守ってくれる。

なんだかそんな気がして、きっとそうだって思ったのだった。

番外編　眠れる猫が、目覚めたら

領主の館で様々な取り決めをした後。

他愛ないやり取りをした際、昴はおれが人の姿で色々と動くことを案じたようだった。

交渉事が苦手なくせに、おれがやらなかったら自分でやるつもりだったんだろうか？

まあ、おれにとって都合が良いように話をまとめたかったこともあったので、これでいい。

（昴に任せて、領主側のいいようにされるのも困るしな）

だがそんな思惑は、こいつに教えるつもりはない。

おれはあえてそれに触れず、軽口を叩くことで誤魔化した。

「なんだ、猫の姿の方が良かったか？」

「そ、そうじゃないけど。でももう撫でられないのは残念だなって」

「フン、諦めろ。おれはおれのやり方でお前を守ると決めたからな」

「……そ、そんなの、ときめいちゃうじゃん。反則だぁ……‼」

小声で言ったつもりでも、聞こえてしまったその言葉。

なるほど、きちんとおれを意識してはくれているらしい。

好みの造形をしているからというのが若干癪ではあるが、ほかの人間に横から掻っ攫われたり邪魔をされることを考えれば、彼女の好みの姿をしているというだけで一歩も二歩もリードができているのは悪くない。

「それはいいことを聞いた」

「⁉　あっ、嘘！　嘘嘘‼」

おれに聞こえているとは思っていなかったのか、自分の迂闊さを悔やむような声が聞こえる。

それもまあ、聞こえているんだけれど聞こえないふりをしておいた。

ここでそれをつっついて、へそを曲げられてはたまらない。

「……お前が望むなら、時々なら猫になってやってもいい」

「ほんと⁉」

おれが妥協案を口にすれば、すぐさま機嫌を直してぱっと笑顔を見せた。

なんとなくこちらとしては腑に落ちないが、まあいいだろう。

この程度のことで彼女が喜んでくれるなら安いものだ。

おれの手を取ることにまだ躊躇う昴をふらふらさせて、他の男が寄ってくる余地を残しておくのはよろしくない。猫になるくらいお安いご用だ。

（おれの考えなんて、昴はまるで気づいていないんだろうな。だが、それでいい）

隣では妖精のキキーモラが一心不乱にクッキーを齧《かじ》っている。

クッキーがそんなにも気に入ったのかと思うと不思議だ。

（……そういえば、こいつは昴がこの世界に来た当初からずっとついてきていたな）

恐らくはドラゴンに言われてのことなのだろう。

知性がないわけではないが、深く考えて行動する方ではない。

他の妖精もそうだが、彼らの行動は好みに左右されやすい。

そういう点で言えばキキーモラの好みの判断材料は『働き者か否か』なので、昴は好まれたのだろう。おれからすると働きすぎなくらいなんだが。まあそこは今後の課題だな。

（おれが人間の姿で過ごすことを前提にするなら、自由に動けるキキーモラにはいてもらった方がいいか。なんだかんだとその能力は便利だしな……）

どうせこいつのことだ、これからも昴の傍にいる気なんだろう。

こうも堂々と姿を見せているんだから、間違いない。

おれの視線に気がついたのか、はたまたクッキーに満足したのかキキーモラがこちらを見上げ、なんとなく自分の手を見下ろしてエプロンで拭った。

それから差し出された手はなんだか人間の所作によく似ていて、つられるように差し出された手を握る。

「……なんの握手だ、これは」

「？」

特に深い意味はないのか、首を傾げられた。

だがまあ、おれに対して敵対心もないのだろう。キキーモラ的には『大事で、大好きな働き者を守る精霊』くらいにしか見えていないはずだ。

だからおれもそっとキキーモラにお願いする。

「なあ、キキーモラ」

ぴこんと尻尾が反応して、ゆらゆら揺れる。

おれの言葉の続きを待つそれは、どこか楽しそうだ。

「あの家で、お前も一緒に暮らすんだろう?」

ぴーんと張った尻尾は、驚いた様子だ。

おや違うのか、と思ったら、キキーモラはそわそわとして、まるで『いいのか』とおれに問うような眼差しを向けてきた。

「一緒にいたらいい。おれもその方が助かる」

昴が望む限りは、彼女の望む方向におれは力を貸す。それは変わらない。

だけど、もう猫のまま愛でられるだけだと思ったら大間違いなのだ。

(おれはもう、決めた)

覚悟だって決めた。別に精霊と人が情を交わした例がないわけじゃない。

ただ、今まで理解できなかったものが理解できた以上、それを拒む理由がおれにはない。

だから、おれは彼女が望むようにする。

そして彼女に望んでもらえばいい。

ほかの男が近寄らぬように、最初から、おれが傍にいたことにしてしまう。

さあ、もう準備は整った。昴は彼女が望んだとおり、独り立ちをする。

おれはサポート役だから、常に傍にいる。昴はそのことに違和感などないだろう。

人の姿で領主と交渉したからには、今後そういった場におれが出るということも彼女を納得させやすくなる。それを理由に今後は人型で過ごすと宣言しても、昴はなにも言わなかった。

(ずるい？　それは今まで手を延ばさなかった連中が悪いというだけの話。おれはこれまで、ずうっとのんびりしていたのだから)

さて、年頃の娘が年頃に見える男と同じ屋根の下暮らしていて、仲睦まじく共に過ごしている姿を目にしたとすれば——周囲はどう判断するだろうか。

それまでは幼馴染か、兄妹か、そんな風に見られていたと記憶を植え付けていたとしてもこれからの態度一つで印象はがらりと変わる。

その時に、彼女がおれを頼っていると見たならば、誰が文句を言うだろう。

(ああ、そうだ。昴が望まないことはしない。だから望んでもらうようにするだけだ)

きちんとサポートはし続けるし、彼女が行く道を共に歩む。それこそ、生涯をかけて。

出ていく時に、こちらを見ていたあの兄弟の眼差しを思い出してシルバはくつりと喉を鳴らして笑った。今更欲しがったところで、譲ってやれるはずがない。

(どこかの誰かも悔しがるかもしれないが、知ったこっちゃない)

つい最近まで、こちらは本当にそれはそれは大人しくしていたのだから。

おれが自覚するまで、それなりに時間があったのだ。それを無為にしたのはあちらの落ち度。

恋はいつだって真剣勝負。

猫は気づけば狩りを終えてみせるのだ。

優雅に、素早く。

「にゃあお」

どこかの誰かに向かって、シルバはにんまり笑って小さく鳴いてみせたのだった。

番外編　ずっと、みていた。はじまりから

ソレは、ずっと見ていた。彼女が、森に現れた時から。

見ているように、言われたから。なにかが変わるかもしれないよと言われたから。

なにが？　そう思ったけれど、ソレは言われた通りにすることにした。

誰から？　ソレもよくわからないけれど、あの声には従わなくちゃ。

「なんで⁉　どうして⁉　ちょっと意味がわかんないんだけど⁉」

「まぁまぁ落ち着くにゃぁ〜、ボクがいるから大丈夫だにゃん」

「猫がしゃべったー⁉」

森に現れたのは、騒々しい人間の女だった。

黒髪の、おそらく人間としては成体なのだろうとソレは判断する。

今はまだ、接触しない。

彼女の傍には純度の高い精霊がいたから、保護してあげる必要はないんだろう。

見ているように、言われただけだし。

ソレは小首を傾げながら、ポケットの中に入れてある、大事な小箱を撫でる。

この小箱は、ソレが好きな音が流れる特別な箱だ。

音がしなくなったのは、いつだったのかもう覚えていない。

これをくれたのは、どれくらい前かやはり覚えていないけれど、人間の子どもだった。

働き者にご褒美を与えたら、感謝の言葉と共に渡された、ソレにとっては宝物だ。

あの騒々しい子も、働き者だろうか？

そうだといいなとソレは思う。

言われたから、あの娘を見守ることにしたソレは、森を出ていくらしい彼女を静かに追う。

色んな存在があの娘に注目しているようだが、ソレにとってはどうでも良かった。

ただ、見ているように言われたからあの子の後ろを追っていく。

スバル。そうあの精霊があの子のことを呼んでいたから、スバルという名前なんだろう。

どうやらあの精霊の加護を得て、森から出ていくらしい。まあ、か弱い人間だし、この森の中で一人で暮らすのは得策じゃないからその方がいいとソレも思う。

精霊は多分こちらに気づいていただろうけれど、別にソレとしても今はなにかするわけじゃないからお互いに気にしない。

「あんた、なにやってるんだい？　若い女が一人でこんな森に……危ないじゃないか！」

「え、あの……いえ、あの、私……」

「怪我はどこにもないようだけど、誰か一緒の人はいないのかい？」

「私！　あの、……名前しか、わからなくて」

おや、町の人間に出会ったのか。ソレは木の陰から、スバルを見守る。

スバルは随分運がいいらしい。精霊が仕組んだのかもしれない。特別ななにかを持っているような子ではないけれど、特別愛されてはいるようだとそれは思う。

出会ったのは良い人間だったようだ。彼女たちが乗ってきた馬車に乗って、スバルも町へと向かうようで、馬車で森を離れていくスバルをソレは追いかける。

町にはたくさんの人がいる。

たくさんの働き者がいるから、ソレは町が好きだった。

たまに怠け者もいるけれど、働き者の方が多いから気にならない。

スバルは、すぐに町に溶け込んだように見えた。でも時々、困っているように見えた。人の様子を気にしてばかりの所があるなとも思った。

それでもソレの目には、頑張っている姿が印象的だった。

色んなことが下手な子なんだな、とソレは思う。

だけど、頑張っていることはわかったから、嫌いじゃなかった。

あの子は働き者だ。そう思った。だから、森にあの子が戻ってきた時に、ご褒美を上げた。

その緑のキラキラは、人間が喜ぶもので、スバルにならあげてもいいよと言われたからあの子にだけわかるように、そっと草の上に置いてあげた。

驚いていたみたいだけど、緑のキラキラは気に入ってくれたようで、ソレも嬉しい。

だけどスバルは緑のキラキラを、なにかと交換したみたいだった。

どうしてかなと見守るソレは、すぐに理解する。なんだかよくわからない小箱から道具を出して働きだしたスバルに、ソレは感心する。

なんて働き者な子なんだろう！

ソレは、スバルが気に入った。あの子にまた、ご褒美をあげよう。次はなにをあげたら良いだろう。なにをあげたら喜ぶだろう。

そうしてソレがご褒美に悩んでいる間に、スバルは誰かの思い出を直したようだった。

木の妖精が必死に訴える声は、ソレにはわかっても人間には聞こえない。

だけれどあの子は愛されているから、見えるのだろう。精霊も手を貸しているから、もしかしたら声も聞こえているかもしれない。

季節外れに花を咲かせた木の精の、精一杯の訴えを、あの子が代弁しているのをソレは見ていた。

そして、目を細めて笑う。

ああ、やっぱり。なんて働き者な良い子だろう。

「あ、貴女ともお話ししたいと思っているわ！」

「え？」

「……で、でもアウラム様に関しては馴れ馴れしくしてはだめよ！　本来は貴女みたいな庶民が気安く話をして良い方ではないんだから、あの、つまり、ワタシで我慢なさい‼」

「え？　それって、つまり……えっと？」

「ゆ、友人として特別にハーティと呼び捨てにしてもよろしいわよ？」

あの木の精が見守っていた子が、スバルと話しているのをソレは見た。

どうやら仲良しになったようだと、木の精がこちらに向かって満面の笑みを見せていた。ソレも微笑ましい様子を見て嬉しくなった。

それからしばらく経ったけれど、ご褒美が決まらない。

どうしたものだろうと悩んでいると、また緑のキラキラをあげてはどうかと言われて預かった。

だけどいつ、どうやって渡そう？　緑のキラキラは綺麗だけれど、二度目だと喜ばれないだろうか。ソレが悩んでいると、町の中で騒ぎが起こった。

あの子が無事でほっとする。

だけど、あの子のトモダチが、魔道具の暴走に巻き込まれそうで危なそうだ。あの子のトモダチも働き者だから、それを教えなくては。ソレは路地裏から、そうっとあの子に教えてやった。

あの子は目を白黒させながら、でも走って行った。

精霊がこっちを睨んでいるような気がしたけれど、ソレも負けじと睨み返してやった。

働き者の、可愛い子をちゃんと守ってあげなさいよという気持ちだった。

ようやく、ご褒美が決まった。

でも、これを渡してもいいとソレは思ったけれど、もう一度だけ試してみようと止められた。

あの子が欲を出す子なのかどうか見定めようと言われて、ソレはちょっと不貞腐れた。

だけれど、言われたからには仕方ない。

町はずれの大樹の下で、ソレは大事な大事な小箱を、スバルに差し出した。

「……うん、やってみる。預からせて」

ほかの誰にも触れさせたくない、大切な宝物。

大事なこれを、スバルがどう扱うのかソレも見たかった。というよりも、単純に、あの音をもう一度蘇らせてほしかった。

この子なら、大丈夫。

そう思ったから、預けた。絶対に、ご褒美を渡してあげたいとソレは思った。

だからご褒美を渡す時には、とびっきりのものにしてあげようと準備に取り掛かった。

でも、ソレはびっくりした。だって次の日には、スバルがまた大樹の下に来たからだ。

勿論ご褒美は準備済みだからいつでも渡せるのだけれど、こんなに早く来るなんて思わなかった。

働き者にもほどがある‼

「任せてくれて、ありがとう」

そう言って渡してくれるスバルの目に少し隈があるのが見えて、ソレは目を瞬かせるしかできない。それでも綺麗な笑顔は、とても満足している人間の笑顔だ。

ぽかぽかと温かくなる心に、ソレは大切な小箱を受け取って、撫でる。

まるでもらった時みたいに綺麗になった小箱が嬉しくて、思わず抱きしめて、踊った。

そして、ネジを巻いて、箱を開ける。ソレが大好きな、大好きな、聞きたくても聞けなくなってしまった音色が、再び小箱から聞こえて嬉しかった。

大樹の下で、風に乗るそのメロディ。

見れば、スバルも嬉しそうに笑っている。ソレの大事な思い出は、彼女にとっても新しい思い出になるのだろうか。そう思うとソレの胸がまたぽかぽかとした。

もういいだろう。ソレは大事な小箱をポケットにしまって、反対のポケットにしまっておいたご褒美を取り出して緑のキラキラと一緒にスバルに渡した。

彼女は驚いて色々言っていたけれど、一生懸命用意した『ご褒美』を魅力的に思ってくれたらしく最後は受け取ってくれた。

なんだかまあ、人間は色々あるんだなとソレは思ってちょっぴり張り切りすぎたことを反省した。その分これから自分も彼女をサポートしていけばいいのだろうと気持ちを切り替える。

そうした方がいいって、言っていたからね。

誰が？　よくわからないけど、ソレもそう思ったから気にしない。

あの子の横にいる精霊も、一緒にいたらいいって言ってくれたからソレは上機嫌だった。

「え、なにしてるのキキーモラ」

「……看板か？」

「えっ、ちょっと待ってそれドラゴンの鱗じゃないの⁉」

緑のキラキラを細工するなんてソレ――キキーモラからしたら造作もないことだ。

人間はこういう看板を好んでぶら下げていると、町を観察していて知っているのだ。

スバルにだって必要だろうと、良く見える位置に吊り下げて、キキーモラは満足そうに見上げる。

ゆらゆら揺れる、ドラゴンが描かれた看板がこれからこの子たちを自分と見守るのだ。

働き者には、ご褒美がなくっちゃね！

異世界独り立ちプロジェクト！
～モノ作りスキルであなたの思い出、修復します～

*この作品はフィクションです。実在の人物・団体・事件・地名・名称等とは一切関係ありません。

2024年11月20日　第一刷発行

著者 ……………………………………… 玉響なつめ

イラスト ………………………………………………… ゆき哉
発行者 ……………………………………………… 辻 政英
発行所 ………………………… 株式会社フロンティアワークス
〒170-0013　東京都豊島区東池袋3-22-17
東池袋セントラルプレイス5F
営業　TEL 03-5957-1030　FAX 03-5957-1533
アリアンローズ公式サイト　https://arianrose.jp/
フォーマットデザイン ………………………… ウエダデザイン室
装丁デザイン ……………………………… 佐相妙子（SUNPLANT）
印刷所 ………………………………………… シナノ書籍印刷株式会社